I0740587

Nicolaus Ludwig Zinzendorf

**Teutscher Gedichte**

Nicolaus Ludwig Zinzendorf

**Teutscher Gedichte**

ISBN/EAN: 9783743658684

Hergestellt in Europa, USA, Kanada, Australien, Japan

Cover: Foto ©Andreas Hilbeck / pixelio.de

Weitere Bücher finden Sie auf **www.hansebooks.com**

# Graf Ludwigs von Zinzendorf

# Teutscher Gedichte

## Neue Auflage.

BARBY
bey Heinrich Detlef Ebers
1766.

# Vorrede.

Da habe ich, nach sechsjähriger Verzöge-
rung, meine Gedichte endlich in Druk
zu geben angefangen. Es sind wenig Lieder,
d. i. blosse zu eigner Erbauung aufgesetzte Oden
dabey, die meisten sind bey Gelegenheit geschrieben. Solten diese Nutzen schaffen, so können
etwa in einem zweyten oder dritten Theile die
übrigen Oden und weitläuftigeren Stükke erscheinen. Ich bin itzo überhaupt in den beschwer-
lichen Umständen gedrukt zu werden. Es ist mir
recht beschwerlich: denn so gut es immer gemeynet seyn mag; so sehr werde ich oft dadurch gemißhandelt und verstellet. Ich finde mich der-
halben genöthiget, ein und anders, was ich vielleicht verloren oder vergessen, oder doch an mir
behalten hätte, selbst herauszugeben; damit es
nicht gestümmelt, vermehrt, verändert oder vermischt werde, oder ohne Auswahl, oder doch
auſſer dem rechten Ort, Zeit und Umständen,
zum Vorschein komme.

A 2

Die

# Vorrede.

Die Vorrede zu diesen Gedichten mache ich auch selber, damit sie sonst niemand mag machen; und ich sagen kan, was ich nöthig finde: Man kan sich immer selber am besten erklären. Ich habe drey Dinge zu erinnern, das erste betrift den Druk, das andere die Poesie, das dritte die Sachen.　Der Druk ist gut genug. Ich bitte aber den Leser gleichwol das Fehler-Register zuerst zu lesen, und sichs ein wenig bekant zu machen, denn es ist nicht gleichgültig, was da stehet, man hat Ursachen zu einem jeden Wort.

Meine Poesie ist ungekünstelt: wie mir ist, so schreibe ich.　Höhere und tiefere Worte pflege ich nicht zu gebrauchen, als mein Sinn ist. Die Regeln setze ich aus den Augen ums Nachdruks willen: Ein Haus, dem HErrn bequem, klingt mir nach Gelegenheit besser, als: ein bequemes Haus für den HErrn.　Einem andern Stern folgen, wäre nicht so wohllautend in dem Context N. LXXV. als: folgen, einem andern Stern. Zuweilen habe ich nach dem Genio desjenigen geschrieben, von dem die Rede war. Die Rede auf D. Antonen N. LXXXXIIII. ist so abgefaßt.

Ein paar Reimen werden sich auch in denen Gedichten (die in einer Strophe sieben gleiche
Endun-

Endungen haben) befinden, welche bey uns Teutschen nicht so gewöhnlich sind, als in der sonst sehr accuraten Französischen Prosodie. Ich reime z. E. in einem Liede: Herzen, *corda*, und die Wunden herzen, *exofculari*.  Bayle schließt sein admirables Gedicht von der Gnade auf gleiche Art:

*Il alla chez Binsfeld & chez Bafile Ponce*
*Sur l'heure à mes raifons chercher une ré-*
*ponfe.*

Es wird also Entschuldigung finden.  Und will ich mich dabey nicht länger aufhalten, son= dern zu den Sachen schreiten.

Die Stükke von 1713. an, bis 1720. sind meist alle verloren.  Ich schrieb damals heftig und hart.  Ich hatte den Heiland innig lieb, traute mir aber selber nicht; darum faßete ich meine Gedichte (wenn sie nach damaligem Uni= versitäts=Gebrauch, gedrukt werden mußten,) mit solchen Ausdrükken ab, daß ich hoffete, die Welt solte mir gram und die Gelegenheiten in derselben fortzukommen, von selbst abgeschnit= ten werden, damit hätte ich der Versuchung weniger.

Da ich gleichwol unter die Menschen muß= te, ward mirs sehr schwer, und das kan man

 denen

denen Gedichten von 1721. bis 1727. sehr deut=
lich anmerken.   Da schwebete mir das Exem=
pel des Mardachai vor Augen,  und ich war zur
Critique geneigt.   Seit dem Gedicht, was im
1728ten Jahre das Erste ist,  änderte sich diese
Art nach und nach merklich; denn ich bekam an=
dre Materien ins Gemüth, und hatte mit der
Welt nichts weiter zu thun, weil wir einander
fremde wurden.  Hingegen wurde das meine
Sache, was zu einer Gemeine und ihrem Grun=
de, ja zu einer jeden Seele und ihrer Führung
gehörte.   Seit wann JEsus und Seine Gemei=
ne mir nicht mehr ein blosses Object der Ver=
ehrung und Bewunderung blieben, sondern mein
Leben worden,  wird man in den Gedichten selbst
(so wenig ihrer auch sind) deutlich wahrneh=
men: und da ich nach und nach vergessen, was
in der übrigen Welt vorgehet; so ist sich nicht
zu verwundern, wenn sich Gedichte zeigen, da
Handwerksleute und Mägde mit mehr Ehrer=
bietung und Vergnügen besungen werden, als
ehemals die berühmte Hortence.   Wenn es
vermuthlich wäre, daß Liebhaber des *Ausonii*,
des la Fontaine, des Günthers und ihresglei=
chen, hierinnen blättern möchten; so müßte ich
sie bitten, daß sie vorher den Athenagoras le=
sen, oder mir allenfalls auf mein Wort glau=
ben

ben wolten, daß Bayle und Boileau und S. Evre-
mond mit ihren chimerischen Beschreibungen
einer guten Ehe, die wahrhaftige Glükseligkeit
der Unsrigen bey weitem noch nicht getroffen;
daß das, was der letztere für Kennzeichen der
wahren Verliebtheit geben, mit unserer An-
hänglichkeit an den Heiland genau zusammen-
trift; daß endlich keine vollkommnere Schönheit ist, als eine gemeine Dirne, von mäßi-
ger Gestalt, die nicht glaubt noch weiß, daß
was grosses, was glükliches oder liebenswür-
diges ist, als der Freund, den man nicht siehet. Wenn die Romans in ihrer Art keine
schlechtere Arbeit machten, als die Helden-
Geschichte von JESU von Nazareth in der
ihrigen; so wären sie etwas mehr werth. Wer
in einer Gemeine wohnt, der glaubt leicht, daß
die alten Wunder-Geschichte wahr sind, weil
sie noch immer geschehen; daß Heilige gewesen
sind, weil ihrer noch sind; daß Leute den Heiland zärtlich geliebet haben, weil es noch welche
gibt, die es thun. Wer es nicht glauben will,
der kans sehen.

Gnug davon. Ich wünsche meinem Leser,
daß ihn meine Gedichte so lange nützlich amusi-
ren, bis sie ihm ernsthaft werden.

A 4

Das

Das letzte Stük dieses Theils ist ein Plan meiner Lehre und Wesens, solange ich glauben und wallen soll.

Mein Zeugnis vor der Welt
Bleibt bey der Gnad und Kraft;
Beym Blut; beym Lösegeld
Von der Gefangenschaft:
Und daß wir Ihm schon auf Erden
Reichlich sollen dankbar werden.

Herrnhut,
zu Anfang des Jahrs 1735.

## Graf Ludwig von Zinzendorf.

Vor=

# Vorbericht

## zu dieser neuen Auflage.

Da sich die Exemplarien der vorigen Auflage
dieser Gedichte alle vergriffen; und doch
gleichwol hie und da Nachfrage nach denselben
entstanden: so hat man für gut gefunden, dieselben wieder aufzulegen.   Es hatte der selige Herr
Graf zwar selbst den Gedanken in der Vorrede
geäussert, daß dieses nur der erste Theil seyn,
und noch ein zweyter und vielleicht dritter einmal
folgen solte.   Es fehlte auch nicht an Vorrath
darzu.   Da ihn aber seine übrigen wichtigen
Geschäfte im Dienste seines HERRN daran
gehindert: so hat man für besser gefunden, nur
diesen Theil wieder besonders auflegen zu lassen,
als aus denen zwar vorräthigen, aber von dem
seligen Herrn Grafen nicht selbst revidirten Gedichten, eine zweyte Samlung hinzuzufügen.

A 5

Doch

Doch iſt dieſe Auflage, nach einem Exemplar abgedrukt worden, welches von ihm ſelbſt durchgeſehen und hie und da corrigiret worden. Es ſind auch die in voriger Auflage eingeſchlichenen Drukfehler ſorgfältig verbeſſert worden. Endlich hat man auch noch einige Oden hinzugefügt, welche der ſelige Auctor ſelbſt in einer vorgehabten neuen Auflage, bey den Jahren, darinnen ſie gefertiget worden, eingerükket. Man wiederholet anbey den Wunſch in der Vorrede, daß dieſe Gedichte den Leſern ſo lange ein nützlicher Zeitvertreib ſeyn mögen, bis der wichtige Inhalt derſelben, eine ernſthaftere Ueberlegung und durch GOttes Gnade eine ſelige Wirkung erregen könne.

Barby,
den 27ten Jan. 1766.

I. Ueber

## I.

# Ueber den Heiland.

Du treuer Heiland! allerliebstes Leben!
   Ich, Dein Geschöpf, muß zittern und erbeben
Vor Deinen schweren Leibs- und Seelen-Plagen,
Die Dich geschlagen.

   Ich Sünder solte einst den Frevel büssen,
Den, wider Deinen Wink und das Gewissen,
Der ersten Eltern Ungehorsam übte,
Und Dich betrübte.

   Ach! aber, hochverdienter Seelen-Retter!
Es trafen Dich die angeflammten Wetter,
Die sich von unsren frevelhaften Thaten
Entzündet hatten.

   Wir brüsteten die Sünden-volle Glieder,
Wir thürmeten das stolze Pfau-Gefieder,
Wir lebeten in lauter eitlen Freuden,
Und ohne Leiden.

Drum

Drum mußten Deine theuren Glieder zittern,
Dein edler Leib vor Angst und Graus erschüttern.
Diß mußtst Du blos allein für unsre Schulden,
Aus Liebe dulden.

Drum habe Dank, Du edler Freund der Seele!
Ach! nim uns ein in Deine Seiten-Höhle;
Draus wollen wir den Bösewicht bekriegen,
Und wollen siegen.

## II.

# Bey der ersten Communion.

So ist es dann geschehen:
   Ich habe GOTT gesehen;
Er hat sich eingefunden,
Und sich mit mir verbunden.

Er hat mich Liebes-Kranken,
Bey seligen Gedanken,
Zu Seinem Tisch geleitet,
Und theure Kost bereitet.

Wie dank ichs Christi Liebe,
Die, aus dem treusten Triebe,
Sich, um mich zu erheben,
Ins Niedrige gegeben.

Wie dank ichs Seinem Herzen,
Das so viel herbe Schmerzen
Für mich, der sie verschuldet,
Aus lauter Lieb' erduldet.

Wie dank ichs Seinem Leiden,
Dem Ursprung meiner Freuden:
Wie dank ichs Seinem Stöhnen,
Und heiß-vergoßnen Thränen.

Wie dank ichs Seinem Dürsten,
Da Ihm dem Lebens-Fürsten,

Die

Die Zung am Gaumen klebte;
Und mich die Kraft belebte.

Wie dank ichs Seinem Sterben;
Es tödtet mein Verderben:
Sein letztes Angst = Getöne
Klingt meinen Ohren schöne.

Die Fahrt ans Grabes Schwelle,
Und zu der Thür der Hölle,
Bewahrt mich vor den Schlünden,
Die nimmer zu ergründen.

Du Herz = vertraute Liebe,
Entzünde meine Triebe,
Damit sie, ohne Schweigen,
Von Deiner Tugend zeugen.

Laß Christi Tod und Sterben,
Sein ritterlichs Erwerben,
Den hart = gebundnen Seelen,
Mich öffentlich erzehlen.

Und nach dem theuren Mahle,
Gib, daß ich Dir bezahle
Die selige Gelübde,
Darinn sich JEsus übte.          Joh. 4, 34.

Es werd an mir gesehen
Sein Tod und Auferstehen,
Sein Kampf und Ueberwinden,
Sein Suchen und Sein Finden.

## III.
# Auf den Fall und Errettung eines grossen Herrn.

Hieher, ihr Potentaten!
Schaut einen Prinzen an,
Der seinem Heil gerathen;
Er eilt zur Gnaden = Bahn,

Zu denen Lebens-Städten,
Wovon er ausgetreten.

Es hatte der Verfluchte,
Als er zur Mitternacht
Auch diese Seele suchte,
Sie faſt davon gebracht;
Nur ſolte das Verſchlingen
Ihm dißmal mißgelingen.

Der Wächter Seiner Heerden,
Der treulich für ſie kämpft,
Und mit ſo viel Beſchwerden
Die Wut des Wolfes dämpft,
Riß, o ein groſſes Glükke!
Diß arme Schaf zurükke.

Die Chriſtliche Gemeine
Iſt wahrlich übel dran,
Des Satans Zauber-Hayne
Sieht man für Kirchen an;
Viel Canzeln und Altäre
Sind Thronen falſcher Lehre.

Die Fürſten ſolten Hirten
Der Kirche Chriſti ſeyn,
Und, wenn ſie ſeitwerts irrten,
Es öffentlich bereu'n
Vor Dem, der ihr Verbrechen
Kan mit dem Tode rächen.

Beglükte GOttes-Häuſer,
Da Theodoſius,
Der Schuld-beladne Käyſer,
Den Bann-Spruch hören muß,
Und, bey der Chriſten Haufen,
Mit Thränen Einlaß kaufen.

So rühmen Ahabs Zeiten
Eliä Helden-Muth,

Dem

Dem frey zu widerstreiten,
Der freye Sünde thut;
Wer hat den stummen Hunden
Bey uns das Maul verbunden?

Drum höret mich ihr Grossen,
Sonst wird des Königs Grimm
Euch von dem Stuhle stossen;
Euch wird die Donner-Stimm:
Verfluchte weicht von dannen!
In Ewigkeit verbannen.

Ihr seyd so arme Sünder,
Als and're Sterbliche;
Ihr wachst, wie andre Kinder,
Mit Sorgen in die Höh,
Und euer erstes Stöhnen
Vermischet sich mit Thränen.

Wie wollt ihr den Gewittern
Der letzten Stund entgehn,
Davor die Himmel zittern,
Die durch ihr Schrek-Getön,
Wie zähe Waitzen-Halmen,
Den Erden-Kreis zermalmen?

Geht oder kriecht zum Creutze,
Und küßt den grossen Sohn,
Daß Ers Erbarmen reitze;
Sonst habt ihr euern Lohn
Mit den verjagten Fürsten,
Die nur nach Unglük dürsten.

Die GOtt-geweyhten Prinzen,
Die, in sich selber klein,
Vor Dem die Augen blinzen,
Ders Haupt der Creutz-Gemein,
Und Ihm zu Fusse liegen;
Die werden Gnade krigen.

IIII.

## IIII.

# Bey einer Doctor-Promotion. *

Ich haß' und meide die, so beym Studiren sich
    Nicht zu dem höchsten Punct, zu GOtt, dem Ge-
        ber, neigen,
Und ihre Kühnheit mehr, als wahre Tugend zeigen:
Wer aber GOtt verehrt, den lieb' und ehre ich.
Denn der kan, Trotz der Welt, Trotz allen die ihn haßen,
Zu seiner Förderung die schönste Hoffnung faßen.
Wer das Vergängliche nach seinem Werth verlacht,
Wer sich vom Staub erhebt, den Erden-Würmer kauen:
Der lernet Himmel an, auf solche Dinge schauen,
Die keine Zeit verzehrt; kein Alter schimmeln macht.
Wolt' ihn die arme Erd' auch noch so gerne schänden:
So steht sein Glük und Wohl allein in GOttes Händen.
Der ist der große HErr, der theilt die Aemter aus:
Wem der sie geben will, derselbe muß sie haben.
Den Schatz, wornach so viel oft nur vergeblich graben,
Schikt Er den Seinigen zur Schlafens-Zeit ins Haus.
Die Diesen zum Patron und zum Beförbrer wehlen,
Der über alle herrscht, vermögen nicht zu fehlen.
Hier schreib ich, wie mein Herz es in der Wahrheit hält,
Wie ich mein Lebenlang vor GOtt zu wandeln suche,
Dabey das falsche Thun der Heucheley verfluche,
Den Dienst der Eitelkeit, die Liebe dieser Welt.
Mein Freund! sein Glükke blüht, er muß, bey dessen
                    Reiffen,
Sich einzig und allein auf GOttes Güte steiffen.

## V.

# Ueber sich selbst. **

Ich suche mich mit GOtt, dem höchsten Gut,
    Aufs nächste, da es seyn kan zu verbinden;

                                    Und

* Zu Wittenberg.                         ** Zu Paris.

Und da ich sonst auf meinem Kopf beruht,
Muß nun durchaus der eigne Wille schwinden.
Mein Herze ist dem HErren übergeben,
Der soll hinfort in Seinem Bilde leben.
Der Tod, der mir sonst vieles Grauen macht',
Fängt itzo an viel besser auszusehen;
Die so gefürchtete und lange Nacht
Wird einmal unversehens übergehen;
Der Tag wird desto unverrükter glänzen,
Und meinen Geist in Ewigkeit bekränzen.
Der Heiland, der für mich gelitten hat,
Bleibt blos allein die Regel meines Lebens;
Davon zeugt Mund, und Herz, und auch die That,
Ich mühe mich nicht mehr, wie sonst, vergebens,
Ich wirk in GOtt, und weiß, auf Sieges-Thronen
Wird Gnaden-Lohn mein Werk in GOtt belohnen.

## VI.

# Neu-Jahrs-Gedanken. *

O wachsamer Geist,
   Der Wunder beweist,
Erscheine der Seele,
Dein göttliches Oele
Durchströme den Sinn!
Es müß ihm gelingen
Dein Reich zu erringen,
Er sehnt sich dahin.
Der dornichte Steg
Kan Helden erschrekken
Und Tapfere strekken;
Der sandige Weg
Macht müde und matt;
Wer aber Dich hat,
Den machen die Beulen

B      Nur

* Zu Paris.

Nur hurtiger eilen,
Zur bleibenden Stadt.
Drum Streiter-Herz auf!
Auf! ohne Verweilen,
Vollführe den Lauf!

## VII.

## Bey angetretener Regierung Graf Hein= rich des Neun und Zwanzigsten. *

Als der Mensch nach GOttes Bilde
    Ehemals bereitet war,
O wie war er nicht so milde,
O wie sah er nicht so klar!
Seit er dieses Bild verloren,
Wird er fast verrükt geboren;
Was ihn glüklich machen kan,
Siehet er für schädlich an.

Was für unerhörte Sorgen
Macht man seinen Eltern nicht,
Von des Lebens ersten Morgen
Durch das ganze Jugend-Licht?
Mit wie vielem Flehn und Beten,
Müssen sie uns nicht vertreten?
Sie bemühn sich ofte viel,
Und verfehlen doch das Ziel.

Wie viel tausend Eltern leben,
Welche um der Kinder=Zucht
Sich nicht viel Bemühung geben;
Und ihr Heil darinn gesucht,
Ihnen Lehrer zu benennen,
Deren Werth sie selbst nicht kennen,
Die man nur auf andrer Rath,
Und Bericht gewehlet hat.

Viele

* Zu Castell.

Viele junge Leute laufen
In der Jugend-Hitze fort;
Und man läſſet ſie verſchnaufen,
(Das iſt ein gemeines Wort:)
Aber, ſeht! die meiſte Jugend,
Sie verſäumt die Zeit der Tugend,
Manchen, eh er ausgeſchnaubt,
Hat ein jäher Tod geraubt.

So iſt ſchwerlich zu errathen,
Ob der lieben Alten Schaar,
Die den HErrn um Kinder baten,
Ihr nicht ſelbſt zuwider war?
Und ob der nicht glüklich heiſſet,
Den der HErr von hinnen reiſſet?
Eh er ſich ins weite irrt,
Und der Welt recht inne wird.

Aber meine Sinnen blikken
Itzo in ein ander Feld
Da ſich junge Pflanzen ſchikken,
Wies der Gärtner dienlich hält,
Welche ihm ſein mühſam Frohnen
Mit der ſchönſten Blühte lohnen;
Dieſe zeigen ſattſam an,
Was ein treuer Gärtner kan.

Als ich auf dem Krankenbette
In der Ungewißheit lag,
Was ich zu erfahren hätte?
Kam ein aufgeklärter Tag:
Da mir eines Gärtners Name
Unverhofft zu Ohren kame,
Welcher ſeiner Pflanze Preiß
Jedermann zu ſagen weiß.

Ihr beglükten Gärtners-Hände,
Deren Tage-Werk und That,

Bis zu dem erwünschten Ende,
Sich geschikt erwiesen hat:
Wie mögt ihr den Thau von oben
Mit erfreutem Herzen loben,
Welcher ohne Maaß und Ziel
Auf die schöne Pflanze fiel.

Bruder, ich kan nicht verschweigen,
Daß der Pflanze Ruhm dir bleibt;
Die mit ausgespannten Zweigen
Alle Tage höher treibt;
Welche jedem, der sie liebet,
So viel schöne Hoffnung giebet,
Daß man GOtt, den Segens-Mann,
Nicht genugsam loben kan.

Glüklich waren jene Stunden,
Welche ich im Nieder-Land,
Als ich dich am Rhein gefunden,
Deiner Freundschaft zugewandt.
Glüklich waren auch die Stunden,
Da wir uns getrost verbunden,
Daß es alle Menschen sähn,
Christi Wandel nachzugehn.

Wie der Anfang, war das Ende,
Du gingst unter GOttes Huld,
Und behieltest reine Hände
Von gemeiner Jugend Schuld;
Welches, die im Irrthum waren,
Mehr als allzuwohl erfahren.
Was die Welt erstaunen macht,
Hat dein Tage-Buch verlacht.

Endlich hat es sich geschikket,
Daß ich annoch zu Paris
Deinem Abschied vorgerükket,
Da es aller Orten hieß,

Auch

Auch bey denen guten Leuten,
Welche uns als irrig scheuten,
Daß du gegen jedermann
Als ein wahrer Christ gethan.

Damals lobten wir den Meister
Der allein bewährten Kunst,
Der dich vor der falschen Geister
Und der schnöden Erde Gunst
Väterlich bewahren wollen,
Daß sie dich nicht reitzen sollen.
Denn dergleichen Wegefahrt
Ist entfernt von ihrer Art.

Wann sich andere ergötzten
Ueber allem, was geschehn,
Und sich dann zusammen setzten,
Es aufs neue zu besehn,
Kamst du von des Hofes Brause
Oefters mißvergnügt nach Hause.
Wende, sprachst du, meinen Blik,
Und das war dein größtes Glük.

Also ging es auf der Reise
Nach der werthen Mutter Sinn;
Und du folgetest der Weise
Deines ehrlichen Bonin.
Wo man seine Mutter ehret,
Und die Vorgesetzten höret,
Da weicht nach der Liebe Zwek
Alles Unvergnügen weg.

Darum wird im Regimente
GOttes Rechte um dich seyn.
Der sich sonst gehorsam nennte,
Fordert nun Gehorsam ein;
Und nach dem Vergeltungs-Rechte,
Sehen alle deine Knechte,



Und

Und wer Dir sonst zugethan,
Dich mit Ehrerbietung an.

Du hingegen kanst den Banden
Deiner Knechtschaft nicht entgehn;
Es ist noch ein HErr vorhanden,
Dem du mußt zu Dienste stehn:
Seine Fesseln sind gelinde,
Dieser Dienst bekommt geschwinde
Eine andere Gestalt,
Und wir, ewige Gewalt.

Diese Hoffnung wird dir bleiben,
Wann der andren Hoffnung fällt:
Die sich GOttes Hand verschreiben,
Sind schon selig in der Welt.
Wann sie alle Menschen hassen,
Wird der Freund sie nicht verlassen,
Dessen treue Liebes-Hand
Sich genau an sie verband.

In dem Freunde, lieber Bruder!
Sind wir ewig ungetrennt:
Durch Ihn führest Du das Ruder
Von dem ganzen Regiment,
Das Er Dir in deinem Leben
Zu bestreiten heimgegeben:
Und in Seinem Friedens-Schein
Wirst Du immer ruhig seyn.

Du mußt aber nicht vergessen,
Daß du für das grosse Heil,
So der HErr Dir zugemessen,
Ihme auch an deinem Theil
Ewiglich verbunden bleibest,
Und Sein Werk nicht lässig treibest:
Du mußt, bis zum letzten Schein,
Ein Bekenner JEsu seyn.

Wann

Wann Du nun genug gestritten,
Und dein Amt bewähret hast;
Wann Du hie und da gelitten,
Wird der Heiland dir die Last
Endlich von den Schultern heben:
Und nach einem harten * Leben
Fällt Dir in der stolzen Ruh
Der Bekenner Erbtheil zu.

## VIII.

## An Weyhnachten.

Blut und Wunden, :,:
    Haben uns mit GOtt verbunden;
Denn Er ehrte unser Blut.
Er ließ sich damit vermählen
Und zu denen Menschen zehlen;
    Das macht unsern Schaden gut.

Wer erzittert,
Daß er seinen GOtt erbittert;
    Springe itzt voll Freuden her,
Und erseh, in dieser Wiegen,
GOtt den armen Menschen liegen:
    Seine Hand ist nicht zu schwer.

Diese Hände
Segnen aller Erden Ende;
    Diese sind dieselbe Statt,

B 4                            Wo

---

* Hier wird nicht sowol auf das allgemeine Christen-Le-
ben, als auf die besonders harten und rauhen Umstände
der Regierungs-Last eines Kindes GOttes gesehen, von
welchen man sagen kan, daß sie ohne die besondre Hand-
leitung der Gnade und Trost der Liebe unerträglich seyn
würden; es wäre dann, daß man die Sache nicht ver-
stünde, und sich nur wohl dabey seyn ließe.

Wo Er aller Menſchen Seelen,
Die Ihn zum Erlöſer wehlen,
      Treulich aufgezeichnet hat.

Dieſe Augen
Müſſen zur Geſundheit taugen,
      Wem die Sünde weh gethan,
Sehe auf zu dieſer Schlangen,
Und, voll Glauben und Verlangen,
      Ihre holden Augen an.

Dieſe Ohren
Laſſen ſich für uns durchbohren
      An des Vaters Gnaden = Thür;
Und der König der Geſchlechte
Wird dadurch zu einem Knechte,
      In dem irdiſchen Revier.

Dieſem Munde,
Welcher ſonſt zu aller Stunde
      Seinen Vater für uns bat,
Schmekket itzt, nach Menſchen = Weiſe,
Eine gar geringe Speiſe;
      Weil er Durſt und Hunger hat.

Dieſer Othen,
Welcher dermaleins den Todten
      Lebens = Geiſter geben kan,
Scheinet itzund kaum zu wehen,
Und ſoll noch dazu vergehen,
      Beym Beſchluß der Lebens = Bahn.

Dieſen Füſſen,
Die ſich kaum zu regen wiſſen,
      Muß des alten Drachen Wut
Annoch in die Ferſen ſtechen,
Bis ſie ſich vollkommen rächen
      An dem Kopf der Schlangen = Brut.

Dieſe

Diese Thränen,
Welche sich nach Labung sehnen,
   Werden für der Menschen Schuld
Sich noch oftermals ergiessen
Und gleich einem Blut-Strom fliessen
   Von der ewigen Geduld.

Dieser Rükken
Wird sich zu dem Creutze bükken,
   Wann die Leidens-Zeit regiert,
Und der Ruthen Schläg empfinden,
Welche unsre Bosheit binden
   Und ein Mord-Kind führen wird.

Aus der Seiten
Werden in den letzten Zeiten
   Blut- und Wasser-Ströme gehn,
Uns zu waschen und zu heilen,
Uns Erquikkung mitzutheilen,
   Die wir so verlassen stehn.

Dieses Herze
Reget sich mit Müh und Schmerze,
   Und wie sacht es itzo schlägt,
So durchdringend wird es brechen,
Und die armen Herzen rächen,
   Die der Seelen-Feind erlegt.

Neu-gebornes
Und von Ewigkeit erfornes,
   Auserwehltes Gnaden-Kind!
Höre, wie die Menschenkinder,
Die entblößten armen Sünder,
   Ueber Dir erfreuet sind.

Sie umfangen
Voller Liebe Deine Wangen,
   Ja sie küssen Deinen Mund:



Dein

Dein noch unverständlichs Lallen
Muß den Seelen süsse schallen,
   Die der Schlangen Zahn verwundt.

Sie erheben
Dein kaum angegangnes Leben,
   Sie sind voller Glaubens = Lust:
Daß Du in den Gnaden = Zeiten
Ihnen solch ein Spiel bereiten
   Und ein Kindlein werden mußt.

Herzens = Knabe,
Aller Erden Gut und Haabe
   Ist nur Unflat gegen Dich:
Du kanst mit ganz wenig Blikken
Millionenmal erquikken;
   Wirf auch einen Blik auf mich.

Laß beyzeiten
Alle andre Eitelkeiten
   Mir aus den Gedanken gehn.
Will sich fremde Lust erregen
Und zur Sünde mich bewegen;
   Laß mich auf Dein Kripplein sehn;

Da Du König,
Dem die Erde unterthänig,
   Und der Himmel eigen ist;
So gar elend, und auf Wegen
Die kein Mensch betreten mögen,
   Bey uns eingewohnet bist.

Holde Hände,
Nehmt mich auf am letzten Ende;
   Denn ich werde nach euch sehn,
Wenn ich als ein Kind gen Himmel
Aus dem furchtbaren Getümmel
   Dieser Erden werde gehn.

VIIII.

## VIIII.

## Eingang in die Schmach JEsu. *

HErr JEsu! Du haſt mich in Deinen Schirm ge-
nommen,
Laß mich darinnen ſtets genau verwahret ſeyn!
So mag der Teufel ſelbſt mit ſeinem Heere kommen,
Er legt an meiner Ehr nur Schimpf und Schande ein.
Ich bin durch Dich gerecht, und Deine tiefen Wunden
Sind mir ein freyer Ort und eine Arzeney;
Den Kranken helfen ſie, nicht aber den Geſunden:
Gib, daß ich nur recht krank nach Deiner Liebe ſey!
Will mir die Welt nicht wohl; wohlan, es wird mir gehen,
Wie es dem Haupte ſelbſt vor dem ergangen iſt;
Verdammt mich jedermann, ſo werd ich beſſer ſehen,
Was Du ſelbſt für ein Fluch und Scheuſal worden biſt.
Ich lege mich getroſt zu Deinen Füſſen nieder,
Und höre meine Pflicht aus Deinem Munde an:
Du ſingeſt in der Nacht die allerſchönſten Lieder,
Ja einen Lobgeſang, eh man Dich abgethan.
Und ich ſoll in der Noth nur Klage-Lieder heulen,
Ich ſoll bis in den Tod betrübt zu ſehen ſeyn:
Das überlaſſe ich der Welt und ihren Eulen,
Ich bringe mit Geduld in Deinen Willen ein.
Vollkommner Prediger, der in der That erwieſen,
Was Er von dieſer Kunſt die Seinigen gelehrt,
Ach! würde doch an mir Dein Ebenbild geprieſen,
Und mein Bekentniß bald in Geiſt und Kraft verkehrt!
Ach! zieh mich doch hinein in den geheimen Willen,
Der Deiner Kinder Wink und Glük zu nennen iſt:
Wird ſich in Deſſen Rath mein armes Herze ſtillen;
So weiß ich ganz gewiß, daß er mich nicht vergißt.
Du führſt es wohl hinaus, die Ruhe folgt aufs Käm-
pfen:

Und

* Zu Ebersdorf im Merz.

Und werd ich im Gebet recht ernstlich und getreu;
So wird Dein Arm für mich der Feinde Kräfte dämpfen,
Und Deine Güte mir an jedem Morgen neu.

## X.

# Morgen = Gedanken. *

Glanz der Ewigkeit,
    GOtt und HErr der Zeit!
Sey von allen Creaturen
Für die neu erregten Spuren
Deiner Gütigkeit
Hoch gebenedeyt.

Diese finstre Nacht
Ist zum Schluß gebracht,
Und die Strahlen heitrer Sonne
Brechen zur gemeinen Wonne,
Durch die dunkle Macht
Der vergangnen Nacht.

Sehen wir dann nicht
In dem Morgen = Licht
Einen Strahl von größren Kräften,
Und durchdringendern Geschäften?
Sehen wir Dich nicht,
Zions Sonnen = Licht?

Ach! Du blinkest zwar;
Aber unser Staar,
Unsre Blindheit muß mit Schrekken
Sich vor Deinem Blitz verstekken:
Unsrer Augen Staar
Wird Dich nicht gewahr.

Eile doch herbey,
Mit der Arzeney:

Räume

* Im May zu Berlin.

Räume weg die dikken Felle,
Mache unsre Augen helle,
Sonst ist unsre Noth
Aerger als der Tod.

Und weil in der Zeit
Nacht und Dunkelheit
Unser Licht so heftig schwächen,
Und so ofte unterbrechen;
Weil die Lebens-Zeit
Voller Dunkelheit:

So verkläre bald
Deines Lichts Gestalt;
Oefne die verschloßnen Siegel,
Brich den unvollkommnen Spiegel,
Und verkläre bald
Unsere Gestalt.

Doch wenn Dirs gefällt,
Daß wir auf der Welt
Länger noch mit lahmen Füssen
Unsre Strasse wandeln müssen;
O so zeig uns nur
Die gerade Spur.

Richte unser Herz
Zeitlich Himmelwerts,
Daß die Zeichen dieser Zeiten
Uns zur letzten Zeit bereiten,
Richte unsern Sinn
Auf das Ende hin.

Gibt es in der Zeit
Schein-Vergnüglichkeit:
So verleide uns ein Leben,
Das kein wahres Wohlseyn geben
Noch den letzten Tag
Uns versüssen mag.

Solls

Solls uns harte gehn,
Laß uns veste stehn,
Und so gar in schweren Tagen
Niemals über Lasten klagen;
Denn das ist der Weg,
Zu der Sternen Steg.

Kracht der Hütten Thor,
Zeuch den Geist hervor,
Laß ihn zu den frohen Schaaren
Der erlösten Geister fahren,
Daß er Deinen Tag
Immer sehen mag.

Dann ists mit dem Graus
Aller Nächte aus:
Denn ein unverrükter Schimmer
Dekt der Auserwehlten Zimmer;
Dieses Tages Pracht
Scheuchet keine Nacht.

Hilf uns dahinan
Auf der Bundes-Bahn,
Laß uns durch Dein nächtlich Leiden
Aus der Nacht der Erden scheiden;
Und durch deinen Krieg,
JEsu, gib uns Sieg.

Eilt ihr Tage fort,
Nähert euch dem Port:
Zeiten, mögt ihr doch verschleichen,
Und aus unsren Augen weichen,
Aber seyd nicht weit
In der Ewigkeit.          Offenb. 14, 13.


XI.

## XI.
## Abend = Gedanken. *

Du Vater aller Geister,
  Du Strahl der Ewigkeit,
Du wunderbarer Meister,
Du Inbegrif der Zeit;
Du hast der Menschen Seelen
In Deine Hand geprägt:
Wem kans an Ruhe fehlen,
Der hie sich schlafen legt?

  Es ziehn der Sonnen Blikke,
Mit ihrem hellen Strich
Sich nach und nach zurükke,
Die Luft verfinstert sich,
Der dunkle Mond erleuchtet
Uns mit erborgtem Schein,
Der Thau, der alles feuchtet,
Dringt in die Erde ein.

  Das Wild in wüsten Wäldern
Geht hungrig auf den Raub;
Das Vieh in stillen Feldern
Sucht Ruh in Busch und Laub;
Der Mensch von schweren Lasten
Der Arbeit unterdrükt,
Begehret auszurasten,
Steht schläfrig und gebükt.

  Der Winde Ungeheuer
Stürmt auf die Häuser an,
Wo ein verschloßnes Feuer
Sich kaum erhalten kan:
Wenn sich die Nebel senken,
Verliert man alle Spur;

Die

* Im October.

Die Regen Ström' ertränken
Der flachen Felder Flur.

Da fällt man billig nieder
Vor GOttes Majestät,
Und übergibt Ihm wieder
Was man von Ihm empfäht:
Die ganze Kraft der Sinnen
Senkt sich in Den hinein,
Durch welchen sie beginnen,
Und dem sie eigen seyn.

Das heißt den Tag vollenden,
Das heißt sich wohl gelegt:
Man ruht in Dessen Händen,
Der alles hebt und trägt.
Die Himmel mögen zittern,
Daß unsre Veste kracht;
Die Elemente wittern;
So sind wir wohl bewacht.

## XII.

# Angenehme Sterbens = Gedan=<br>ken. *

Die Bäume blühen ab,
   Die Blätter stürzen:
Mir wird das liebe Grab
Mein Elend kürzen.

Getrost, ich sehe schon
Das Bäumlein blühen,
Und meines Leibes Thon
Gerader ziehen.

Mein Grabstein springt entzwey,
Der Schlaf vergehet:

Der

* Im Herbst.

Der Leib wird Kerker-frey,
Mein Tod verwehet.

Der Fäulnis finstre Baar,
Und die Verwesung
Verliert sich ganz und gar
In der Genesung.

Der Sturm, der unsern Geist
Vom Leibe treibet,
Und uns von hinnen reißt,
Hat ausgestäubet.

Man höret ferner nicht
Des Windes Brausen:
Man spürt im stillen Licht
Ein lieblich Sausen.

Ein Wind von Jehova
Wird ausgeblasen:
Die Beine liegen da
In grünen Rasen.

Auf Hoffnung liegen sie
Der Auferstehung,
Und warten spat und früh
Der Stands-Erhöhung.

Ihr seyd zu Staub verbrant,
Ihr kahlen Beine,
Und euer spröder Sand
Ist Wunder-kleine.

Ihr seyd fast aufgelekt,
Ihr Aschen-Haufen:
Die Tieffe, die euch dekt,
Ist angelaufen.

Ihr seyd aufs Feld gesät,
Ihr kahlen Knochen,
Und in der Luft verweht,
Zerquetscht, zerbrochen.



Die

Die hat des Abgrunds Wut
Durchaus zerwühlet:
Die eine schnelle Fluth
Hinweg gespület.

Ihr wißt nicht, hie und da
Verstreute Glieder!
Wie euch das Wort so nah,
Es ruft euch wieder.

Der Mann, in welchem es
Beschlossen ware,
Der kommt mit Lob-Getös'
Der Helden-Schaare.

Man thut die Bücher auf,
Es wird gelesen,
Wie eines jeden Lauf
Bewandt gewesen.

Der wird als Satans Theil
Hinweg getrieben:
Der steht zum Trost und Heil
Im Buch geschrieben.

Wie wird es mir ergehn
An diesem Tage?
Wo wird mein Urtheil stehn?
Wer hält die Waage?

Triumph! der hier erscheint
Im rothen Kleide,
Der ist mein weisser Freund:
Eins sind wir beyde.

Da solte ich für mich
Nichts Gutes hoffen?
Wer so besteht, wie ich,
Der hats getroffen.

Ich war ein Sünden-Kind,
Wie andre Sünder:

Allein,

Allein, ich überwind
Im Ueberwinder.

Ich bin an Seinen Stamm
Hinan gedehnet:
Er ist das reine Lamm,
Das GOtt versöhnet.

O Lamm, vergönne mir
Dich zu begleiten!
Mein Mann, ich weiche Dir
Nicht von der Seiten.

Ich sehe schon hinein
In Deine Wonne:
Hie blitzt der klare Schein
Von Salems Sonne.

Wie mancher stehet da
In reiner Seide!
Wie ist Dir der so nah
Im weissen Kleide.

Den hielt man in der Welt
Für einen Narren,
Der, dort im Ruhe-Zelt,
Zog lang im Karren.

Wie seufzte Deine Magd
Im Kranken-Bette!
Wie oft hat sie gesagt:
Wer Flügel hätte!

Und itzo seh ich sie
Mit Palmen-Zweigen,
Befreyt von aller Müh,
Auf Zion steigen.

Wo ist der arme Mann,
Der hier nur thränte,
Und sich von Jugend an
Nach Salem sehnte?

 Da

Da sitzt er Freuden=voll
Zu Deinen Füssen,
Und gibt Dir einen Zoll
Von tausend Küssen.

Und jener, welcher hier
Dein Häuflein lehrte,
Und viele, HERR, zu Dir,
Dem Licht, bekehrte,

Steht prächtig oben an,
Als eine Sonne,
Und jauchzet, was Er kan,
Bey solcher Wonne.

Der Dich in dieser Zeit
Als Liebe priese,
Und zur Gerechtigkeit
Die Menschen wiese:

Der blitzt in Deinem Glanz,
Gleich einem Sterne,
Sein Name leuchtet ganz
Auch in der Ferne.

Der helle Haufe glänzt
Vor Deinem Throne,
Den in der Zeit bekränzt
Die Marter=Krone.

Dort bey des Lammes Mahl
Erscheint im Reigen
Die auserwehlte Zahl
Der treuen Zeugen.

Was unsrer Väter Schaar
Und den Propheten,
Ins Ohr vertrauet war,
Hört man trompeten.

Die Zwölfe, die Du Dir
Zur Lust erlesen,

Die

Die krönet für und für
Vollkommnes Wesen.

Nun Dirs gefallen hat
Dein Volk zu rächen;
So sitzen sie im Rath
Das Recht zu sprechen.

Hie wird die trübe Zeit
Im Licht verschlungen,
Und der DreyEinigkeit
Triumph gesungen.

Diß Heilig Eine Drey
Wird aufgekläret,
Der Glaube schauet frey
Was ihn genehret.

Die GOtt gerufen hat
Und die gekommen,
Die werden in der That
Nun aufgenommen.

Der Glaub in seinem Lauf
Hat ausgegläubet:
Die Hoffnung höret auf:
Die Liebe bleibet.

Hier frag ich nicht einmal,
Wo ich soll bleiben?
Wer will mich aus der Wahl
Der Gnaden treiben?

Ich traue mächtiglich
Dem Hochgeliebten:
Sein Herze neiget sich
Zu den Geübten.

Vor Zeiten hielt ich mich
An Sein Erbarmen:
Und itzo hange ich
In Seinen Armen.

C 3

Ich

Ich bringe zu Ihm zu,
Er muß mir geben
Auf Arbeit, süsse Ruh,
Auf Sterben, Leben.

## XIII.

## Betrachtung seines Berufs in die Churfürstlich Sächsische Landes=Regierung. *

Du grosser HErr der Welt! es ist Dir unverborgen,
    Wie sehr mich diese Welt mit ihrem Dienst er=
        schrekt:
Ich wäre gar zu gern zu Deinem Dienst erwekt.
Der Abend währt mir lang: Ich seufze nach dem
        Morgen.
Es ist nicht mehr die Zeit, die wol vor diesem war:
Wir plagen uns umsonst, wir nutzen ihr kein Haar.

    Ach wäre noch der Tag, da man mit Staupen=
        Schlägen,
Mit Stökk'= und Pflökken sich an Deinen Gliedern rieb,
Und sie den Schafen gleich aufs Mord=Gerüste trieb;
So würde sich mein Gram mit leichter Mühe legen.
Denn, HErr! das weissest du, ich küsse Rad und Pfahl
Um Deinetwillen gern, ich jauchzte bey der Quaal.

    Allein, du alter Freund, dem Millionen Tage
Wie sechzig Stunden sind, der keinen Wechsel kennt,
Und sich mit allem Recht von heut und gestern nennt,
Legst Du die alte Welt mit dieser auf die Waage:
So mußte Jonathan vor seinem Vater fliehn,
Doch kont' er seinen Freund des Vaters Wut entziehn.

    Der Rath Ahitophels war kaum zur Narrheit worden,
Als des Husai Mund für Davids Leben stritt'.

                                    Zog

* Im October.

Zog Ahab in den Streit, fuhr Josaphat zwar mit;
Allein er blösete den ganzen Baals-Orden,
Und der Prophete sprach: Ich schone Josaphat,
Sonst bliebt ihr Könige gewißlich ohne Rath.

Der Nehemias war des Arthasasta Schenke,
Ein wohl geplagter Mann: Allein er machte doch
Sein väterliches Haus von dem betrübten Joch
Zur guten Stunde los.   Ich seufze, wenn ich denke,
Was Mardachai Fuß für saure Schritte that;
Der aber doch dadurch sein Volk erlöset hat.

Es muß auch Daniel das Hof-Getümmel dulden:
Allein wie betet nicht, wie überwindet er!
Wie wird es Misael und seinen Freunden schwer!
Allein sie bleiben selbst im Ofen ohne Schulden.
Der Leuen Rachen wird ein Maul-Korb angelegt;
Und von der Flamme brennt, wer Holz zum Feuer trägt.

Die Männer Juda sind bey ihrer Weise blieben:
War gleich der ganze Hof ein ander Thun gewohnt;
So wurden dennoch sie mit Hof-Manier verschont.
Wie hat der Eine nicht den König eingetrieben,
Als er das Götzen-Volk der Lügen angeklagt;
Und einer, als er ihm der Wahrheit Lobspruch sagt.

Johannes mußte zwar mit seinem Haupt bezahlen;
Doch hört' ihn erst der Fürst, und folgte manchesmal.
Ach! wüßte ich gewiß, ich käm' in jener Zahl:
So möchten immerhin der Trübsal schwüle Strahlen
Die schwersten Uebungen auf meine Scheitel speyn;
Es solte Leuen-Grimm mir noch erträglich seyn.

Da ist mein offnes Herz, Du kennest mich von innen,
HErr! wallt ein Tropfen Bluts durch meiner Adern Bach,
Der Dir nicht eigen ist, den treffe Deine Rach.
Mein ganzes Herz ist Dein, die ganze Kraft der Sinnen,
Und der erlöste Geist ist Dir zum Opfer recht,
Der Mensch mit Leib und Seel ist ewiglich Dein Knecht.

C 4

XIIII.

## XIIII.

# Sehnliche Gedanken am 72ſten Geburts=Tage der Frau Groß=Mutter.

Komm Ewigkeit, Inbegrif innigſter Wonne,
     Beſtrahle und heitere unſer Gemüth:
Erſcheine, du helle durchbringende Sonne,
Darunter der Segen erwächſet und blüht.
Wir ſchauen mit Sehnen,
Wir warten mit Thränen
Auf deine unendliche Klarheit und Glänzen,
Und wallen mit Wehmuth in irdiſchen Grenzen.

     Die Arbeit der Sünden macht Kraft=los und müde:
Wie wird ſie uns ſauer die fleiſchliche Laſt!
Wie ſüſſe hingegen, wie ſchöne klingſt: Friede!
Und Ruhe von Arbeit und ewige Raſt!
O ſelige Schaaren,
Die dahin gefahren,
Wo Chriſti Verlobte mit eblen Geſchmeiden
Und köſtlichem Schmukke im Roſen=Buſch weiden.

     Verlauffet, ihr Zeiten, verſchwindet, ihr Stunden,
Macht unſerem Bräutigam Bahne und Platz;
Wir haben den Ausgang des Jammerthals funden;
Wir graben nach einem verborgenen Schatz.
Die Nacht hindurch ſorgen
Wir nur auf den Morgen.
Ach! käme derſelbe, was würde uns quälen?
Was würde uns mehr an der Seligkeit fehlen?

     Wohlan dann, Geliebter, Du wirſt ja erſcheinen,
Dein Seiger geht langſam; ſo zeige Dich doch!
Schau nun nach den Frommen, erfreue die Deinen;
Sie haſſen die Welt=Luſt, ſie lieben Dein Joch.
Befeuchte den Garten;
Er kan nicht mehr warten:

Die

Die Mitternacht nahet; wir hoffen mit Schmerzen:
Die Lampen sind fertig; auch brennen die Kerzen.

Wir hören Dich, Liebster; Du heissest uns warten:
Man lauffet Dir niemals mit Förderung vor:
Doch drükt uns die Bürde auf mancherley Arten:
Das Fleisch läßt die Geister nicht gerne empor.
O JEsu! gedenke,
Wie sehr es uns kränke,
Dir so nicht zu dienen, wie wir es begehren:
Aufs wenigste mußt Du uns stille seyn lehren.

## XV.

## Soliloquium zu Weyhnachten.

Rath, Kraft, und Held und Wunderbar!
    Dein Nam ist meiner Seelen klar   1 Joh. 2, 13.
Die Du mit Deinem Blut erkauft,
Und mit der Liebes-Gluht getauft,
Mein Bräutigam, an meiner Stirne brennt
Dein Nam und Creutz, seitdem ich Dich erkennt.

Wenn ich, mit allem meinem Fleiß,
Mir nimmermehr zu rathen weiß,
Und meine Ohnmacht, Unverstand
Und Schwachheit kräftiglich erkant;
So bist Du ja der unerforschte Mann,
Der allen meinen Sachen rathen kan.

Fehlt mirs an aller Lebens-Kraft,
Hat meine Rebe keinen Saft,
Und sinke ich vor Mattigkeit
Beynahe hin zu mancher Zeit;
So ist Dein kräftiges Gefühl in mir,
Das hält mir starke Helden-Kräfte für.

Wenn ich im schweren Glaubens-Kampf
Durch manchen dikken Rauch und Dampf,

C 5

Durch

Durch manche Leibs = und Geists = Gefahr,
Mich dränge zu der Sieges = Schaar;
So bist Dus, unbezwungner Wunder=Held,
Der meinetwegen alle Feinde fällt.

Wenn sich mein Senf=Korns=Glaube regt,
Und kindlich Dir zu Füssen legt,
So mag der Feinde Hohn=Geschrey
Ertönen: daß ich thöricht sey.
Ich fürchte mich deswegen doch kein Haar:
Mein Glaub ist Sieg, mein Zwek ist wunderbar.

Mein Alles! mehr als alle Welt,
Mein Freund! der ewig Treue hält,
Mein weiß= und rother Bräutigam!
Mein immerwährend Oster=Lamm!
Mein Leit=Stern! meine Liebe! meine Zier!
Sey ewiglich mein Steinritz, mein Panier!

Hast Du mich in der Zeit gewolt,
Die Räder=schnell von dannen rollt;
So miß mir selbst die Stunden ab!
Sey meiner Reise Wander=Stab!
Sey meines Thuns sein Schöpfer! führe mich
In allem Dir zu wandeln würdiglich!

Soll ich viel Jahr im Karren fort;
So zeige mir den Ruhe=Port,
Von ferne zeige mir die Stadt,
Die Deine Hand bereitet hat,
Das güldne Seraphinen Liebes=Licht:
So schrekket mich die lange Reise nicht.

Und wenn ich meiner Brüder Zahl
Nach Deiner holden Gnaden=Wahl
An meinem Theile auch erfüllt;
Wenns endlich auch Belohnens gilt:
So weißst Du, daß mein Lohn, mein Licht und Ruh
Nur Du alleine werden solst, Nur Du.

## XVI.

## XVI.

## Im Namen des regierenden Grafen zu Ebersdorf, bey dessen Verlobung mit des Autoris Freundin.

Wie dank ichs meinem Jonathan *
    Der mich hieher geführet,
Und der noch kaum begreiffen kan
    Was er dabey verlieret;

Wie dank ichs aber noch vielmehr
    Der holden Theodoren,
Die mich auf sehnliches Begehr,
    Zum Bräutigam erkoren.

Am meisten lob und preise ich
    Den Leitstern aller Dinge,
Der nicht von meinen Wegen wich,
    Bis ich sie wohl vollbringe.

Ich lobe Deinen Wunder-Rath,
    Du Vater aller Gabe!
Der mir so bald gegeben hat
    Was ich gebeten habe.

Hast Du nun dieses Liebes-Band
    Mit eigner Hand gebunden,
Gib daß es einst in Deiner Hand
    Werd eingezeichnet funden.

Du bist ein holder Bräutigam,
    Der zu der Menschen-Seele
In ihre finstre Wohnung kam,
    Daß Er sich ihr vermähle.

Und also freuest Du dich noch,
    Wenn Du von Treu getrieben,

Zusam-

* Womit der Verfasser gemeynt ist.

Zusammen spannst ins Liebes-Joch
  Zwey Herzen, die Dich lieben.

Du hast mir alles leicht gemacht,
  In meinen Lebens-Tagen,
Eh ich der Last recht nachgedacht,
  Hast Du sie abgetragen.

Ich will von dieser Gütigkeit
  Vor keinem Menschen schweigen,
Und durch die ganze Lebens-Zeit
  Mein Herze zu Dir neigen.

Ach neige auch Dein Herz zu mir
  Und zieh' mich in die Liebe,
Die Dich, mit brennender Begier,
  Zu meiner Wohlfahrt triebe.

Gib daß ich Dir mein kleines Land
  Zum Opfer übergebe,
Und meinen angebornen Stand
  Auf Deinem Altar webe.

Die theure Gräfin, die Du mir
  So väterlich geschenket,
Die sey o Seelen-Hirte! Dir
  In Deinen Schooß versenket.

Ist dis Geschenke Dir geweiht,
  Das mich so sehr vergnüget;
So werd es auf die Ewigkeit
  In meine Hand gefüget.

## XVII.

# Auf die Heimführung der Gräfin Theo-dore Reußin, geb. Gräfin zu Ca-stell, nach Ebersdorf.

Mein Bruder, gönne mir, daß ich von ferne her
  Noch eines Freundes Herz mit deinem Geist ver-
    binde,

Und

Und dich mit einem Blat voll lautrer Liebe ehr:
Es kommt nicht eher an, damit es Muſſe finde.
So hat dich Ebersdorf nun wiederum erlangt,
Und ſchließt dich veſte ein mit deiner Theodoren:
Dein liebes Land, das längſt mit vielem Guten
　　　　　　　prangt,
Erfreut ſich, daß dir GOtt das Beſte ſelbſt erkoren.
Die theure Mutter wird voll Lobs und Dankens ſeyn;
Die Schweſtern voller Troſt, die Freunde voll Ver-
　　　　　　　gnügen;
Die Diener ſtimmen ja vermuthlich alle ein;
Und jeder Redliche; ein Dank-Lied beyzufügen.
Es fehlet auch gewiß an guten Wünſchen nicht;
Und wenn du beten hilfſt, GOtt wird ſie alle hören.
Ich leiſtete vorhin die brüderliche Pflicht,
Und itzo ſoll dis Wort auch ſeinen Leſer lehren.
Es war das Lobe-Lied der Sache ganz gemäß,
Darinn ich zu Caſtell die Wunder GOttes prieſe.
Der eine tadelte, der andre rühmte es,
Womit ſich der Verſtand von ſolchen Sachen wieſe.
Indeſſen weil es doch noch Kinder GOttes hat,
Die ihres Vaters Hand zu küſſen ſich bequemen;
So widerhole ichs mit wohlbedachtem Rath,
Die Treuen zu erfreun, die andren zu beſchämen.

## ARIA.

Welche nach der geſchehenen Verlobung zu Caſtell abgeſungen wurde.

Wie biſt Du ſo wunderbar, groſſer Regente,
Der Himmel und Erde und alles bewegt!
Ach wenn doch die Menſchheit Dein Weſen erkennte;
So würde dem Sorgen das Handwerk gelegt:
Der Eigenſinn müßte, wie andere Lüſte,
Dem Vater im Himmel, dem Schöpfer der Erden,
Geopfert, und alſo gebändiget werden.

Die

Die Klugheit Ahitophels mußte vernarren,
Sobald sie mit David dem GOttes-Mann stritt':
Die Weisheit der Menschen muß gleichfalls erstarren,
Sobald ein Kind GOttes den Schauplatz betritt.
Die göttlichen Thoren sind weiser geboren,
Als alle die Weisen, die unter den Sternen,
Mit Mühe und Arbeit ihr Wissen erlernen.

Das siehet und höret der elende Haufe
Der Klugen, die Christus zu Narren gemacht,
Und stehet nicht still im vergeblichen Laufe,
Bemüht sich hingegen bey Tag und bey Nacht,
Vom Abend zum Morgen, vermehrt sich sein Sorgen
Und endlich bekomt er von gestern und heute
Das Warten der künftigen Dinge zur Beute.

Die Christen sind stille und lassen Den machen,
Der ihnen als Vater mit Rechte befiehlt;
Die anderen sehens, und spotten, und lachen,
Daß GOtt mit den Seinen so wunderlich spielt.
Und dieser erscheinet, wenns niemand vermeynet,
Und hebt sich in seinen gemessenen Schranken
Weit über der Menschen Vernunft und Gedanken.

Frolokket ihr Kinder der ewigen Liebe,
Ihr werdet zum Wunder und Zeichen gesetzt:
Der Vater entbrennet vor herzlichem Triebe,
Sobald ihr die Wangen mit Thränen benetzt.
Er hört ja im Himmel der Erden Getümmel,
Dafür sich die himmlisch-gesinneten Seelen,
Die stolze Behausung der Ruhe erwehlen.

So hat sich bey Christen ein jeglicher Morgen
Auf seine Bedürfnis alleine geschikt:
Wie kommt es dann, daß man die leidigen Sorgen
Bey Kindern der Menschen so häuffig erblikt?
Weil diese sich selber, und güldene Kälber,
Zu ihren ohnmächtigen Göttern erwehlen,
So stehet es diesen wohl an sich zu quälen.

Die

Die Wunderthat, die in verwichenen Tagen,
Im Reuß- und Castellischen Hause geschehn.
Wird alle in ihrem Gewissen verklagen,
Die GOttes Werk ohne Verwunderung sehn:
Wer hätte die Sachen verwirreter machen
Und dennoch so seliglich endigen können,
Als Er, den wir Vater und Wunderbar nennen?

Er hat an dem Bräutigam Grosses bewiesen,
Die Wunder-Regierung erfreuet die Braut:
Er werde dann ewig für alles gepriesen.
Was unsere Augen die Tage geschaut!
Er mache Sie beyde voll heiliger Freude,
Verbinde Sie mit dem vollkommensten Bande,
Und höre das Flehen der Stillen im Lande.

Hat er Sie von Ewigkeit dazu erlesen,
Worzu Sie Sein Liebes-Rath neulich geführt:
So werde von nun an ihr Leben und Wesen,
Von Seiner durchdringenden Liebe gerührt:
Sie müssen auf Erden ein Ebenbild werden,
Von Herzen, die Seine Versehung gebunden,
Und die in derselben ihr Glükke gefunden.

Und weil Er uns alle so herrlich gelehret,
Daß Menschen-Kunst nichts, und Er alles gemacht;
So werde der Unruh auf ewig gewehret,
Und wir in die selige Stille gebracht,
Darinnen die Seinen verborgener scheinen,
Als Leute, die Leben und Geister verlieren,
Und dennoch den Erd-Kreis alleine regieren.

Wohlan! der Bundes-GOtt hat sich recht treu erzeigt; *
Wir wissen was er jüngst für neue Wunder übte:
Wie hoch hat Er erhöht, die Er so tief gebeugt,
Wie hat Er die erfreut, die Er zuvor betrübte.

Gelieb-

---

* Durch die Vermählung der Durchlauchtigsten Prinzeßin
Sophia Magdalena zu Brandenburg-Culmbach, an des
damaligen Kron-Prinzen von Dännemark Königl. Hoheit.

Geliebte! da Euch GOtt den schönen Vorzug gönnt,
Daß Ihr in Seiner Furcht die Sache angefangen,
Daß Euch Sein Gnaden = Ruf zur heilgen Eh ernennt;
So suchet ewiglich in diesem Schmuk zu prangen.
Drum nehmet Euch doch nichts in euerm Leben für,
Dabey der treue HErr nicht Rath und That gewesen:
Der HErr eröfne Euch des Glüks und Creutzes Thür,
Er leg Euch Krankheit auf, Er lasse euch genesen.
Er selber mach es Euch itzt leicht, und morgen schwer,
So, wie Sein weiser Rath es euch bequem ermisset.
Was Euch begegnen kan, das alles schaffe Er,
Damit Ihr Lieb und Leib von Ihm zu fordern wisset.
Er sey der erste Grund, der Mittel = Punct, und Schluß
Von allem Euerm Thun: Sein Stekken müß' Euch
                weiden:
Er zukre jeden Kampf mit Seiner Gunst Genuß,
Und woll Euch allen Trost der Creatur verleiden.
Wie süsse schmekt das Brod, das Seine Güte schenkt!
Wie labet uns der Trank, den Seine Liebe quillet!
Wohl einer jeden Seel, die sich in Ihn versenkt,
Und ihrer Sinnen Sturm in Seiner Sanftmuth stillet.
Mein Bruder, deine Ruh wird meinen Geist erfreun,
Und die Zufriedenheit der werthen Theodoren
Wird mir ein Gnaden = Lohn von GOttes Güte seyn,
Die Euer Eheband im Wächter = Rath erkoren.
Erinnert Euch nur oft, was von der Lebens = Saat,
Was von der Seligkeit des GOtt vermählten Orden,
Und von der Wunder = Hand, die euch geleitet hat,
Auf Reminiscere * ist ausgesprochen worden.
HErr höre mein Gebet, und siehe gnädig an
Die Kinder, die Ihr Glük in Deiner Hand gefunden:
Brich ihnen überall die schöne Glaubens = Bahn,
Vermähle Sie mit Dir, so sind sie vest verbunden.

XVIII.

* Das war der Verlöbnis = Tag, und jenes der Inhalt
   damaliger Reden.

## XVIII.
## Auf eines Freundes Jahrs-Tag. *

Christum über alles lieben
    Uebertrift die Wissenschaft:
Ist sie noch so hoch getrieben,
Bleibt sie ohne alle Kraft;
Wo nicht JEsu Christi Geist
Sich zugleich in ihr erweist:
JEsum recht im Glauben küssen
Ist das allerhöchste Wissen.

Christum lieben ist die Kette,
So die Freundschaft veste macht:
Liebt man Christum um die Wette,
Wird der Lauf mit Lust vollbracht.
JEsus, unser höchster Schatz,
Hält auf dieser Bahn den Platz;
Und am abgemeßnen Ende
Lauffen wir in Seine Hände.

Christi wohl geprüfte Liebe
Gegen Seine Lämmerlein,
Fordert gleiche Liebes-Triebe:
Er ist unser, wir sind Sein.
Schafe wissen nichts von Müh,
Christus hebt und träget sie:
Seine ausgesuchte Heerde
Fraget wenig nach der Erde.

Christum lieben lehrt die Weise,
Wie man klüglich handeln soll,
Und die ganze Himmels-Reise
Ist der Liebe JEsu voll:
Alle Weg und Stege sind
Für ein seligs Gnaden-Kind

D

Auf

* Am 1sten May.

Auf das beste zubereitet,
Daß es ja nicht etwa gleitet.

Christum lieben gibt die Maaſſe,
Wie ich heilig leben muß:
Was ich thue, was ich laſſe,
Lehrt ſie mich in Ueberfluß,
Und wie weit ich Tag vor Tag
In der Liebe wachſen mag:
Alle gute Werk und Triebe
Wirkt die muntre JEſus-Liebe.

Christum lieben machet weiſer,
Dann die alt-Erfahrnen ſind:
Auf die Liebe bau ich Häuſer
Gegen allen Sturm und Wind:
Christum lieben iſt gewiß
Satans größte Hinderniß;
Wo er Liebe Christi ſiehet,
Da iſts ausgemacht: Er fliehet.

Christum lieben macht die Banden
Aller andren Liebe veſt:
Aber alles wird zu ſchanden,
Was ſich hier nicht gründen läßt.
Christi Lieb in ſeiner Maaß
Bringt uns wol der Menſchen Haß;
Aber wer ſich drein verſenket,
Dem wird mancher Feind geſchenket.

Christi Liebe, Einfalt, Wahrheit,
Und der Bruder-Liebe Band,
Die beſtehn in Kraft und Klarheit
Hier und auch im Vaterland.
Treuer Freund, wie wünſch ich dir
Dieſe ungemeine Zier,
Dieſe Krone aller Gaben,
Christum JEſum lieb zu haben.

JEſu

JEsu, meiner Seelen Weide,
Meine höchste Lieblichkeit!
Lehre ihn bey Freud und Leide
In der kurzen Pilgrims-Zeit
Dir, dem GOttes-Lämmelein,
Bis zum Tode treu zu seyn;
Und anstatt darnach zu sterben,
Laß ihn gehn und mit dir erben.

## XVIIII.

## Auszug aus einem Hochzeit-Gedichte an den jungen Herrn Franken in Halle.

Nach vielen unbequemen Stunden,
Nach jenes langen Winters Plag,
Hast du ein lieblichs Loos gefunden,
Und siehest einen Sommer-Tag;
Nach Krankheits-Noth
Entweicht der Tod,
Und durch der Auferstehung Kraft
Empfängst du neuen Lebens-Saft.

Wie süß ist doch des HErren Liebe!
Wie unerforschlich ist Sein Rath!
Wie mächtig Seines Zuges Triebe!
Wie wirksam Seiner Hände That!
Glükseliger!
Dich stößt der HErr
Nicht ferne von des Vaters Haus
In eine reiche Erndte aus.

Nur mich, das ärmste Seiner Kinder,
Mich Seinen matten Säugeling,
Mich heißt der holde Freund der Sünder
Beynah ein unbequemes Ding.

Ich nahe kaum
Zum engen Raum,
Und auf die schmale Pforte zu;
So unterbricht Er mir die Ruh.

Wohlan, es ist ja Seine Weise,
Er wirkt, wir sind nur Handwerks-Zeug:
Er zieh mich nur gemach und leise,
Denn ich bin gar ein schwacher Zweig;
Soll solch ein Reis
Zu Seinem Preis
Mit Früchten angefüllet seyn,
So pfropf Ers in sich selber ein.

Wie komm ich nur auf solche Sachen?
Was schreib ich öffentlich davon?
Das ist ja nur der Welt ihr Lachen,
Das lieset Ismael mit Hohn.
Ist wahr.   Allein
Itzt kan es seyn,
Daß man sich laut ergötzen mag;
Denn heute ist ein Hochzeit-Tag.

Stimmt aber auch der Freund der Seelen
Mit diesem ihrem Vorsatz ein,
Daß sie sich anderwerts vermählen,
Sie, die schon lange Seine seyn?
Es scheint fast nicht;
Diß reine Licht
Haßt alles fremden Feuers Pracht,
Das sich zu Seinem Altar macht.

Und viele liebe GOttes-Kinder
Vermeynen dieses eben auch;
Der Liebe, unserm Ueberwinder
Mißfalle dieser Welt-Gebrauch;
Wo man sich noch
Ein ander Joch,

Zu ihrer Liebes-Bürd und Plag,
Auf seine Schultern binden mag.

Daß unsrer Seelen Hut und Wacht
Beym Ehestand verdoppelt wird,
Ist eine ausgemachte Sache,
Und wird darinnen sehr geirrt.
Man machet sich
Gemeiniglich
Die Ehe gar zum leichten Ding,
Und ihre Mühe scheint gering.

Drum wenn man weislich überleget,
Wie Mangel, Creutz und mancher Dampf
Sich mit der Eh zugleich erreget,
Und wie, in diesem schweren Kampf,
Manch lüstern Lamm
Den Bräutigam
Verscherzt mit samt der Jungfrauschaft,
Indem es sich ins Fleisch vergafft:

So möchte man sich wohl bedenken,
Obs kein verwegner Handel sey,
Sich also leichtlich wegzuschenken.
Gewiß, ich stimme Paulo bey:
Die beste Eh
Halt ich für Weh,
Es sey der Mann dann Christi Braut,
Und auch das Weib dem HErrn vertraut.

Auf diese Weise laß ichs gelten,
Daß du dir eine Braut erlies'st;
Wenn Christus dir vor tausend Welten
Und vor dir selbst am liebsten ist:
Und ist dein Weib
Ein Glied am Leib
Des Bräutigams; so lieb es dann
Allein in Ihm, denn Er ist Mann.

So darfst du dann auch wenig sorgen,
Wie lange sie bey dir verweilt:
Vielmehr da heute oder morgen
Die Ehgehülfin heimwerts eilt,
So dringt dein Sinn,
Zugleich dahin,
Wo sie beym rechten Schatze ruht,
Und hält es Ihm und ihr zu gut.

Sie läßt sichs ebenfalls gefallen,
Wenn JEsus, ihr verlobter Freund,
Mit dem sie, vor den andren allen,
Es herzlich gut und redlich meynt,
Den lieben Mann,
Der sie gewann,
Aus dieses Lebens rauher Luft
In seine stille Hütte ruft.

Nur will gar viel darzu gehören
In dieser Fassung vest zu stehn:
Man läßt sich durch das Fleisch bethören
In göldne Fesseln einzugehn,
Man meynt dabey,
Wie stark man sey:
Und wann man sich verstrikket hat;
So ist die Reue gern zu spat.

Drum ists ein sonderlicher Segen,
Wen, in der Grund-verderbten Welt,
Der HErr in Seinen schlechten Wegen
Und in dem rechten Gleis erhält;
Wenn einige
In ihrer Eh
So ehrlich sind und unbeflekt,
Daß sie der Bräutgam einst nicht schrekt.

Daß Ehen so bestehen können,
Muß ewig eine Wahrheit seyn.

Paul

Paul darf sie Ehrenwürdig nennen.
Das stimmte ja nicht überein;
Wenn einge Lust
GOtt unbewußt,
Und die nicht in Sein Reich gehör,
Im Ehestand erlaubet wär.

Es wird zwar Fleisch vom Fleisch geboren,
Und das aus GOttes weisem Rath,
Der, eh der Mensch sein Bild verloren,
Ihm schon ein Weib erbauet hat:
Die Lüsternheit
Drang nach der Zeit
Auch auf die liebe Ehe an,
Und machte sie ihr unterthan.

In denen drauf gefolgten Tagen,
Wards endlich so wie itzt bestellt;
Da sich die Kinder GOttes wagen
In das Gedränge dieser Welt.
Sie trauen sich
Gar sonderlich,
Und gehen mit der Lust zum Tanz;
So kommen sie um ihren Kranz.

Da mengen sich die Kinder GOttes
In allen Koth der Eitelkeit,
Und schämen sich des kleinen Spottes *
In dieser kurzen Prüfungs-Zeit.
Das war nun auch
Vor Alters Brauch,
Da sah sich GOttes Eigenthum
Nach Töchtern dieser Erden um.

Allein, wie ist es abgelauffen?
Das währte, bis die Sündfluth kam,

 Und

___________
* Wie man hier sehen kan.

Und diesen angesteckten Hauffen
Im Eifer von der Erde nahm.
Da sahe man
Mit Schrekken an,
Wie sich der Liebes-Geist erwies,
Und Seine Ehre niemand ließ.

Die Bosheit bricht zu unsren Zeiten,
Als eine Sündfluth, da herein;
Die Welt ist voll von bösen Leuten;
Weil viele unerfahren seyn,
Was Hurerey,
Was Ehe sey
Und sich, als nach der Thiere Art,
Das eine mit dem andern paart.

Drum, die ihr aus dem höchsten Wesen,
Und aus dem Geist geboren seyd,
Die sich der HErr zur Braut erlesen,
Verbindet euch zu dieser Zeit;
Folgt nah und fern
Dem Jacobs-Stern;
Und wie euch Der berufen hat,
So wandelt, nicht nach euerm Rath.

Seyd ihr, dem Lamme nachzueilen,
Voll obenher entflammter Brunst;
Und denkt euch nimmermehr zu theilen:
So lernet diese edle Kunst,
Und lernt dabey,
Was Demuth sey;
Die richtet keinen fremden Knecht,
So werdet ihr dem Freunde recht.

Und ihr, die GOttes weiser Wille
Ins Eheband beschlossen hat,
Bestrebet euch nach wahrer Stille,
Und fragt des HErren Wort um Rath.

Ein

Ein Ehe-Mann
Ist übler dran,
Dann Christi Freygelaſſener,
Und eine Ehe-Frau hats ſchwer.

Das muß euch aber nicht verhindern
Im keuſchen Kampfe treu zu ſeyn:
Sprecht, gleich den wohlgezognen Kindern,
Fein oft ins Vaters Hauſe ein,
Und bittet Ihn
Euch ſelbſt zu ziehn,
Damit der Geiſt, Trotz Fleiſch und Welt,
Der Keuſchheit Sieg und Kranz erhält.

Der Mann ſey GOttes Bild und Ehre;
Das Weib des Mannes Ehren-Kron:
Der Mann erbaue, beßre, lehre;
Das Weib weiß oft vielmehr davon:
Allein ihr Sinn
Geht nur dahin,
Wie ſie im ſanften ſtillen Geiſt
Sich ihrem Ruf gemäß erweiſt.

Das wäre, möchte einer ſagen,
Wol alles gut und wohl beſtellt;
Alleine, wenn wir weiter fragen:
Wies um die Leibes-Früchte hält?
Das Fleiſch iſt todt,
Ein Gräul vor GOtt:
Hört Paulum, der ſpricht freudig drein,
Daß unſre Kinder heilig ſeyn.

Gibt einem nun der Schöpfer Erben;
Die zieh man Ihm, nicht Menſchen auf,
Man lehre ſie Ihm leben, ſterben,
Und zeig in ſeinem eignen Lauf,
Wie man die Zeit
Zur Ewigkeit

D 5

Beſchleunigen, und ſeinen Fuß
Auf GOttes Wege richten muß.

Wenn viele ſo geſinnet wären,
Verbliebe manches Aergerniß,
Damit die Menſchen ſich beſchweren:
So ſiegeten wir ganz gewiß.
Der Welt Gebrauch
Iſt immer auch:
Genau auf Iſrael zu ſchau'n;
Wie würd' ein ſolch Exempel bau'n!

Und die ſich an die Ehe ſtoſſen,
Weil ſie ſo wenig Ehen ſehn,
Die, weil ſie erſt aus GOtt gefloſſen,
Auch wiederum zu GOtte gehn,
Die fingen dann
Vermuthlich an,
Wenn es ſich anders zeigete,
Und lobten ſolche keuſche Eh.

Erlaube mir, hier abzubrechen,
Herr Bräutigam, und nur mit Dir,
Noch ein Ermuntrungs-Wort zu ſprechen,
Du biſt wol gleiches Sinns mit mir?
Du wirſt diß Band,
Das GOtt erkaut,
Euch beyden nutz und gut zu ſeyn,
Des Lammes ſüſſer Liebe weyhn.

So wird des Erſtgebornen Name
Auch über eurer Liebe ruhn,
Und euer Ihm geweyhter Same
Wird nach des HErren Weiſe thun.
Dann werdet ihr,
So dort als hier,
In JEſu Liebe nimmer matt,
Und einſt in reiner Wolluſt ſatt.

XX.

## XX.

# Vollendung einer fünfjährig = fortge= währten Betrachtung GOttes.

### O Ens Entium Miserere!

Allgegenwart! ich muß gestehn,
   Du unaussprechlich tiefe Höhe
Erfülleft, ohne Dich zu sehn,
Doch alles, wo ich geh' und stehe.
Die Spur von Deinem Allmachts = Pfad,
Die ewiglich nicht auszugründen,
Ift dennoch überall zu finden,
So weit man Raum zu denken hat.

So kan es ja nicht anders seyn,
Weil ich Dich allerwegen merke;
So geb ich mich mit Ernst darein,
Die Gröffe Deiner Macht und Stärke,
Die blendend = helle Majestät,
Vor der die finstren Tieffen weichen,
Mit einem Liede zu erreichen,
Das über alle Lieder geht.

Allein Du unbeschriebner Mann,
Wo fing ich meinen Lobs = Gedanken
Den erften Stein zu setzen an?
Wohin versetzt ich ihre Schranken?
In welchem Lebens = Jahre wird
Erft mein Verstand so aufgekläret,
Daß er hinauf = und niederfähret,
Und sich nicht überall verirrt?

Es spreche, Du verborgner GOtt!
Ein Mensch, was eigentlich Dein Wesen,
Und werde nicht dabey zu Spott
Vor allen, die den Ausspruch lesen:

Er

Er wird, mit ausgesuchter Art,
Die Sprache also führen müssen,
Daß er und alle nichts mehr wissen,
Als was Du längst geoffenbart.

Wie wagte sich der Sinn hinein
Bis zu den tiefen Eigenschaften!
Die sonderlich und insgemein
Genau an Deinem Wesen haften;
Und zu des Namens Wunder-Höhn,
Der sich zu nennen nicht beliebet,
Sich auch nur zu erfahren giebet,
Wo Aug und Sinnen stille stehn.

Wer führet mich zu Deiner Quell?
Unendlichkeit! des Geists Erstaunen!
Wo find ich eine freye Stell,
Von Deinen Wundern zu posaunen?
Ich warn'te alle Creatur,
Vom Fürsten an der reinen Geister,
Bis zu der Weisen Ober-Meister,
Vor Deiner fürchterlichen Spur.

Ich lasse Dich: Du bist zu hoch,
Zu tief, o GOtt! zu groß und lichte,
Für einen Geist im Leibes-Joch,
Für ein umhülletes Gesichte.
Wie kam das Schaffen Dir in Sinn?
Verfehlt ein Fürst der Creaturen
Zu Dir, dem Schöpfer, Bahn und Spuren,
Wo will die andre Schöpfung hin?

*   *
*

Hör auf zu suchen was so fern,
Hör auf zu forschen was dich fliehet!
Du hast den ausgemachten Kern:
Sey nicht ums Aussenwerk bemühet:

Verrükke nicht dein Seelen-Licht
Bis zu dem Kreis der Ewigkeiten:
Du möchtest Finsternis erbeuten,
Und fändest Mich doch nirgends nicht.

Wie so? du unverständigs Kind!
Wilt du mich aus der Tieffe holen?
Wo meynest du, daß man mich find't?
Suchst du mich bey den Himmels-Polen?
Suchst du mich in der Creatur?
GOtt, den kein leiblich Auge schauet,
Hat etwas sichtbarlich erbauet,
Der ganzen GOttes-Fülle Spur.

Ihr Menschen! kommt herbey, und seht
Die zugedekten Abgrunds-Schlünde,
Die eingehüllte Majestät,
In JEsu, dem geringen Kinde!
Seht, obs der Mensch in Gnaden sey,
Seht, ob Er euer Lob verdienet?
Wem Seine Lieb im Herzen grünet,
Wer gläubt; wird aller Sorgen frey.

*　　　*

*

Ach GOttes Wort, du wahres Licht,
Du Glanz des Königs aller Ehren!
O Liebe, die den Himmel bricht,
In meiner Hütte einzukehren:
Hie find ich mich! hie greiff ich zu.
Zwar hab ich Dich noch nicht gesehen:
Das wird zu seiner Zeit geschehen.
Itzt lieb ich Dich, und gläub und ruh.

XXI.

## XXI.

# Auf den sonderbaren aber redlichen Mann, Ernst Christoph Hochmann von Hochenau, einen Anachore= ten des vorigen Seculi.

O Geist in JEsu Geist versunken!
    O Leib voll reiner Gnaden=Funken!
O du vom Lamm erkaufte Braut!
An der man nichts als Segen schaut.

Geh ein in Deines JEsu Ruhe,
Wirf weg die ausgetretnen Schuhe
Der moderichten Lebens=Zeit,
Und bringe in die Ewigkeit.

Geniesse da der Himmels=Säfte,
Die hier in allerley Geschäfte
Sich in und an dir kund gethan,
Auf! stimme Lammes=Lieder an.

Geh hin in JEsu süssen Frieden;
Du warest hier schon abgeschieden,
Hie schon von Creaturen los,
Und nur in deiner Armuth groß.

Geh hin! wir sind in Mesechs Hütten,
Wir folgen dir mit matten Schritten,
Und giessen auf dein kühles Gras
Ein GOtt geweyhtes Thränen=Maaß.

Du glaubtest, aber ohne Zanken;
Du liebtest, aber ohne Wanken;
Dein Friedens=Hüttlein prangte hier
Mit Frieden in dem Streit=Revier.

Der Secten=Geist, das Rott=Gesinde,
Vermochte nichts an diesem Kinde,

Und

Und sein in Unschuld zarter Sinn
Zog alle in die Liebe hin.

HErr JEsu, diesen treuen Zeugen,
Sein seligs Reden, weises Schweigen,
Und seiner Liebe Gnaden=Schein,
Präg unserm Angedenken ein.

Und wekke unsre trägen Sinnen,
Es eben also zu beginnen
Ach mache uns so eingekehrt,
So klein, so arm, so liebens=werth.

## XXII.

# Eigene Hochzeit=Gedanken. *

Kron und Lohn beherzter Ringer,
    Der Seligkeit Herwiederbringer,
HErr JEsu, HErr der Herrlichkeit!
Schau vor deines Thrones Stufen,
Zwo Seelen, welche zu Dir rufen,
Sie wären gerne benedeyt.
Du segnest ja so gern, Gesegneter des HErrn,
Wir begehrens,
So komm herein, wir sind ja Dein,
Und laß uns recht gesegnet seyn!

Brunnquell aller Seligkeiten,
Ach! fahre fort uns zu bereiten
So, wie es Dir gefällig ist:
Wir als von Natur verdorben,
Wir sind dem Leben abgestorben,
Darinnen Du zu finden bist.
So tödte doch den Feind, der uns zu stürzen meynt,
Unser Leben!
Vollbringe nun, uns abzuthun,
Daß wir in Deinem Tode ruhn.

Selig

---

* Am 7ten September.

Selig sind die Geistlich-Armen,
Sie finden leichtlich Dein Erbarmen,
Das Land der Himmel bleibet Ihr:
Da im Gegentheil die Reichen,
Und die gar satt sind, ferne weichen
Von Deines Königreiches Zier.
Ach! mach uns Arme reich, doch Deiner Armuth gleich.
Gib uns, JESU,
Den reichen Muth! dem irdisch Gut
Recht weh, und Armuth sanfte thut!

Selig sind, die Leide tragen,
Sie sollen Trosts genug erjagen;
Ihr Herzog ging den Weg voran:
Stieg Er auf durch Creuz und Leiden;
So will Er uns den Kelch bescheiden,
Der Ihm hienieden gut gethan.
Uns ist in dieser Zeit kein Feyertag bereit;
Hier gilts Weinen:
Beym Lammes-Mahl ist keine Quaal;
Wir aber gehn durchs Jammerthal.

Selig sind die sanften Geister,
Sie sind auf Erden Herrn und Meister;
Und niemand sieht es ihnen an;
Da sie doch durch stillen Wandel
In allerley Geschäft und Handel
Ihr Lammes-Wesen dargethan.
Es ist ihr Bräutigam, das erstgeborne Lamm;
Lamm und Löwe,
Gar sanft und weich, doch stark zugleich;
So sind auch die aus Seinem Reich.

Wenn der Feinde stolze Rotten
Der armen Einfalt JESU spotten,
Und Seiner sanften Lämmerlein;
(Weil sie nicht mit Schatten prangen
Und unverrükt am Cörper hangen,)

So

So muͤſſen ſie oft ſchreklich ſeyn.  · · :(Hohel. 6.)'
Scheint einem Goliath der kleine David matt,
Will er hoͤhnen;
So faͤhrt ein Stein zur Stirn hinein,
Dem, der ein Rieſe wolte ſeyn.

Selig (gleich) dem Lebens-Fuͤrſten,)
Sind alle, welche ſehnlich duͤrſten
Und hungern nach Gerechtigkeit,
Sollen auch geſaͤttigt werden;
So, wie ihr Goel hier auf Erden,
Zur vorbeſtimmten Leidens-Zeit,
Den Durſt in Seinem Theil,  nach unſrer Seeleu Heil
Wohl empfunden:
Wer in der That ſo Hunger hat,
Und alſo duͤrſtet, der wird ſatt.

Selig ſind barmherz'ge Seelen:
Barmherzigkeit wird ſich vermaͤhlen
Dereinſt mit ihrer Duͤrftigkeit.
Wer ein Troͤpfgen Waſſers giebet,
Wird um das Troͤpflein auch geliebet,
Und wohl belohnt zu ſeiner Zeit.
Wohl alſo jedermann, der hier viel Guts gethan:
Wehe denen,
Die ſich durch Pracht darum gebracht:
Vor GOTT wird ihrer ſchlecht gedacht.

Selig ſind die reinen Herzen,
Die ihre Krone nicht verſcherzen:
Sie werden GOTT im Frieden ſehn!
Alle unbeflekte Tauben,
Die an den Freund der Seelen glauben
Und in der Reinigkeit beſtehn,
Die ſehen einſt im Licht, das keuſche Angeſicht
Unſers Lammes;
Lamm, wir ſind Dein, behalt uns rein,
Und lehr uns Dir recht aͤhnlich ſeyn.

E

Selig,

Selig, die in allen Sachen
Von Herzen gerne Frieden machen:
GOTT siehet sie als Kinder an;
Also soll ihr Name heissen,
In Friedens-Schmukke sollen gleissen.
Die viel zum Frieden hier gethan.
Wer liesse sich dann nun nicht lieber Unrecht thun?
(1 Cor. 6,7.)

Friede, Friede,
Hat unsre Gunst, ist unsre Kunst,
Der reichste Zank-Gewinn ist Dunst.

Selig sind, die voller Freuden
Allhier ums Guten willen leiden,
Und sprechen: Du bist ja der HERR,
Wir dulden nur um Deinetwillen;
Die Zahl der Leiden zu erfüllen
Wird uns aus Liebe gar nicht schwer.
Wie glüklich wären wir, o JESU, wenn wir hier
Um Dich litten:
So geh voran, wir dringen an
Auf diese Kriegs- und Sieges-Bahn.

Selig sind schon hier auf Erden,
Die wakker ausgehöhnet werden
Von wegen ihres Bräutigams;
Wird sich eine Braut nicht schämen
Des Liebsten Namen anzunehmen;
Was schämen wir uns unsers Lamms?
Das müsse ferne seyn, laßt kommen Schmach und Pein!
Wir sind Christen,
Und allezeit mit Freudigkeit,
Durch Ehr und Schmach zu gehn bereit.   (2 Cor. 6.)

Wir sind frölich aus der Maassen,
Und wissen uns fast nicht zu lassen,
Wenn wir die grosse Seligkeit
Tapfrer Streiter recht erwägen,

Die

Die sich mit Christo niederlegen,
Ans Creutz in Niedrigkeit und Leid.
Wie sanfte wird sichs ruhn, wie wird die Ehre thun,
Nach der Schande:
Wie blitzt der Glanz, wie steht der Kranz,
Da halten wir den Ehren=Tanz. *

  Laß uns Rittermäßig ringen,
Durch Tod und Leben zu Dir bringen:
Als Feld=HErr trit ins erste Glied.
Dieses ist ein Streiter=Rennen,
Da wir noch manchen Helden kennen,
Der mit uns auf die Bahne zieht.
Das Kleinod ist es werth, daß man es ganz begehrt,
Es ist unser:
Wir sprechen schon im hohen Ton,
Was gilts, wir bringen es davon.

  Darum hast Du uns verbunden,
Und das vielleicht auf wenig Stunden,
Du hast aus Zweyen Eins gemacht,
Daß wir mit verknüpften Machten,
Die Krone zu erkämpfen trachten:
Hie stehen wir auf unsrer Wacht,
Wir sind von Deinem Stamm, Du bist der Bräutigam,
Wir sind Glieder,
O Mann und Haupt, wer also glaubt,
Der wird Dir nimmermehr geraubt.

  Also müssen wir auf Erden,
Nie, als in Dir, erfunden werden:
Du hast uns je und je geliebt,

E 2

Du

* Es ist ein sehr falscher Gedanke, daß man eines Christen Hochzeit=Tag zum Ehren=Tag, und den Todes=Tag zum Buß=Tage macht. Warum läßt man nicht an dem Tage, wenn die Kriegs=Leute ins Feld rükken, den Ambrosianischen Lobgesang singen, und nach erhaltener Victorie die Litaney beten?

Du haſt erſt um uns geworben,
Du biſt vor Liebe gar geſtorben;
Wer iſt, der ſolche Proben gibt?
Wohlan, wir lieben Dich, o Liebe eigentlich;
Unſre Liebe
Iſt nur ein Bild, ſolang es 'gilt,
Wie Du uns endlich lieben wilt.

## XXIII.

## Auf der verwittibten Frau Gräfin zu Caſtell 51ſten Jahrs-Tag.

HErr JEſu! ſegne Sie um Deines Namens willen,
Die unſer beyder Herz als Vaters Schweſter ehrt.
Ach! fahre fort den Geiſt zu ſetzen und zu ſtillen,
Den noch ſo mancherley von auſſen her beſchwert!
O Liebe! haſt Du nicht für ſie den Tod gelitten,
Nicht Deiner Gottheit Glanz mit Dunkelheit bedekt;
Nicht mit dem hellen Schwarm der Schlangen-Brut
                                        geſtritten,
Nicht Dich in eigner Kraft für Sie auch auferwekt,
Nicht, daß ſie herrſchete, Dich ſelbſt zum Knecht ver-
                                        kaufet,
Und dürftig arm gemacht, die Seele reich zu ſehn,
Nicht Dich mit Flamm und Brand des Zornes ſelbſt
                                        getaufet,
Um Sie zu würdigen durch Meer und Feur zu gehn?
Ja, HErr! dis alles iſt für Sie ſowol geſchehen,
Als uns und andere; Ja darum libteſt Du:
Sie ſoll Dein Antlitz einſt verſöhnt im Frieden ſehen;
Durch Deiner Arbeit Kraft gedeyhet ſie zur Ruh:
Ja: aber darum biſt Du nicht herab gekommen,
Daß Du nur blos allein der Sünden-Träger ſeyſt.
Du ſcheineſt, Gnaden-Licht und Leitſtern aller Frommen,
Damit du uns zugleich von aller Nacht befreyſt.
Dein Wandel ſolte uns, o GOtt-Menſch! deutlich weiſen,
                                        Wie

Wie jeder GOttes-Mensch in unbeflektem Sinn,
Mit seinem Lebens-Lauf den Namen Christi preisen,
Und also streiten soll, daß er den Kranz gewinn.
Als Christ ist man nicht Graf, nicht Fürst, nicht edler
Ritter;
Dis dünkt dem edeln Geist ein ungereimter Tand.
Ihr nicht! ist Christi Wort: Die Lehre schmekt wol
bitter,
Wenn man des Christen-Staats Gesetze nicht erkant.
Denn hiemit werden nicht die Stände aufgehaben:
Die sind in ihrer Art als wie ein Boten-Schild,
Damit wir durch das Land der Cananiter traben,
Wo als ein Passeport der Ehren-Titul gilt.
Wie macht es dann ein Christ, bey dem sich Würde
zeiget?
Er braucht sich seiner Höh, in grosser Niedrigkeit;
Sitzt er im Fürsten-Glanz, die Seele liegt gebeuget,
Und hälts für Tages-Last der letzten bösen Zeit;
Man hofft, wie David einst, mit denen die auf Erden
Verachtetes Geschmeiß in Michals Augen sind,
Zum rechten Ehren-Schmuk hinauf gerükt zu werden:
Und eben darum wird man hier ein kleines Kind.
Das Eine, was man noch vom hohen Stande haben,
Das, wie man ihn allein im Segen führen kan,
Ist: Sich fein öffentlich mit Christo zu begraben,
So ist man droben groß, so hat der HErr gethan.
Das sehen andere, die werden dann beweget,
Und solches schläget uns zu lauter Palmen aus:
Ein Herz, aus Eifersucht zur Seligkeit erreget,
Baut seinem Förderer ein Stük ans Lebens-Haus.
Nun Hochgeborne Frau, Sie heißt hier nicht vergebens
Und nach dem Schatten groß. Sie ist auch Obrigkeit,
Sie kennt die Last davon, die Pestilenz des Lebens;
So mache sich Ihr Geist zur rechten Höh' bereit.

## XXIIII.

## An seine Gemahlin an ihrem 22sten Jahrs-Tage. *

Gesegnete des HERRN! gedenk an unsern Bund,
    Und komm, den Lebens-GOtt ganz kindlich an-
        zubeten,
Versenke dich ganz tief in Seinen Liebes-Grund,
Der ehmals auch für dich so Höll als Tod zertreten.
Er hat an Leib und Geist dich seliglich geführt;
Er hat dich vor der Bahn der Lästerer behütet;
Dein annoch zartes Herz hat Er mit Ernst gerührt;
Noch eh in deiner Brust was feindliches gewütet.
Du fühltest, Wertheste! von deiner Jugend auf
Ein Treiben zu der Welt; ein Licht von falschem Scheine,
Erhellete die Bahn von deinem ersten Lauf,
Und deines Willens Trieb war eben nicht so reine.
Insonderheit bewarb sich eitele Vernunft,
Die mit der schönsten Art sich heilig weiß zu brennen,
Um deine ganze Gunst, und lokte in die Zunft
Derjenigen, die sich die weisen Christen nennen;
Die Zunft, die überall den besten Preis erjagt,
Die Eitelkeit verschmäht, davon kein Ruhm zu hoffen.
Der Hauffe, welcher viel von JEsu Liebe sagt,
Und der den rechten Punct des Glaubens nie getroffen:
Die Zunft, davon ich selbst beynah ein Mitglied war,
Die Einfalt JEsu wol für eine Tummheit hielte,
Und ihr gesegnet Creutz für furchtbare Gefahr,
Dem Tanzen fluchete, und ohne Vortheil spielte:
Die Schaar, die ohne Scheu der armen Christen lacht,
Und ihres Helden Fahn zu einer Irr-Standarte,
Den Ruhm der Niedrigkeit zu eignem Geiste macht,
Und lästert, daß man nur auf Wunder-Züge warte;
Die aber alles das so reiflich überlegt,

Daß

* Am 7ten November.

Daß man gar oftermal ihr Bitteres für süsse,
Ihr Spotten freundlich hält, und was sie böses hegt,
Und was uns stürzen will, sich nimmer träumen liesse:
Die ist es, die dich bald, Geliebte! angelockt,
Und dir das Christenthum der Kraft verleiden wollen;
So, daß du in dem Ernst bald hie, bald da gestockt,
Anstatt, daß sich dein Fleiß und Eifer mehren sollen.
Das weiß ich, liebstes Kind! aus dem, was deine
        Treu

Mir als dem Nähesten in Liebe selbst vertrauet.
Allein, wie preise ich den guten GOtt dabey,
Daß Er bey alle dem dich gnädig angeschauet.
In solchem Stande bin ich von der guten Hand
Des lieben Vaters selbst hieher geleitet worden;
Da knüpfte GOtt zuerst das innerliche Band,
Da ward der Heiraths-Schluß gefaßt im Wächter-
        Orden.

Doch wurde die Geduld und die Gelassenheit
Nach jedes Nothdurft erst absonderlich probiret;
Und nach verflossener geraumer Warte-Zeit,
Der wunderbare Rath der Weisheit ausgeführet.
So können ewiglich sich ihres HErren freun,
Die Er gewürdigt hat gerecht in Ihm zu machen;
Wenn andre Menschen sich vor Seinen Wegen scheun,
So windet sie ihr Freund aus den verwirrt'sten Sachen.
Sein Segen breitet sich auf Kindes-Kinder aus,
Ins weit entfernt'ste Glied verdoppelt sich die Gnade,
Und endlich bringt Er die in ein beständigs Haus,
Die hier nicht wohneten. Denn Welt war ihnen
       Schade. Phil. 3.

Wohlan, die Zeit ist kurz, die Gnade sey mit dir!
Ich wolte dir wol sonst mein Herz genauer sagen;
Allein dis sey genug: Gehülfin! tragen wir
Sein Joch; so werden wir auch Seine Palmen tragen.


E 4      XXV.

### XXV.

## Auf Heinrich des Andern Promotion zur Ruhe in die Hand GOttes.

Was höre ich von dir? Reuß-plauisches Geschlechte!
   Es ist ein Riß geschehn durch Stamm, durch
       Stadt und Land:
Der Graf zu Ober-Greitz wird selig ausgespannt.
Dir ist vollkommen wohl, vollendeter Gerechte.
Allein, was dringet nicht für ein gebrochner Ton
Der Klage über dich, bis zu des Lammes Thron?

   Ihr Seelen, die ihr jüngst den jungen Held empfangen,
Indem er, von der Last des Irdischen befreyt,
Zum seligen Genuß der stillen Ewigkeit,
Nach wohl vollbrachtem Lauf, im Segen eingegangen;
Bewundert, neben mir, den unerforschten Rath,
Der diesen Cederbaum so bald versetzet hat.

   Was, treue Gärtners Hand! was hat Dich wol be-
       wogen,
Daß Du dem edelsten, dem Hoffnungs-vollen Reis,
Gewurzelt und gepflanzt zu Deiner Liebe Preis,
Bald nach der ersten Frucht, den Saft der Erd entzogen?
Die Pflanze Libanons ist allzu hoch beglükt,
Die itzt Dein Tempel-Hauß gleich einem Pfeiler schmükt.

   Ach, aber HErr, die Zahl beginnet abzunehmen
Der Heiligen, die Du in dieser argen Welt,
Zum Zeichen jedermann, zum Preise Dir bestellt.
Wann wirds sichs dann einmal zur bessern Zeit be-
       quemen?
Wann, Menschen-Freund, wann steht Dein Phila-
       delphia
In seiner Bruder-Lieb und Kinder-Einfalt da?

   Und ach! was ist es nicht für ein gewisses Zeichen,
Daß du erzürnet seyst, gerechter Jehova:
                   Wenn

Wenn so ein Riß geschicht, so ist der Fall gar nah,
Der Fall, wo Stadt und Land aus ihrer Veste weichen,
Ein löblicher Regent von seiner Hut entrükt,
Bezeuget, daß es sich zum Untergange schikt.

Und wie so herzlich weh, wie weh ist ihr geschehen,
Frau Baase, da der HErr den lieben Ehemann
Von ihren Häupten nimt: Ich seh es also an,
Hier sey der schwere Rath des HErrn nicht abzusehen.
Hier gilt es, hier bedarfs nicht Ueberwindens: Nein,
Die Klag ist ihr vergönnt: Es soll gefühlet seyn.

Mit Rechte kan sie sich im Staube niederlegen,
Um den Entschlafenen mit Thränen übergehn,
Es sey an ihrer Stirn das tiefste Leid zu sehn,
Mit ihres Jammers Last den Unfall abzuwägen:
Bricht uns, Gebeugete, das Brüderliche Herz
Und ihr entsinkt das Haupt; wie tiefer dringt ihr
Schmerz?

Ihr, die ihr ehemals das angenehme Wesen,
Das Heinrich, unser Freund, nur von Natur besaß,
Besonders hochgeschätzt, und nur sein Gnaden-Maaß,
Die neue Creatur, zu euerm Spott erlesen,
Was gilts? Sein schneller Tod setzt euch in Furcht
und Graus,
Ihr wisset nicht wo ein, ihr wisset nicht wo aus?

Der Leib, den ihr geliebt, liegt itzo in dem Staube,
Ein unbequemes Haus verschliesset ihm das Licht,
Die Schönheit blitzt nicht mehr in seinem Angesicht,
Und was euch eh ergötzt, gedeyht dem Wurm zum
Raube;
Nur das, was ihr verhöhnt, der aufgeschwungne Geist
Ist das alleine nun, was unverwelklich heißt.

So lernt an seiner Gruft euch GOTT in Zeiten
weyhen.
Dringt dieser junge Held so bald zu GOttes Sitz;



Erzit-

Erzittert! euer Tod bricht ein als wie der Blitz,
Der Falschgeliebte kan euch einst zur Quaal gedeyhen.
Ihn suchete die Welt, er wolte ihrer nicht;
Euch ließ sie gerne gehn, so seyd ihr drauf erpicht.

Die ihr dem Seligen als Hof- und Land-Beamte,
Nach GOttes Providenz, bedient gewesen seyd,
Erinnert euch fein oft der abgewichnen Zeit:
Wie euers Grafens Trieb aus Selbst-Verleugnung
        stammte.
In seinem Regiment hat er den HErrn gesucht,
Ihr sehts, erhaltet nun die draus erwachsne Frucht.

Ihr von dem schweren Fall erschrekte Unterthanen!
Geht euer Landes-Herr, geht euer Vater fort,
Gelangt er aus dem Sturm zum stillen Lebens-Port,
Wie solte euch dabey nicht mancher Unfall schwahnen?
Ihr, die ihr GOttes seyd, vereinigt Ernst und Kraft,
Und ringt, und fleht anitzt für eure Vormundschaft.

Von mir und meinem Sinn ist wol nicht Noth zu sagen.
Ich denke, was mir jüngst ein Freund des Bräutgams
        schreibt,
Daß unsers Bruders Geist noch immer bey uns bleibt;
Ob unser Bau-HErr gleich die Hütte abgetragen:
Die Stadt, die droben ist, steht mit der untren Stadt
In einem Geist verknüpft zu Rath, Gebet und That.

Wohlan! Erlaubet mir von unsers Mitknechts wegen,
Ihr Brüder, und auch ihr von Zions Schwesterschaft,
Nur eine Wahrheit noch, in meiner schwachen Kraft,
Dem Bräutigam zum Preis, euch an das Herz zu legen:
Ists nicht? Er winket uns, der holde Bräutigam,
Auf Kinder! Folgt der Spur, dem Schafe nach, zum
      Lamm! Hohel. 1, 8.

Der Bruder folgete der ganzen Wolke Zeugen,
        Ebr. 12, 1.
Die einem Felsen nach, zur Tieff' und Höhe bringt,
         Und

Und dem erwürgten Lamm Preis, Lob und Würde singt.
Beliebts der Sonne nun sich da herab zu neigen;
So zeitigt sie bald itzt bald dann ein Tröpfelein,
Und nimt es sanftiglich in ihre Klarheit ein.

Wer weiß, wem unter uns, die wir den Heiland lieben,
Und unsern Stand daselbst zu suchen willig seynd,
Wo JEsu Christi Schmach und Demuth sich vereint:
Von uns, die noch allhier am Arbeits-Karren schieben,
Wer weiß, wem unter uns, du Gloriöser Fürst,
Den Sieges Palmen-Zweig vor andren reichen wirst?

O Lamm! Ich bitte Dich, um Deiner Treue willen,
Schau mit Barmherzigkeit die kleine Heerde an,
Wie sie in dieser Welt sich gar nicht häuffen kan,
Vielweniger dein Land, Immanuel, erfüllen!
Kaum ist ein Lamm bey uns im Stalle angelangt,
So hört man, daß es schon auf Deinem Berge prangt.

O Liebe! Dir sey Dank, daß Du den theuren Zweyten
In diesem Jammerthal ein wenig aufgespart,
Und vor dem süssen Gift der Heucheley verwahrt,
Nun aber auch die Stadt ihm wollen zubereiten.
O König! sey gelobt für alle diese Treu,
Mach jeden Augenblik sie seinem Hause neu.

Nur eins, du gutes Lamm! nur diß, begehrt der
Haufe,
Der sich so nach und nach, zu Philadelphia
In Liebe samlen läßt, der Deinem Herzen nah,
Und Dir vermählet ist, durch Geist- und Feuer-Taufe,
Diß Eine bitten wir: O Lamm! verlaß uns nicht,
Entzünde unter uns noch manches Glaubens-Licht.

Dein Herze neige sich in Väterlicher Liebe,
Auf die, so Deinen Knecht zur Welt geboren hat, *

Gib

___
* Henriette, geborne Gräfin von Friesen, als damalige
Gemahlin Herrn Heinrich des VIten, Königlich Pohlni-
schen General-Feld-Marschalls.

Gib ihr, du GOttes-Lamm, Erkentnis, Rath und That,
Verdoppele in ihr des guten Geistes Triebe,
Zum Siege führe aus den innern Zweifel-Streit,
Und richte ihren Sinn straks auf die Ewigkeit.

Laß diese, um der Welt ihr Harren zu beschämen,
Die mit dem Seligen genau verbunden war,    *
Und die du dazumal entrissest der Gefahr,
Nun zur Beständigkeit den vesten Vorsatz nehmen,
Sey Du, an jenes statt, der Bräutigam und Mann,
Der ihren ganzen Geist nach Willen lenken kan.

Laß, Vater-Herz, das Paar der hinterlaßnen Söhne
Dir zu besondrer Treu und Zucht empfohlen seyn.
Nim, Vater, ihren Geist, das zarte Wesen ein,
Damit er sich so bald Dein Wesen angewöhne:
Und endlich gönne auch die Krone diesem Paar,
Die ihres Vaters Zwek, und selge Hoffnung war.

HERR, hast Du Ober-Greitz und Ebersdorf
                              erwehlet,
Im Reussen-Lande Dir ein Feur und Heerd zu seyn,
Und führst den Aelteren bereits zur Ruhe ein;
So werde destomehr der Jüngre eingepfählet,
Ja HErr bevestige den Neun und Zwanzigsten,
Schreib ihn, als Deinen Knecht, ins Buch der Reb-
                              lichen!

Die Schmach, den Ehren-Kranz der lieben GOttes-
                              Kinder,
Womit so mancher Knecht der Sünde jenen Mann,
Der nun gesieget hat, ganz durstig angethan,
Entziehe diesem nicht.  Er werd ein Ueberwinder,
Zum Zeichen in der Welt, zum Widerspruch gesetzt,
Und mit Propheten-Lohn dereinst von Dir ergötzt.

Wird nun der Grafen-Stand, die eitele Chimere,
Die an sich selber nichts, als Koth und Schaden ist:
                              Wo

* Seine damalige Wittib, nunmehrige Gräfin zu Erbach.

Woferne man dabey der Kindschaft Siegel mißt,
Ein nützlich Boten-Schild zu unsers Königs Ehre;
So schäm ich mich so dann auch dieses Namens nicht,
Und träg ein Fünklein bey zum schönen Abend-Licht.

Auf, Brüder, lasset uns der Trägheit alle schämen,
Die Zeit ist kurz, die Pflicht ist groß, des Thuns ist viel,
Kämpft, fechtet, lauft getrost und unverrükt zum Ziel:
So muß sich Welt und Fleisch, und Satanas bequemen.
Die Grösse dieser Welt ist nur ein Narren-Tand;
Ein Priester GOttes seyn: Das ist ein hoher Stand.

## XXVI.

# Auf den Hingang des Reichs-Cammer-Präsidenten, Graf Friedrich Carls zu Solms.

Gehts fort, du grosser Solms! entbrichst du dich
der Zeit,
Weil dich doch keine Zeit der Last entbrechen mögen?
Wohlan, so eile dann zur stolzen Ewigkeit,
Auf! folge diesem Ruf, zur Ruhe! geh im Segen.

Ja! trit der Bosheit Stolz nun unter deinen Fuß,
Die Ungerechtigkeit, die dir das Herz gebrochen:
Von dieser Tages-Last und stündlichem Verdruß
Ist dein befreyter Geist nun ewig losgesprochen.

Ihr, die ihr eure Last nach GOttes weisem Rath,
Als ein bescheiden Theil noch eine Weile traget:
Ihr, deren Treue sich fürs Recht bemühet hat;
Kommt höret, was man ihm zum letzten Lob-Spruch
saget.

Ich rufete hierzu die Feinde selber auf;
Denn seiner Tugend Preis bedarf wol keiner Freunde,
Die aus Ergebenheit ihm krönen seinen Lauf:
Allein, er saget uns: Er habe keine Feinde.

JE.

Ist, theurer Friedrich Ernst, kein widriger zur
       Hand,
Den deine Würdigkeit zum Augen-Zeugen habe?
Wie Ueberwundne sonst dem Sieger vorgespannt;
So weint ja alles Volk zugleich bey deinem Grabe.

Dir aber, dem es nie um Ruhm und Ehre galt,
Dir, dessen wahrer Preis in Niedrigkeit gegrünet,
Dir ist in deinem Sitz: Der Wonne Auffenthalt,
Mit einer Blumen-Streu aufs Grab, nicht viel gedienet.

Doch werden die ins Recht hinein verwikkelt steh'n,
Die in dem Jammerthal vor der Chicane Tischen,
Oft voll Verzweifelung um Trost und Hülfe steh'n,
Dir wenigstens den Staub mit ihren Thränen mischen.

HErr! der du diesen Knecht der Welt geliehen hast,
Und gönnest Deinem Volk, Dich Freundlichen zu loben,
Sey für des Seligen nun abgelegte Last,
Für seine Tugenden und alles, hoch erhoben!

Gelobt sey Deine Kraft, die durch Benignä Hand
(Das arbeitsame Glied des Ausbunds aller Frauen,)
Den Grafen als ein Kind bereits dahin gewandt,
Sich einen Felsen-Bau, kein Karten-Haus, zu bauen.

Gelobt sey dein Befehl, der ihn zum Dienst ernennt,
Dort, wo Gerechtigkeit schon lange thronen können,
Wohin der helle Hauff bedrükter Menschen rennt,
Die ausgewichne Ruh durchs Rechten zu errennen.

Du selbst Gerechtigkeit! sey ewig benedeyt,
Daß Du gar frühe schon ihn damit angezogen,
Was so viel Tausende in ihrer Noth erfreut,
Und daß sein Richter-Stab sich seitwerts nie gebogen.

Monarche aller Welt, der Kinder Freuden-Klang
Ob deiner Herrlichkeit ist hoch empor gedrungen,
Die in dem Seligen der Tugend einen Rang,
Der ihr so selten ist, auch in der Welt erzwungen.

         Der

Der Kaiser lobet dich, des Scepter, Kron und
            Reich
Dein ausgerekter Arm mit Wohlthun unterstützet;
Der Kaiser, der dich kennt, bekennet diß zugleich,
Daß dieses Grafen Dienst ihm und dem Reich genützet.

Das Teutsche Kaiserthum, dem grosse Könige,
Als Fürsten pflichtbar sind, die Perl der Monarchien,
Schikt billig seinen Dank durch die gestirnte Höh,
Daß es in seinem Schooß, ihn mögen auferziehen.

Du ewiger Regent, Dich betet Laubach an,
Und preiset Deine Treu, für diesen seinen Grafen,
Ja, es erzehlet Dir, wie viel er Guts gethan,
Ihm schifts die Sehnsucht nach bis in den frohen Hafen.

Das hohe Haus von Solms, daraus er hergestammt,
Erkennt den grossen Werth des theuren Diamanten,
Der nun beym Todten=Licht recht in die Augen flammt
Auch denen, welche ihn am Tage so nicht kanten.

Wer unter ihrer Zahl, wer eiferte dann nicht,
Dem Hochbeseligten an Tugenden zu gleichen?
Zu leuchten in der Welt, als so ein reines Licht,
Und dann der Sterblichkeit, so funkelnd zu entweichen?

Laß, Liebe! jeglichen, den dieser Name ziert,
Auch einen solchen Glanz der Tugend rükwerts strahlen.
Dich aber, ohne den uns lauter Irrlicht führt,
Mußt Du zu diesem Zwek vor aller Augen mahlen.

Die hinterlaßne Frau, die laß im Segen blühn,
Beliebe ihr nunmehr viel Weisheit zu ertheilen,
Des treflichen Graf Carls und Pfenburgs Bemühn,
Laß den verwäysten Staat an seinen Wunden heilen.

Die Kinder, welche noch in dieser Hütte sind,
(Und von der Wiege an in Fährnis bis zum Grabe,)
Die pfropfe gar in Dich, und zeitige geschwind,
Daß ihre gute Frucht uns alle künftig labe.

                          Dein

Dein Segen breite ſich in Laubach weiter aus;
Die Dir geweyhte Schaar wirds wol von Dir erhalten,
Und baue deiner Ruh daſelbſt ein bleibend Haus;
So wird Gerechtigkeit und Friede drinnen walten.

Ihr aber, Sterbliche! die ihr in dieſer Welt
So einen Namen habt, der etwas ſoll bebeuten,
Und den man insgemein für Standes-Würde hält,
Lernt, wie der Selige, um wahre Würde ſtreiten.

Ihr wißt: Graf Friedrich Ernſt ward Landes-Herr
　　　　　　　　genennt.
Er war ein wirklicher geheimbder Rath von Kaiſern,
Im hohen Reichs-Gericht der erſte Präſident,
Die Burg von Solms prangt ſo mit Majeſtätſchen
　　　　　　　　Häuſern.

Allein Er wußte es, daß dieſe Ehre nicht
Das Weſen ſelber war, wie etwa viele meynen:
Das von der GOttheit ſelbſt in Ihm entflammte Licht
Begont in ſeinen Geiſt viel heller einzuſcheinen.

Und als Er itzo nun vor ſeinen HErren trat,
Vom anvertrauten Pfund die Rechnung abzulegen;
Da eben zeigte ſich, gleich als auf friſcher That,
Des Adels aus der Höh durch Blut erkämpfter Segen.

Welch irdiſch hoher Stand trotzt jener Ewigkeit,
Allein, welch armer Chriſt kan ihre Furcht nicht jagen?
Drum ſucht ein Weiſer nur die Schätze in der Zeit,
Die ihre Gültigkeit in ihnen ſelber tragen.

Horaz und Juvenal verleiden uns die Pracht,
Wenn Menſchen mit dem Schmuk geborgter Federn
　　　　　　　　prangen,
Weil ſie im Augenblik nur Schimpf und Blöſe macht,
Wenn die, dies hergeliehn, ihr Gut zurük verlangen;

Wir Chriſten ſtimmen gern zu dieſer Meynung ein;
Wir gläuben: Weil die Welt, was ſie uns aufgehenket,
-Auch

Auch gerne wieder nimt; das sey erborgter Schein,
Der Seele aber sey ihr Adel-Stand geschenket.

Ist dieses außgemacht; so lernt ihr Sterbliche,
Ihr seyd so groß ihr wollt, und noch so hochgeboren,
Lernt, wie Graf Friedrich Ernst, daß alles Ding vergeh,
Nur JEsus nicht, und der, den JEsus auserkoren.

Wollt ihr, daß euer Ruhm einst auf Papier gedrükt
Mit dem bestaubten Blat in Jahr und Tag veralte;
So sehet zu, wenn ihr auf hohe Staffeln rükt,
Daß sich die Ehre ja, solang ihr lebt, erhalte.

Wünscht ihr im Gegentheil euch lieber da genennt,
Wo der getreue Zeug' und Hohe-Priester Amen,
Die Streiter ewiglich vors Vaters Stuhl bekennt;
So folgt Demselben nach, ihr tragt ja Seinen Namen.


## XXVII.

# Auf den ehrwürdigen Greis, den Landes-Aeltesten von Schweinitz.

Mein Vater, soll ich dich von denen Tempel-Stufen,
　　Die dein erfreuter Geist als im Triumph besteigt,
In diese Zeitlichkeit bestürzt zurükke rufen,
　　Wo du, gar Lebens-satt, das graue Haupt geneigt?

Nein, nein! Doch rufe ich, auf die erhabnen Zinnen,
　　Wo, bey des Lammes Stuhl, dein Lammes-Wesen
　　　　　　　　　　　　　　　　　　　　　steht,
Dir nach: Du eilst zu früh und auch zu spät von hinnen!
　　Mir deinem Sohn zu früh; der Sehnsucht viel zu spät.

Du bist der erste Freund, den ich in diesem Lande,
　　Als einen edlen Knecht von unserm HErrn gegrüßt:
Du, eine rechte Zier dem adelichen Stande,
　　Ihm, dem das Christenthum so wunder-seltsam ist.

F　　　　　　　　　　　　　　　　　　　　Du

Du warſt ſchon Kammerherr bey Churfürſt Hans Ge-
        orgen,
  Ein Hofmann ehemals, dann Landes = Aelteſter;
Es denkt das ganze Land noch deiner Vater = Sorgen,
  Und rechnet deinen Ruhm der ſpäten Nachwelt her.

Worinnen ſtande nun dein dauerhaftes Glükke?
  Nicht im bey Hofe ſeyn, du floheſt bald nach Haus:
Vom Landes = Amte rief dein Alter dich zurükke:
  Nicht in der Ehe ſelbſt, Du lebteſt alles aus.

Die Werke ſinds allein, die ſind dir nachgefahren;
  Jedoch durch Werke wird ja kein Verdienſt geſchafft,
Der Glaube kan allein zur Seligkeit bewahren;
  Ich meyne auch das Werk des Glaubens in der Kraft.

Wohlan, der Alten eins, vor unſers Lammes Throne,
  Geh, liebes graues Haupt! geh hin, um auszuruhn:
Geh, wirf, mit matter Hand, die angebotne Krone
  Dem Könige zu Fuß: Entſchlaf im Frieden nun.

Dein Angedenken ſoll in meinem Leben grünen,
  Der treue GOttes = Knecht, mein lieber Rothe, wird
Mir zur Erinnerung von deiner Liebe dienen,
  Er, deiner Enkelgen ſo treu erfundner Hirt.

Dein Sohn und Tochter ſind an deine Stelle kommen:
  So väterlich ich dich geehrt; ſo brüderlich
Bin ich in ihre Gunſt und Freundſchaft aufgenommen,
  Dem Evangelio zu wandeln würdiglich.

Dein Einfalts = Wandel ſoll viel andre Seelen rühren,
  Und deine Kinder gehn dieſelbe Straſſe mit;
Was will ich alſo noch viel panegyriſiren?
  Der Sohn bekennet dich dem Vater. Sufficit.


## XXVIII.

## XXVIII.

# Auf der Frau Groß-Mutter 76sten Jahrs-Tag. *

Die ihr mit frembem Schmuk zu prangen fähig seyd,
  Nicht aber eignen Glanz der Tugend zu erreichen!
Geht, rühmet, was ihr könnt, der Ahnen Treflichkeit;
Pocht, Helden, destomehr auf eigne Sieges-Zeichen.

Geht, grabet euern Preis in Marmel-Stein und Erz,
Setzt Pfal und Pfeilerwerk, wo sonsten Ströme flossen;
Erhebt den Obelist von dannen Himmelwerts,
Thürmt Ehren-Pforten auf, setzt prangende Colossen:

Laßt in Gemählden sehn, was eure Mord-Faust thut,
Der Reimer Phantasey von eurer Härte dichten;
Beschreibt mit Cäsare den eignen Helden-Muth,
Laßt die Historien euch Ehren-Maale richten.

Wie? oder ekelt euch vor Blut und Feuer-Strahl,
Betrüben euch vielleicht die drohenden Trompeten?
Beliebet euch vielmehr ein lustig Freuden-Mahl,
Und der gedämpfte Klang der angenehmen Flöten?

So laßt die künftge Welt von eurer Freundlichkeit,
Von eurer Wayde-Lust und Bau-Begierde sprechen;
Und wenn der Erb-Prinz einst mit Regimentern dräut,
Der Diener weiches Herz vor Reu und Sehnen brechen.

Ist euer edler Geist den Musen zugeneigt,
Und mag sich seine Zeit mit Schul-Gezänke kürzen;
Schreyt Aristoteles, Mars und Diana schweigt;
So wird die Castalis auf euern Lehn-Stuhl stürzen.

Den einen höret man auf Krieg und Kriegs-Geschrey,
Den andern auf die Lust und Eitelkeiten schmählen;

F 2

Der

* Am 18ten October.

Der dritte spricht von nichts, als von Pedanterey;
Ein jeder gibt der Zeit ein Mährlein zu erzehlen.

Ich lobe einen Geist, der von dem Kinder-Spiel
Der Lob-Gedichte noch in Zeiten überzeuget,
Auf eine Ewigkeit das kurze Lebens-Ziel,
Und seiner Thaten Zwek auf GOttes Wege neiget.

Den lob ich, dessen Geist aufs Himmlische gewandt,
Die hin und her zerstreut und eitlen Menschen-Kinder
Mit viel Erbarmen trägt, und seinen Ehren-Stand
Darinn alleine sucht: Er sey ein armer Sünder.

Frau, deren Helden-Muth, in abgewichner Zeit,
Die hochgelahrte Schaar durch manchen Dichter ehrte,
Nicht so? Der Ruhm behielt gar wenig Herrlichkeit,
Seitdem dich unser HErr selbst etwas bessers lehrte.

Ich meyne, grosse Frau, dein sichrer Ruhe-Port,
Die Anfuhrt deines Geists aus dieser Welt Gewirre,
Sey von geraumer Zeit das süsse Hirten-Wort:
Kommt, Schäflein, näher her, kommt rükwerts aus
der Irre!

Dein Heiland hat auch dich, bey früher Tages-Zeit,
Vom Schlaf der Sicherheit lebendig aufgewekket:
Dein Heiland hat auch dich vom Sünden-Joch befreyt,
Darunter deine Seel in tiefer Angst gestekket.

Dein Leben stellet uns ein schönes Muster vor,
Wie man im Zeitlichen kan hochgesegnet bleiben:
Steigt gleich der edle Geist vom Irdischen empor,
Und läßt sich eine Macht der Liebe höher treiben.

Wir wenden uns hierauf zum Könige der Zeit,
Der Ewigkeiten Quell, zu unsrer Tage Meister,
Wir bringen Ihm ein Lob in Herzens-Lauterkeit:
Kommt, einigt Herz und Mund mit uns, ihr reinen
Geister!

## XXVIIII.

## XXVIIII.

# An seine Gemahlin, als sie drey und zwanzig Jahr alt worden.

Gehülfin, die das Lamm mir selber angetraut,
    Die Seine Liebes-Hand in meine Hand beschlossen,
Und uns bis diesen Tag mit Gnaden-Thau begossen:
Komm, bete mit mir an! komm, meines Königs Braut!

    Die Eh ist allerdings ein sehr geheimer Stand,
Ein Stand, den unser HErr im Garten schon gesegnet,
Dem JEsu Gegenwart, o hohe Gunst! begegnet,
Ein in der Ewigkeit geknüpftes Liebes-Band.

    Zwar wenn man zu der Eh durch Welt-Lust angekirrt,
Dieselbige vollzieht, nach Art der Hochgebornen,
Ach! aber auch dabey von GOtt nicht Auserkornen,
                    ( 1. Cor. 1.)
Was Wunder, daß die Reu gleich mit geehlicht wird?

    Wie, spricht man, wilst du dann, daß sie beschaffen sey?
Du lehrest uns vielleicht die Ehe der Phantasten,
Die sich vor Aengstlichkeit und Harm zu Tode fasten?
Nein! Freund, die Eh im HErrn ist von dem allen frey.

    Ein Knecht der Liebe ist im übrigen gefreyt,
Ein Fürst der Herrlichkeit, des Vaters edle Pflanze;
Und eine Magd des HErrn prangt in dem Glaubens-
                         Kranze;
Zu solchem Paare reimt sich wol kein Sclaven-Kleid.

    Wie sieht dann aber nun die rechte Ehe aus?
So sieht sie aus: Die Braut, Immanuel verschrieben,
Ist einem guten Freund im Angedenken blieben,
Der liebt, der hütet sie, bis hin ans Hochzeit-Haus.

    Und wie nicht Weib noch Mann in JEsu Christo ist,
So sind sie beyderseits so Kämmerer, als Freunde

Vom rechten Bräutigam, dem Schrekken unsrer Feinde,
Da eins das andre dann zu schmükken nicht vergißt.

Die Zeit des Lebens ist die Zubereitungs = Zeit,
Die Monden, die der Fürst, seitdem Er sie erkennet,
Und sie als Jungfer selbst zum Ehe = Bett ernennet,
Zur Salbung und Geschmuk der schönen Seelen leiht.

Da muß die Frau den Mann, der Mann muß seine
Frau,
Die ihm der Bräutigam zur Pflege übergeben,
Mit Ernst bemühet seyn zur Hochzeit aufzuheben;
Der Zwek ist, daß man sich nur zier und auferbau.

Ein Flek, ein kleiner Staub, was sonst kein Auge kennt,
Was sonderlich die Lieb am allerschwersten siehet,
Das alles ist man hie genau zu sehn bemühet;
Weil Stund und Augenblik zum Hochzeit = Tage rennt.

Wenn man sich allemal nicht recht zu helfen weiß,
So geht man eilends hin dem Bräutigam zu beichten,
Der läßt von Seinem Thron ins Herz den Scepter
leuchten,
Und winkt der Seele dann zurük ins rechte Gleis.

Mein anvertrautes Pfand! ich könte, was ich hier
Mit Redlichkeit gesagt, durchs Wort des HErrn beweisen:
Doch der gewohnet ist, sich selbst an dir zu preisen,
Der hats für mich gethan, daran genüget dir.

Wir gingen heute hin zum theuren Bräutigam,
Wir banden unsre Last auf Seinen breiten Rükken,
Und liessen uns dafür von Ihm aufs beste schmükken,
Der unser beyder Amt für dismal auf sich nahm.

Nun gehts von neuem an, die Monden, die der HErr
Zu unsrer Schmükkungs = Pracht uns gnädig zugeleget,
Bis Er Sein Bräut'gams = Bild uns recht ins Herz ge-
präget,
Die eilen, und der Tag der Hochzeit näher her.

Die

Die Monden laßt uns doch von heute, liebes Kind!
Sie währen noch so lang, für einzle Tage halten;
Damit wir in dem Ernst nicht säumen noch erkalten,
Und uns das Braut = Geschrey mit heller Lampe find'.

Gelobet sey der HErr, der von dem Tage an,
Da vor drey Jahren Er dich kräftig aufgewekket,
Mit Seiner Heiligkeit dich seliglich erschrekket,
Und so ins Licht gestellt, viel Heil an dir gethan.

Diß Heute soll dir wol ein theures Heute seyn,
Der Tag, Mariä Heil, fand dich zu JEsu Füssen,
Vor Liebes = Zärtlichkeit, und selger Reu zerfliessen:
Drum bindt er dich auch an mit der Mariä Theil.

Und solte Er dir nicht nunmehr ein ganzes Herz,
( Wie du das deine Ihm ) zum Angebinde schenken?
Er hat es zugesagt, Er wird daran gedenken,
Gedenke du doch auch so fleißig Himmelwerts.

An meiner Pflicht dabey will ich nicht säumig seyn;
Der Heiland wolle nur den mir gegebnen Willen,
Zu Seiner Herrlichkeit, an meiner Statt erfüllen,
Wir treten in den Bund vor Seinen Augen ein.

Was nun das Herz gedacht, als unser beyder Mund
Einander wahre Treu und Liebe zugesaget,
Und wir bereits auf Ihn, in Einfalt los gewaget,
Und was im Ringe steht, * das bleibe unser Grund.

Dann wird sich unser Geist, den Er erlöset hat,
Zur Treue gegen Ihn mit Redlichkeit bequemen;
So dürfen wir uns einst vor Seinem Thron nicht schämen.
O! liebten wir Ihn nur im allerhöchsten Grad!

Du Freund der Seelen! Du, für uns erwürgtes
Lamm!
Komm! schreib uns in die Zahl, ( nicht derer Königin-
nen, )

F 4 Nein!

* Da stehet: Lasset uns Ihn lieben, Er hat uns erst geliebet.

Nein! Einer, die Du liebſt, daß wir Dich ganz gewinnen,
Und endlich hole uns zur Braut, o Bräutigam!

## XXX.

# Auf Herrn Heinrich des Drey und Zwanzigſten Entſchlafen. *

Du fragſt: ** Wie gut wird ſichs doch nach der
Arbeit ruhn?
Du rechtes Witwen-Herz, *** Du fragſt: Wie wohl
wirds thun?
Ich ſage vor dem HErrn: So wohl, daß alle Wehen
Der kurzen Leidens-Zeit nun ewiglich vergehen.

O Tage dieſer Zeit, da unſer Auge thränt,
O Stunden, da der Geiſt ſich nur nach Freyheit ſehnt,
Minuten, die den Sinn in tiefe Schwermuth ſtürzen,
Ihr Augenblikke, die uns alle Freude kürzen!

Warum iſt unſer Aug auf euer Nu gewandt,
Davon der meiſte Theil bereits dahin gerant?
Wie, blikt es nicht vielmehr ins Innerſte der Seelen,
Wo mit der Ewigkeit die Blikke ſich vermählen?

Es iſt wol eines Theils des trägen Fleiſches Schuld,
Das beuget ſeinen Hals nicht unter die Geduld,
Die nach der Liebe Rath ſo ſelig iſt, ſo ſüſſe,
Und machet, daß das Kind die Hand des Vaters küſſe.

Wie aber unſer Freund des Fleiſches Blödigkeit
Genugſam eingeſehn, gefühlt zu Seiner Zeit;

So

* Gedrukt zu Dresden.
** Im Schluß dero letzten Briefes vom 10 Nov. 1723.
*** Die Frau Gräfin Reuß, geb. Freye von Söhlenthal
d. i. Ihro Königl. Hoheit Prinzeßin Louiſe von Dännemark Hofmeiſterin.

So bringt Ihn alles diß zu herzlichem Erbarmen;
Die Schwachheit träget Er auf Seinen starken Armen.

Wie selig muß nicht oft die tiefste Trauer seyn!
Es gehe nur das Herz recht in den Zwek hinein;
Sonst muß ein leichter Mensch uns mit dem Wandel sagen:
Warum der grosse GOtt so tief, so wund geschlagen?

Wenn so ein laues Herz durch lange Heucheley
Die Menschen glauben macht, als ob es redlich sey,
Und dann die Krone erst vom Haupte abgefallen;
So zeigt, so blösset sich der Larve Schmach vor allen.

Sie, die ihr redlichs Herz zu JEsu jedermann,
So vor als nach der Eh' in Christo kund gethan!
Erlaube, (ob ich ihr die Trauer nicht verdenke,)
Daß ich ihr einen Trost aus JEsu Wunden schenke.

Der ists: Ihr Bräutigam ruft Seinen Knecht dahin,
Und sättigt den nach Ihm hier ausgespannten Sinn;
Ihr nimt Er das hinweg, was ihre Augen lieben,
Damit sie sich nur blos an Seiner Schönheit üben.

Darf aber, oder soll vielmehr mein schwacher Kiel,
In dieser kurzen Schrift und enger Reimen Ziel,
Das Angedenken noch von ihrem Herrn berühren,
Und wessenthalben mag ich ihn so späte führen?

Gewiß, ich darf, ich soll: Er war des HErren Knecht:
Von deren Ende schreibt und rühmet man mit Recht:
Und weil man hier davon nicht allzuviel vernommen,
So bin ich wohlgemeynt auf dieses Denkmaal kommen.

Der Drey und Zwanzigste, ein Mann, zu seiner Zeit,
Nicht ohne Ehr-Begier, nicht ohne Tapferkeit,
Nachdem er allbereits den Regiments-Stab führet,
Tritt unter das Panier, wo Christus commandiret.

Ihr Edle dieser Zeit! die ihr ihn sonst gekant,
Sagt, fehlt' es ihm an Muth, Geschiklichkeit, Verstand?



Was

Was zwang ihn, euer Feld in einer Zeit zu räumen,
Wo ihm das Krieges-Glük begont empor zu keimen?

War unser lieber Reuß nicht so beherzt als ihr,
Und schenkt er einem was? Wer warf ihm etwas für?
Wer trotzt' und pochte ihn, der Zeit, aus euerm Orden?
Wie aber ist er dann hernach zum Narren worden?

Ists nicht? sobald er erst ein Jünger JEsu war,
So setzte es für euch auch weiter nicht Gefahr?
Weil Kinder GOttes selbst die Schmach der Erden lieben,
So habt ihr euern Spott fein ungestraft getrieben.

Was sagt ihr, denen itzt das Herz im Leibe sagt:
Daß sich ihr Uebermuth an ihn und andre wagt,
Und das absonderlich, wenn sie es weder hören,
Noch, wegen des Befehls von ihrem Meister, wehren?

O sclavisches Gemüth, o niederträchtger Geist!
Der sich in jener Zunft der Irdischen beweist!
Kommt, ändert euer Herz, kommt, fallt zu JEsu Füssen:
Dann werdet ihr von Muth und Herz zu sagen wissen.

Es ist nicht Leugnens werth, der auserweblte Reuß,
Nachdem er sich bekehrt, verwarf den eiteln Preis:
Man sahe ihn nicht mehr von Rach-Begierde brennen;
Wol aber Christi Creutz mit Löwen-Muth bekennen.

Ihr aber, deren Jescht nach Ehr und Rache schäumt,
Und die ihr GOtt den Grund von euren Hefen räumt!
Was wollt ihr einen Held, erkaut an seinen Früchten,
Mit seiner Redlichkeit und tapfern Geiste richten?

Euch sey mit wenigem und jedermann gesagt:
Wer was in dieser Zeit zu GOttes Ehren wagt,
Da seine Lieb und Furcht nichts mehr auf Erden gelten,
Den kan der treue Zeug' unmöglich drüber schelten.

Wenn alle Herrliche in dieser ganzen Welt,
Wenn auch der meiste Theil sich JEsu zugesellt,

Und

Und schämete sich nicht sein Zeugnis darzugeben:
So möchte man, (und gern,) in größrer Stille leben.

Da aber Christum oft mit keinem Wort bezeugt,
Wer sich ein wenig nur von gutem Schrote deucht,
Und der zu Schmach und Hohn sich wissentlich bequemet,
Wer sich des Heilands nicht vor denen Leuten schämet:

Da sage mir ein Mensch, so klug er ist, er sag:
Ob ich, und wer noch sonst den HErrn bekennen mag,
Die Grossen dieser Welt und andre mehr verdrängen,
Wenn wir uns wenigstens an Christi Fahne hängen?

Nicht so? der heisset doch ein Ehr=vergeßner Mann,
Der einem Fürsten dient, und nimt sich sein nicht an?
Ob man ihm gleich mit Schwerdt und Stahl nicht
               mördlich dräuet,
Ihn aber schändlich höhnt und in die Augen speyet?

Der aber kan ein Christ nach allen Formen seyn,
Der viele Tage geht, und fället ihm nicht ein,
Auf diesen seinen HErrn getreu zu insistiren,
Und andrer ihre Gunst um Seine zu verlieren.

Wer bist dann du, o Mensch! da, wenn du unge=
               scheut,
Auf deinem Kirchen=Stand, zu GOtt=geweyhter Zeit,
Daß der dein König ist, mit vollem Hals ertönest,
Den du den Abend noch mit Werk und Worten höhnest?

Der Lehrer auf dem Holz, wo man alleine spricht,
Der rede, denkest du, er treffe mich nur nicht;
Mir aber, den ein Brief von sechzehn Ahnen krönet,
Gebühret dieses nicht: Wie würd' ich sonst gehöhnet!

O Welt! man schenkte dir die Tändeleyen gern!
Der aufgeschwungne Geist ist von dem allen fern:
Doch soll man Zeit und Zwang in ihren Würden lassen;
Was hindert einen das, um Christi Creutz zu fassen?

Der

Der Adel dieser Welt ist etwas; aber still!
Die gute liebe Welt weiß selbst nicht, was sie will:
Der Knecht spielt gerne Herr; ein Herr kan ja nicht leben,
Er muß sich irgendswo in einen Dienst begeben.

So aber steht es nicht um Christi Adel-Brief,
Da Der die Seele erst zum Fürstenthum berief,
Und zu der Krone selbst: Da ward sie frey geboren,
Und war zu keinem Zwang des Sclaven-Stands er-
koren.

Der König, welchem wir als Knechte eigen sind,
Der nennt uns anders nicht, als Bruder, Freund und
Kind,
Es heißt: Wir dienen Ihm; Er aber dient uns besser:
Er macht durch Seinen Dienst uns alle Tage grösser.

Und wir, wir solten uns des Ordens, den Er giebt,
Und dessen, der uns so, als wie Sein Herze liebt,
Vor dem geringen Schwarm der Unterthanen schämen,
Und nicht sein öffentlich uns diese Ehre nehmen?

O Vater! schenke uns den königlichen Sinn,
Der alles hinten läßt, auf daß er Dich gewinn,
Und gönne mehreren, die itzt noch furchtsam schweigen,
Den Ruhm, den hohen Ruhm, der treuen Lammes-
Zeugen.

Gib Weisheit, leite uns Dir nach, untadelich,
Und Deinem Gnaden-Ruf zu wandeln würdiglich:
Gib Liebe, alles diß mit Sanftmuth zu ertragen,
Was man von unserm Thun will denken oder sagen.

Du aber, treuer Knecht! geh eilends ein zur Ruh:
Der süsse Bräutigam schließt selbst die Kammer zu:
Dring auf, erlöster Geist! zu Dem, den du bekennet,
Und der dich dermaleinst vor Seinem Vater nennet.


## XXXI.

## XXXI.
# An eines begabten Lehrers Namens-Tage. *

Du hochgebenedeyte Liebe,
   Man singt in Bethel: Höre her.
O daß der angeflammten Triebe
Nur eine einge Flamme wär!
Du hast uns alle angezündet,
Auf Dich sind wir allein gegründet,
Der Prediger, und wer ihn hört,
Wer als ein reiner Funk entglommen:
Hat einen Hauch von Dir bekommen,
Der wieder in Dein Feuer fährt.

   Was wollen wir so dunkel sprechen?
Wir wallen in der Dunkelheit.
Wilst Du mit Deinem Licht durchbrechen,
Schenkst Du uns Deine Heiterkeit:
So können wir es offenbaren,
Was wir im Inneren bewahren,
Und was so schwer zu deuten ist.
Gib doch an diesem Freuden-Tage,
Daß jeder deutlich sing und sage,
Was Du für eine Liebe bist.

   Du bist ein ewiger Regente;
Allein Du herrschest in der Zeit.
Als Deine Flamm in Ruhe brennte
In jener tiefen Ewigkeit;
Da wurdest Du doch mit Verlangen
Nach einer Creatur gefangen;
Und diese Creatur sind wir,
Wir und noch viele Millionen,

Die

---

* Am 30ten November.

Die nah und in der Ferne wohnen,
Wir alle schreiben uns von Dir.

Wir wissens wohl, daß alle Lande
Mit Deiner Treu belehnet sind;
Daß man in einem jeden Stande
Gewisse GOttes = Menschen sind't;
Und daß in Laußitz mehr Gemüther,
Als wir, geniessen Deiner Güter,
Wir sind kein sonderlich Geschlecht.
Wenn aber Deine Vater = Augen
Aufs Niedrige zu sehen taugen,
So haben wir ein eignes Recht.

Es ist Dir, Vater, unentfallen,
Was man von Deinem Bethel hält,
In was für grosser Schmach wir wallen,
Und wie man uns zurükke stellt.
Der Ort ist an sich selbst nicht wichtig,
Wir suchen Dich, damit ists richtig.
Wir sind der Welt ihr Gaukel = Spiel.
Der Herr und seine Unterthanen,
So viel Dir ihre Herzen bahnen,
Sind aller Lästerungen Ziel.

Du hasts ja aber ausgesprochen:
Ihr, die ihr leidet, seyd beglükt.
Die ihr mir nach ans Creutz gekrochen,
Ihr werdet mit hinauf gerükt.
Wo ich verbleibe, bleibt mein Jünger,
Sein schlechtes Thun ist nichts geringer,
Als was ich in der Welt gethan.
Freund! haben wir Dich aufgenommen,
Und wissen nirgends durchzukommen,
So nim Du uns auch wieder an.

Wir leiden ohne alles Murren,
Wir geben gar der Welt die Macht

Uns zu verleumden, anzuschnurren,
Wir werden gern um Dich verlacht.
Man mag uns lose Brükken bauen,
Uns soll vor alle dem nicht grauen,
Nur nicht um einen bösen Schein,
Dieweil wir uns ins Amt gedrungen,
Dieweil wir übel umgesprungen;
Nein! darum, weil wir Christen seyn.

Weil aber Du der Kinder Lallen,
Du, treuer Vater, nie verschmäht:
So laß Dir itzo auch gefallen,
Wenn die Gemeine zu Dir fleht:
Du wollest uns zusammenhalten,
Und über unsrer Liebe walten,
Als über Deinem Augen-Stern.
Wir werden hin und her geschmissen;
Es sey darum nur nicht abgerissen
Von unserm Bunde für den HErrn.

Und dürfen wir noch eines bitten;
So wollst Du unsers Rothens Geist
Mit Deinem Frieden überschütten,
Der sich bereits in ihm erweist.
Es bleiben er, und die ihn lieben,
Dir zum Gedächtnis angeschrieben,
Als solche, die Dein Herze hegt.
Man seh in allem, was er handelt,
Daß JEsus selber in ihm wandelt,
Und alle seine Glieder trägt.


XXXII.

## XXXII.

# Auf der Frau D. Petersen Eingang in die Freude. *

So geheſt du dahin, vor unſers Königs Thron,
  Des lieben GOttes-Lamms, um welches Lö-
          wen-Herzen
Gemächlichkeit und Ruhm, Natur und Kunſt verſcherzen:
Das macht, ſie ſehen Ihn in Lieb und Glauben ſchon.
                    1 Petr. 1, 8.
Du ſiehſt Ihn nun, o Weib, nach ſelger Pilgrimſchaft,
Wie ehemals am Creuß, zur rechten Hand der Kraft.

O Freundin, gönne uns, dir gläubig nachzuſehn:
Dir, deren Treue mich und andre mehr beſchämet,
Die wir uns ebenfalls zum Creuße hin bequemet,
Und aber immer noch an einem Stekken g[...]
Ach, möcht er uns die Hand, der HErr das Ohr
          durchbohren! Jeſ. 36, 6. c. 50, 5.
So ginge einſt die Luſt zu fremder Kraft verloren.
                    2 Moſ. 21, 6.

Nicht ehe ſiegete der Kämpfer Iſrael,
  Als bis ihm GOttes Kraft die Hüfte ausgerenket,
                    1 Moſ. 32.
Wo ſich die ganze Macht des Leibes hingeſenket:
Nicht ehe reiſſen wir mit Chriſto durch die Höll;
Es ſey dann unſre Kunſt und Stärke ganz geſchwächt,
Wir elend und verdammt, und GOtt allein gerecht.

Diß hatte, theure Frau, dein GOtt dir eingeprägt,
Diß, was du deinem Mann, noch eh' er dich erlanget,
Da, als er mit ſich ſelbſt gleich einem GOtt gepranget,
Mit Weisheit und mit Ernſt gar nah' ans Herz gelegt:
                                      Man

* Gedrukt zu Dresden.

Man könne oftermals bey guten Seelen-Gaben,
Sich selbst, als einen Gott, allein vor Augen haben. *

O Frau! hie mahltest du die meiste Geistlichkeit,
Nicht weniger den Stand der sogenanten Läyen,
Die ihre Tugenden nur selber benedeyen,
Erhöhn sich immerdar, und fliegen vor der Zeit;
Nur GOttes Gnade macht, daß nicht diß Zeugnis schon
Die Eigen-Liebe nimt, und setzt es auf den Thron.

Gelobet sey der HErr, der seinem armen Knecht
Und andren Seelen mehr die eigne Schwäche zeiget,
Und unsern stolzen Sinn zur Geistes-Armuth neiget.
Er ist der Heilige; wir aber ungerecht:
Drum soll auch aller Preis von dieser sel'gen Seele
In Christi Herzen ruhn, bis Er ihn selbst erzehle.

Dich aber preise ich, du hoher Jehova! Matth. 11,25.
Nach vorgeschriebner Art des Sohns, des Auserkornen,
Für die besondre Wahl von dieser Wohlgebornen.
Es sind ja ausser dem sehr wenig Edle da;
Und hier ward Abelschaft, und Wissen und Verstand
Ans rauhe Creutz erhöht: Gelobt sey Deine Hand!

Allein, es fällt mir was von dir, mein Leser, ein:
Du sprichst, zum wenigsten hast du bey dir erwogen,
Ich sey der Secte auch ohnfehlbar nachgezogen.
Geduld! hier kanst du bald zurecht gewiesen seyn:
Von ihren Meynungen, die sonderlich gewesen,
Hab ich bis diesen Tag noch keinen Satz gelesen.

Was aber bauet ihr ein Denkmaal bey uns auf?
Ihr eingekehrter Mensch in sanft- und stillem Geiste,
1 Petr. 3, 4.

G
Da-

---

* Der Doctor Petersen fragte die damalige Fräulein von
Merlau in Frankfurt am Mayn: Was sie wider ihn ein-
zuwenden hätte? Nichts, sagte sie, als daß er noch den
Gott Petersen anbete.

Damit sie unverrükt die JEsus-Liebe preiste:
Ihr vor der ganzen Welt untadelhafter Lauf,
Ihr helles Glaubens-Licht, ihr Zeugnis von der Spur
                              1 Cor. 12, 10.
Und von dem ganzen Lauf der neuen Creatur.

Es ist Bedenkens werth, was dort der Heiland spricht:
Ich hätte, Kinder, euch noch mancherley zu sagen;
                              Joh. 16, 12.
Allein, ihr könnets itzt nicht allerdings ertragen.
Drum sucht man billig nur das nöth'ge Glaubens-Licht:
Man darf dem Menschen blos den Weg zu Christo zeigen;
Was GOtt sonst offenbart, das kan man nur ver-
                              schweigen.

Ich höre aber wohl, das hat sie nicht gethan,
Die edle Jüngerin, die nun bey JEsu thronet;
Sie hat es kund gemacht, was ihr im Sinn gewohnet,
Und hat nicht einmal recht im Grunde; (saget man.)
Dem sey dann, wie ihm sey, mein Leser, ich und du,
Verstehns wol beyde nicht: Und sie ist in der Ruh.

Allein, sie stunde doch in dem und jenem Wahn?
Und ich begehre sie auf keine Art zu retten,
Noch über Künftigem, mein Freund, mit dir zu wetten;
Ich seye, oder nicht, der Meynung zugethan:
Das aber wünsch ich dir von Grunde meiner Seelen:
Den schmalen Lebens-Pfad, den sie vollführt, zu
                              wehlen.

Was soll der Meynungs-Kram? was nützt der
                              Schulen-Zank?
Wer Christum JEsum kennt, als eine Lebens-Quelle,
Setzt keinen fremden Born an diese hohe Stelle,
Und lechzt, und sehnt sich nur nach diesem Lebens-Trank:
Den dürstet ewig nicht, der wird ins Leben gehn,
Er mag die Creutz und Quer im Meynungs-Spiegel
                              sehn. 1 Cor. 13, 12.

                                        Das

Das ist des Glaubens Wort: HErr JEsu, ich bin
nichts;
Du bist mir aber ja, mein Freund, zu Allem worden,
Verbirgst der Gottheit Pracht in einen Knechtes-Orden:
Zu leuchten meiner Nacht; verzeihst Du dich des Lichts.
Ich werd auch, wenn Du mich zu etwas ausersehen,
Doch als ein armes Nichts zu Deinen Füssen flehen.

Joh. 12, 3.

Ist das des Glaubens Ernst, so ist der Freund bewegt,
Der Friede hergestellt, der Bund ist aufgerichtet,
Der Seelen ist der HErr als Bräutigam verpflichtet,
Die sich vor Seinem Aug' in Staub darnieder legt:
Durch Demuth bleibet sie zur Königin erhöht;
Hat sie der Vasthi Sinn, so wird sie mit verschmäht.

Wohl dem, der seinen Kopf vom Denken frey behält:
Was dorten oder da für ein Geheimniß steckte?
Damit es ihn nicht bald zur eignen Ehr erwekke,
Darüber unser Geist so bald, so tief verfällt:
Wen aber GOttes Rath ersieht zu etwas Grossen,
Dem wird der nöthge Pfahl bald mit hineingestossen.

2 Cor. 12, 7.

Wenn sonst auf Meynungen die Lehren Christi stehn,
Zumal vom Künftigen, das GOtt sich vorbehalten,
Damit nach freyer Wahl zu schalten und zu walten,
(Pflegt also einem zu- dem andern aufzugehn,)
Sind unter Tausenden kaum zehne Zweifelsfrey,
Darunter jeglicher im Glauben einig sey.

Wohlan, ihr Gläubige, laßt uns, von heute an,
Den eiteln Meynungs-Streit ganz auf die Seite legen!
Nur müsse Christus sich in unsren Herzen regen;
Wer Den nicht drinne hat, der ist kein Christen-Mann.
Sonst aber lasset uns nicht eins das andre richten,
Noch mit Verwegenheit die Glaubens-Sachen schlich-
ten.



Denn

Denn Eins, nur Eins ist Noth: das ist das beste
                    Theil, Luc. 10, 42.
Und kan den ganzen Teig der Creatur versüssen;
Diß Eine aber lernt man nur zu JEsu Füssen,
Der Lehrer ist der Freund: die Schul und Kunst ist
                    Heil;
Die Lehre Bileams bleibt nur ein Schellen-Hall,
                    4 Mos. 23. und 24.
Denn Wissen, ohne Lieb ist tönendes Metall.
                    1 Cor. 13, 1.

O Seelen! strekket euch nach JEsu Christo aus,
Sonst achtet alles Werk und Wissen nur für Schaden,
                    Phil. 3, 8.
Was wollen wir uns viel mit Ueberfluß beladen?
Die Einfalt baut dem HErrn ein gar bequemes Haus;
Es gibt wol hier und da geheime Wunder-Stege;
Doch liegt die Seligkeit auf einem offnen Wege,

Des Merkmaal je und je auf tiefen Waffern stund.
HErr! öffne Dich doch stets den hungerigen Seelen,
Die, (ihrer Herkunft nach,) sich ausser Dir nur quälen!
Entdekst Du Einer auch geheimer Weisheit Grund;
So zeige ihr doch bald, daß dieses Bey-Gericht
Nur Seelen-Zukker sey; die rechte Speise nicht.

Wohlan, du selger Geist! den ewigs Män erquikt,
Du hast mich durch die Schrift vom Kampf der Erst-
                    gebornen
Genehret und gelabt: Sey von dem Auserkornen,
Dem süssen GOttes-Lamm, auch dafür angeblikt!
HERR! laß uns, wenn wir einst mit offnen Augen
                    sehen,
Uns mit der Seligen zu Deiner Rechten drehen.

## XXXIII.

### XXXIII.

## Auf Herr Rothens 36ſten Geburts-Tag.

Wer von der Erde iſt, den hat die Erde lieb;
    Denn was ſich angehört, das muß ſich wohl
                gefallen;
Was der Natur gerecht, das wehlt ſie ſich vor allen;
Da kommt die Freundſchaft her, ein eingepflanzter Trieb:
Je weiter ſich ein Ding von unſrer Art entfernet,
Je leichter wird der Haß dagegen angelernet.
Der Abgrund trennet GOtt vom Feinde Belial;
Die Sünde, (welche Kluft!) des HErrn und unſer
                Weſen,
Wir haſſen Seinen Geiſt, bis wir davon geneſen:
Denn unſere Natur zertrennete der Fall.
Wenn aber Chriſtus uns von neuem erſt verbunden;
So iſt die Freundſchaft auch mit leichter Müh gefunden.
Da liebt die Seele GOtt, und GOtt die Seele dann,
Und alle, die zugleich in diß Verbündnis treten,
Den HErrn als ihren Freund und Vater anzubeten,
Die ſehn einander nun, als liebe Brüder an.
Gewiß! man glaubets nicht, man hab' es dann erfahren,
Wie ſich die Gläubigen im Geiſt zuſammen paaren.
Ein jeder ſiehet ſich ein klares Merkmaal aus,
Woran er Chriſti Geiſt und Chriſti Sinn erkennet,
Und ob der andre ſey, was er ſich gleichwol nennet,
Ein Glied am Bräutigam, ein Stein zum Tempel-Haus;
Und kan er dieſes nur nach aller Wahrheit finden,
So eilt er dürſtiglich mit ihm ſich zu verbinden.
Das Auge thränt, es ſchlägt das Herz, die Hand er-
                greifft,
Der Fuß beweget uns von einem Ort zum andern,
Und macht, daß Herz und Hand und alle Glieder wandern;
Das Haupt iſt mehrentheils mit Denken überhäuft.
Das Ohr vernimt das Wort, und trägt es zu den Sinnen,
Die durch den offnen Mund ein Gegen-Wort beginnen.

So sehr veränderlich, so mancherley Gestalt
Sind Glieder, die zugleich nur einen Leib bedeuten,
Das Haupt betrachtet sie, die nahen und die weiten;
Indeß, da ein Geblüt in ihnen allen wallt.
Der Seele Sorgfalt weiß sie alle zu verbinden,
Daß keines seine Ruh kan ohne jenes finden.
Im Leibe Christi siehts von inn‐ und auſſen so,
Wie in dem Menschen aus; sie haben gleiche Kräfte,
Und doch so mancherley zergliederte Geschäfte,
Und ohne eines wird das andre Sein nicht froh.
Der Leib wird munter, da der Seelen Kräfte schlafen,
Und wenn er schläfrig wird, fängt jene an zu schaffen:
O Liebe! Du hast Dir hie einen Leib gebaut,
Ein liebes Tempel‐Haus von auserwehlten Steinen;
Die Pfort ist aufgethan, und seine Fenster scheinen,
Die jener nur verhöhnt, der mit Verwundrung schaut,
Wir haben Dich dabey in GOttes groſſen Namen
Zum Ekstein hingelegt, als wir gen BethEl kamen.
So kröne diesen Bau: und weil Du je gewolt,
Der liebe Rothe solt' als Pfeiler drinne stehen,
Und ihn nach eigner Wahl Dir dazu ausersehen,
Eh man noch einen Stein zu diesem Bau gerollt:
O Haupt! so lehre uns mit Beten und mit Wachen
Den ganzen Saphir‐Grund des Tempels fertig machen!

## XXXIIII.

### Auf des Herrn von Watteville Verlöb= nis mit der Fräulein Johanna So= phia von Zetzschwitz. *

Du Quell der ewgen Ehe,
   Und Du der Seelen Mann!
Du Geist der Tieff‐ und Höhe!
Schau her: wir beten an,

Wir

* Am 7ten September.

Wir rühmen Deine Liebe,
Wir freun uns Deiner Treu;
Denn ihrer beyder Triebe
Sind alle Morgen neu.

Wie werden doch die Deinen
So seliglich geführt?
Wie wird auf blödes Weinen
Bald muntre Lust verspürt!
Itzt setzen die Gerechten
Und Satan Stoß auf Stoß;
Dann rufst Du Deinen Knechten
Zur Ruh in Deinen Schooß.

Itzt sehn die blöden Augen
Der menschlichen Natur,
Die nimmer vor Dir taugen,
Sich weder Bahn noch Spur;
Bald zieht Dein seligs Winken
Die Dekke wieder weg:
Wir dachten zu versinken;
Nun zeigt sich Spur und Steg.

Du allzutreue Liebe!
Was sollen wir Dir thun?
Wer fördert unsre Triebe?
Sie können ja nicht ruhn,
Ach wären sie vermögend,
Dich also zu erhöhn,
Daß unsre ganze Gegend
Von Deinem Ruhm ertön'!

Sey gnädiglich zufrieden
Mit unserm ganzen Seyn.
Wir habens Dir beschieden
Zum Tempel, nim es ein:
Und stimme Deiner Ehre
In Christo, Deinem Sohn

G 4

Durch

Durch alle Geistes-Chöre
Den allerreinsten Ton.

Die neu-verbundnen Beyde,
Die Du erst Dein gemacht,
Und nun zu Freud und Leide
Einander zugebracht,
Die sind zu uns getreten
In gleicher Harmonie,
Zu singen und zu beten;
Herab! und höre sie.

Zünd allen ihren Wandel
Mit Deiner Liebe an,
Bis man in ihrem Handel
Dein Gleichniß sehen kan:
Ihr Auge mache lichte,
Damit ihr ganzer Leib
Von Deinem Angesichte
Ein klarer Spiegel bleib.

Du bist bereits entschlossen,
Um ihnen Guts zu thun;
Das hat die Welt verdrossen,
Der Satan will nicht ruhn;
Der Streit ist angegangen,
Auch hat sich Jonathan
Schon an den Feind gehangen:
Wir hängen uns mit an.

Sie siegt bereits, die Liebe;
Drum sehet, was ihr thut.
Gebt jenen Streich und Hiebe;
Der Liebe, Gut und Blut.
Denn sonst bekommt ihr Wunden,
Und werdet ausgelacht;
Hat euch der HErr verbunden,
So zeigt nun eure Macht.

Gedeyht

Gedeyht in Zions Mauren,
Die eine Friedens-Stadt:
Es müsse ewig dauren,
Was GOtt gegründet hat;
Auch müssens sehn und hören,
Die Seine Hasser sind,
Daß bey der Liebe Chören
Euch alles lieb gewinnt.

GOtt lasse unser Flehen
Bey Ihm erhöret seyn,
Daß wir euch wachsen sehen
In Christi Creutz-Gemein;
Und unter uns erbauen
Ein Haus dem HErrn bequem,
Bis daß wir alle schauen
Das Glük Jerusalem.

## XXXV.

# Auf seiner Gemahlin 24sten Ge-
# burts-Tag.

Du ewigs Liebes-Wesen Du,
Sey ewiglich gepreist,
Daß Du aus Deiner tiefen Ruh
Uns Tag vor Tag erfreust.

Wo fang ich Deinen Ruhm nur an,
Wo hört mein Loben auf?
Du unsrer Seele lieber Mann!
Dein Trieb ist schnell im Lauf.

Hier hast Du unser beyder Geist,
Formir Dir etwas draus,
Das Dich nach allen Würden preist:
Er sey Dein Tempel-Haus.



Und

Und siehst Du ein und anders noch,
Das Dir nicht wohlgefällt,
Du gute Liebe! tödt' es doch,
Als ein gewaltger Held.

Hier hast Du unser beyder Hand,
Die Du zusammen schlugst,
Als Du an unserm Ehestand
Ein Wohlgefallen trugst.

Sinkt unser Muth und Freudigkeit;
So fasse uns dabey,
Daß aller Sturm und trübe Zeit
Uns nicht gefährlich sey.

Hier hast Du unser Aug und Ohr:
Das Aug erleuchte Dir;
Die Ohren aber die durchbohr
An Deiner Gnaden-Thür.

Hier hast Du unsern Sinn und Witz:
Daselbst bereite Du
Dir einen königlichen Sitz,
Zu ungestörter Ruh.

Hier hast Du unsern Liebes-Bund:
Sey ewiglich sein Ziel,
Und rege Dich im Herzens-Grund
Mit stetem Liebes-Spiel.

Hier hast Du unsern Ehren-Stand,
Tritt mit den Füssen drauf:
Dagegen hebe Deine Hand
Uns an das Creutz hinauf!

Hier hast Du unsern zarten Sohn,
Das Pfand von unsrer Eh:
Wir werfen ihn vor Deinen Thron:
Ach! segn' ihn aus der Höh.

Dir,

Dir, unsrer Liebe, wurde Er
Vom Anfang eingeweyht:
Er bleibt Dein armer Wanderer
Zur Stadt der Ewigkeit.

Des Wegs sey wenig oder viel,
Den er noch gehen muß;
So ist doch sein, wie unser Ziel
Dein seliger Genuß.

Hier hast Du unser ganzes Volk:
Bekehre es zu Dir;
Auch werde unsre Zeugen-Wolk,
Und bleibe werth vor Dir.

Hier hast Du uns, so wie wir sind,
Hier hast Du unser Flehn:
Wenn man uns heute an Dich bind't,
So ist uns gnug geschehn.

## XXXVI.

## Auf seinen erstgebornen Sohn, Christian Ernsten.

Nims wieder hin, Du hattest es gegeben,
   Nim, einiger Vater, dieses einige Pfand:
Du wilst uns gern der Mühe überheben,
Der schweren Pflicht, der Sorge, die uns band.
Die zarten Lippen regten sich noch schwach,
Das andre Thun bestand in Kleinigkeit,
Es machte sich mit seiner Kunst nicht breit;
Doch schritt es Dir, dem Vater, kindlich nach.

Wenn die Vernunft was drein zu reden taugte,
So spräche sie: Warum dann nun so bald?
Denn wenn der Mensch nicht Zeit zur Arbeit brauchte;
So würde ja viel lieber niemand alt.

Doch

Doch da die Eltern vor Dir freudig seyn,
Daß sie ihr Kind Dir lediglich geweyht;
So ist ihr Ja! zu jedem Wink bereit,
Und stimmt ein mattes Hallelujah drein.

Dir kan der Tod des Sünders nicht belieben,
Das glaubet die Vernunft; doch glaubet sie,
Du habest itzt ein Reislein abgetrieben,
Ein Reis, gepflanzt durch Deiner Hände Müh.
Wenn die Vernunft nicht eine Thörin wär,
Sie glaubte so was ungereimtes nicht:
Daß Der, dems Herz von Feindes-Liebe bricht,
Sein eigen Werk ganz ohne Noth zerstör.

Wir haben uns einander nicht gewehlet,
Du hast es selbst ganz offenbar gefügt;
So waren wir, nachdem Du uns vermählet,
In Deinem Schooß auch ohne Kind vergnügt.
Du gabest es, und hast es oft bewahrt:
Es langte hier, als wie ein Wunder an,
Das zeugen die, so seine Ankunft sahn,
Du hast's auch nur zur Probe aufgespart.

Wir merkens wohl, du unergründ'te Liebe!
Wir halten nichts aufs Trauren dieser Welt.
Gefallen Dir des Kindes zarte Triebe,
Dir, deme man in Christo leicht gefällt;
So machen wir uns eine Freude draus,
(Du siehst ins Herz, dich höhnt kein Compliment)
Ist unsrer Erstgeburt Dein Herz vergönnt;
So ists ein Glük für unser schlechtes Haus.

Wir dürfen Dir das Kind nicht erstlich loben,
Du branntest selbst in ihm, du reines Licht,
Was Dir gefiel, das stammete von oben;
Mißfiel dir was, das war sein Wille nicht.
Nims immer hin, Du unsrer Seelen Mann,
Wie Du es uns, mit Christi Blut bethaut,

Auf

Auf kurze Zeit zu treuer Hand vertraut:
Es hat sein Kleid, das schöne Kleid!. noch an.

Man spürte ja an ihm kein Widerstreben,
Als man es Dir ins Sterben übergab:
Es deuchte ihm, itzt würd es erstlich leben,
Es wußte nichts von Fäulnis oder Grab!
Es fühlte nur, der Kerker sey nicht schön;
Was unsre Unvernunft uns glauben macht,
Dasselbe hat sein Kinder-Sinn verlacht:
Drum sahe mans vergnügt ans Scheiden gehn.

Die Prediger der eitlen Wissenschaften,
Die Meister von der falschberühmten Kunst,
(Und wenn sie all ihr Zeug zusammenrafften,)
Bereiten hier doch nichts als blauen Dunst.
Man komme nur erst an des Todes Thor,
Und säe da die Spreu Philosophie;
So erndtet man gewiß vergebne Müh,
Der Einfalt kommt das Werk ganz leichte vor.

Spricht die Vernunft: Daß solches daran liege,
Weil so ein Kind noch keine Schlüsse macht;
Es würde sonst zu einem solchen Siege,
Nicht also leicht und spielende gebracht:
Wohlan! so sey, o Vater! hochgelobt,
Daß du den Preis der Einfalt aufgestellt;
Wir geben sie nicht um die ganze Welt,
Die Einfalt ruht, wenn der Vernunft-Sturm tobt.

Drum mögen dir die Eltern kühnlich sagen,
Was sich, dafür, daß sie ihr einig Kind,
Dir williglich in Deinen Schooß getragen,
In ihrem Geist für ein Verlangen sind:
Sie wünschen sich auf ihrer Pilger-Bahn,
(Da du nunmehr dem Kindlein alles bist,)
Du bändest sie, weils ihm nicht nöthig ist,
Mit seinem Sinn, zum Angedenken an.

Sie

Sie wollen es von Deiner Treue hoffen,
(Du bist so gut und hörst auf stilles Schreyn,)
Und hat ihr Wunsch zum Ziele eingetroffen:
So gehen sie in Deine Ruhe ein.
Sie mögen dann, solange als Du wilt,
Im Jammer-Karrn an Deinen Seilen ziehn;
Sie werden Dir nicht aus der Schule fliehn:
Vollende sie, zu Deinem Ebenbild.

Du aber geh und ruhe: Sohn der Rechten,
Auch dein Gebein soll grünen, da es liegt;
GOtt lehre uns so still, so sicher fechten.
Du hast gekämpft, bevor du obgesiegt.
Dein Klage-Lied, und unser Lied ist aus.
So lobe dann. Doch bist du noch zu matt:
So trink dich vor an JEsu Fülle satt;
Und dann so werd ein ewigs Lied daraus.

## XXXVII.

## Auf des Lic. Gutbiers, seines Medici, Verheirathung.

Du sel'ge Liebe Du!
　　Wohl heissest Du verborgen!
Wer stört in Deine Ruh!
Wer öffnet Deinen Rath,
Und was er heimlichs hat?
Die Seelen nur allein,
Die ohne Willen seyn.

　　Wer nichts auf Erden will;
Läßt GOttes Liebe sorgen,
Sein Sinn ist immer still,
Sein Puls schlägt ordentlich,
Sein Herz vergnüget sich,
In allerley Gefahr
Verbleibt Sein Auge klar.

O un-

O unerschaffne Lieb!
Was kont'st Du schöners schenken,
Als den gelaßnen Trieb,
Der Adams Geist durchstrich,
Solang er Dir noch glich,
Woburch er Edens Pracht
Noch höher ausgebracht?

Wie wolte Satanas
Diß stille Wohlseyn kränken?
Als daß er irgend was
Im Menschen aufgeregt,
Das nun zu denken pflegt:
Ach hätt' ichs so und so!
So wär ich erst recht froh.

Seitdem siehts also aus:
Der Mensch ist unzufrieden,
Bald dünket ihm sein Haus
Zu groß, und bald zu klein;
Bald will er etwas seyn,
Das, wenn ers worden ist,
Ihm an dem Herzen frißt.

Als nun der Mann, der HErr
Vom Himmel abgeschieden,
Und als ein Wanderer,
In armer Knechts-Gestalt,
Die Erde durchgewallt;
Hat Er, nebst andrer Last,
Auch diese aufgefaßt.

Allein das war ein Mann,
Der wußte sich zu rathen,
Obgleich der ganze Bann
Auf Seinen Schultern lag,
Bis an den Todes-Tag;
Noch stand Er aufgerichts,
Warum? Er wolte nichts.

Es soll ein ein'ger Sohn
Die Zornes-Fluth durchwaten,
Verleugnen Kron und Thron,
Noch schlechten Nutzen sehn,
Und Strafe überstehn:
Ein Sohn, der nichts gethan;
Der Vater stiftets an!

Ach! hätte dieses Lamm
Gewußt, was Wollen wäre:
Hätt' unser Bräutigam,
So sehr als Seine Braut,
Auf Fug und Recht gebaut;
Er wär noch immer GOTT,
Und wir des Teufels Spott.

Allein, Er wolte nicht;
Er litte nach der Schwere:
Er war auf nichts erpicht;
Nahm die beschiedne Pein
Ins Vaters Willen ein.
Nun ist Sein Schmerz vorbey,
Und wir sind völlig frey.

Es kan nicht anders seyn,
Als Seine rechte Jünger
Gehn eben dahinein:
Hierunten leiden sie,
Denn JESUS litte hie;
Und Seine Herrlichkeit
Ist auch für sie bereit.

Beym Creutz wuchs unser Held:
Das Creutz ist guter Dünger
Auf unser Herzens-Feld;
Nichts wächset ohne diß,
Und das gedeyht gewiß,
Was nach der Liebe Rath
Hier Grund gefasset hat.

Allein

Allein die Erde muß
Sich nicht dagegen härten;
Sonst zeigt sich kein Genuß:
Die Marter steht sie aus;
Und wird nichts ganzes draus;
Wird sie gediegen seyn,
So dringt die Kraft hinein.

Man sehe nur die Bluht
Der Bäumlein in den Gärten,
Wie gut es ihnen thut,
Wenn hier ein strenger Nord,
Ein schwüler Sud-Wind dort,
Und dann ein Regen-Guß
Den West verjagen muß.

Und o wann würden wir
Mit GOttes Wegen fertig?
Wenn Seine Weißheit hier
Und dorten etwas macht,
Das jedermann verlacht,
Und dann ein Wunder schafft,
Darnach ein jeder gafft.

GOtt Lob! die Liebe ist
Von uns nur das gewärtig,
Daß man sich selbst vergißt,
Im Herzen Ehrfurcht spürt,
Die Hand zum Munde führt,
Und spricht in tiefer Still:
Wills GOTT, wohlan! ich will.

Erst gestern ward ein Kind *
Zur Herrlichkeit erhaben:
Sein Herz war gleich gesinnt,
Sein Leiden hörte auf,
Es trat mit Füssen drauf,

H

Und

____

* Christian Ernst, Graf von Zinzendorf.

Und wers nur fassen kan,
Spricht: JESUS hats gethan.

Und heute sehen wir
Ein paar zum Kerker traben:
Der HERR verknüpft sie hier
Zu gleicher Pilgerschaft,
Und Seine Wunder-Kraft
Hält ihre Augen zu,
Daß sie das Ihre thu.

Wer solte nun dabey
Nicht voll Verwundrung stehen?
Wer saget nicht ganz frey:
Du bist ein Wunder-GOtt?
Die Weisheit wird zu Spott;
Das größte Klugseyn träumt,
Wenn sichs mit Dir nicht reimt.

Du wunderbares Seyn!
Wir wollen nach Dir sehen:
Wir wollen Kinder-klein
Und Dir gelassen blind,
Wobey man nur gewinnt;
Doch mit geheimem Flehn,
Dir zu Gebote stehn.

Geliebtes Ehe-Paar!
Du bist der schmalen Stege,
Die GOtt gewohnet war,
Solang er Schöpfer hieß,
Und Seine Allmacht wies,
(Die über alles thront,)
Nicht eben ungewohnt.

Wohlan! so bringe fort
Im tiefen Fluthen-Wege,
Und segle in den Port

Der

Der wahren Ruhe hin,
Mit ausgespanntem Sinn:
Gib dich dem Bräutigam
Und reiff an Seinem Stamm!

Uns, die wir dich gewiß
Von ganzem Herzen lieben,
Und alle Hinderniß,
Die dir den Weg verwehrt,
Mit herzlichem Gebet,
Getrau'n zu überstehn,
Erfreut dein Wohlergehn.

Wird euer neuer Stand
Ins Lebens-Buch geschrieben,
Und euer Ehe-Band
In JEsum eingeknüpft:
So freuet euch und hüpft,
Ist JESUS euer Licht;
Sorgt für das andre nicht.

Du hochgelobtes Lamm!
Wir fallen Dir zu Füssen,
Du Seelen-Bräutigam!
Komm, küsse dieses Paar
Und mach es offenbar:
Daß, wer sich Dir vertraut,
Auf Felsen-Gründe baut.

Du magst die Bitterkeit,
Die sie erfahren müssen,
Wenn sie nach dieser Zeit
Mit wollen jauchzen gehn,
Nur helfen überstehn,
Du hast es im Gebrauch:
Sie glaubens, und wir auch.



XXXVIII.

## XXXVIII.

# Auf Graf Rudolph Siegmunds von Sinzendorf, des H. R. R. Erb-Schatzmeisters und Burggrafens zu Reinek, Erhebung zum Kaiserlichen obristen Hofmeister und
Premier Miniſtre. *

Hat Vorwitz oder Geitz, als er die Höll erbricht,
  Dem alten Roderich, nebſt vielen fremden Trachten,
Auch eine Schrift entdekt, die dieſen Prinz bericht:
Es werde ſolch ein Volk ihn und das Seine ſchlachten,
So hat der Vorwitz uns nicht gütlicher gethan,
Er hängt uns fremde Tracht und fremde Plagen an.

Nicht Aufgeblaſenheit, dir nah' verwandt zu ſeyn,
Darf, theurer Sinzendorf, den Lob-Spruch erſt be-
               geiſtern;
Vielweniger ein Blitz vom neuen Ehren-Schein,
Zum wohlverdienten Ruhm, ſich meines Kiels bemeiſtern.
(Ich rede faſt zu frey: doch iſts auch Redens Zeit;
Denn ich beſinge ja die Pracht der Redlichkeit.)

Mein Trieb bewegt ſich nicht, nachdem das Wetter ſteht,
Noch beug ich meine Knie vor jedem Bild der Sonnen,
Und da die Dichter-Kunſt beynah' hauſiren geht:
Hat mir die Eitelkeit kein Lied noch abgewonnen.
Bey dir, ich rede nur, was ich erweiſen kan,
Trift man die teutſche Treu noch unverſtellet an.

Verblend'te Sterbliche! was ſucht ihr in der Welt?
Ihr, die ihr eure Zeit mit Dingen überhäuffet,
Darob das Ewige kein Räumgen mehr behält;
Wiewol die Zeit auch ſelbſt in ihren Schranken läuffet.
Was

* Auszug entworfen zu Dresden.

Was ist dann euer Zwek bey so erhitzter Müh',
Und was beschäftiget, was hält euch spat und früh?

Ich meyne, deren Sinn am allerhöchsten steht,
Ihr sucht was Seltenes, ihr wollt was Grosses finden.
Hat's, wer mit Fürsten-Volk in einem Paare geht?
Besitzens etwa die, die Feinde überwinden?
Solls ein erhabner Rang, solls etwa Reichthum seyn?
Ihr geht vielleicht auf eins, vielleicht auf alles ein.

Wohlan! wen haltet ihr auf diesem Erden-Plan
Für den Erhabensten? Ihr sprecht: Den teutschen Kaiser;
Den Fürsten, dem ein Heer von Fürsten unterthan,
Die Krone, und den Knopf viel Königlicher Reiser.
Schaut her! die List und Kunst zu grossen Dienern macht,
Wie weit es Sinzendorf bey Treu und Glauben bracht!

Exempel können sonst, was keine Lehre kan:
Ihr Menschen, möchte euch diß Muster reblich machen,
So setzet ihrs mit Recht im Zimmer oben an,
Und richtet darnach in Zeiten eure Sachen.
Doch gibts noch einen Grund, der gilt zu dieser Zeit:
Das rechte Redlich seyn ist eine Seltenheit.

Man sperrt ja in der Welt die Augen weiter auf,
Wenn man ein Ding besieht, das wir nicht täglich sehen;
Kein Pyramiden-Bau hemmt derer Leute Lauf,
Die in den Gegenden sonst alle Tage gehen;
Was gibt man nicht ums Gold, wie leicht wirds aus-
getauscht
Dort, wo es wie der Kies, in denen Ufern rauscht?

Noch etwas: Wäre es nicht schon so lange her,
Daß GOtt ein Wanderer auf dieser Welt gewesen;
So möchte man von Ihm und Seiner Sitten-Lehr
Vielleicht ein mehreres in unserm Wandel lesen:
Und da sey einer teutsch, da sey er welscher Art,
So ändert Er den Sinn, dem Er sich offenbart.



Doch

Doch wie es mit der Treu der alten Teutschen geht,
Davon Arminius und andre Helden brennen;
So eben sieht mans an, wenn in der Bibel steht,
Was Christus und Sein Volk zuwege bringen können:
Es wird die Helden-Kraft des Herrmanns im Roman
So gut, als Christus Werk, vom Narren nachgethan.

Steht mir zu reden frey, und warum schweig ich nun?
Ich glaube allem dem, was JEsu Jünger schrieben,
Ich spreche, wer es liest, derselbe solls auch thun,
Und bin zu dieser Pflicht von Zeit zu Zeit getrieben;
Doch merk ich, daß ein Theil der Christlich-klugen Welt
Mir, Jugend halber nur, das Ding zu gute hält.

Wie herrlich wäre das, wenn in der Leser Zahl
Sich ein und andere (ach! wärens viele,) fänden:
Die, weil sie alles Thun in diesem Jammerthal
Für puren Tand erkennt, vergehend untern Händen,
Nach einer bessern Stadt ihr Wollen ausgestrekt,
Und ihren edlen Geist zu edlerm Trieb erwekt.

Denselbigen sey kund: GOtt, unser Erz-Monarch,
Der Fürst der Könige, der HErr von allen Herren,
Der sich, vor dieser Zeit, in Knechts-Gestalt verbarg,
Und ließ Ihm Seinen Thron, zu unserm Besten, sperren,
Der gütigste Regent wird höher nicht erfreut,
Als durch den süssen Blik der wahren Redlichkeit.

Nathanael, ein Mann mit diesem Preis versehn,
Ließ gegen GOttes Lamm viel harte Worte fahren,
Bevor er sich entschloß Ihm ins Gesicht zu gehn;
Und der Allwissenheit gefiel ein solch Gebahren,
Warum? Sie kennete den redlich treuen Sinn,
Und zog den Mißverstand in ihre Liebe hin.

So ists! Die Redlichkeit, die nur aufs Wesen sieht,
Mag sich mit keinem Traum, noch falschem Lichte
schleppen.

Wenn

Wenn sie des Vaters Kraft zum Sohn hinaufwerts
zieht,
So steiget sie auch gern die allgemeinen Treppen.
Was sie nicht glauben kan, das gibt sie auch nicht vor;
Und was sie einmal glaubt, das predigt sie im Thor.

Ihr Menschen, leuchtete euch diese Himmels=Pracht
Der wahren Treue ein; so würd' euch nicht verdriessen,
Wenn GOttes Liebe erst die Herzen veste macht,
Daß ihre Reden dann von solcher überfliessen;
Der seines HErrn sich schämt, der ist kein ehrlich Mann,
Und der ist auch kein Christ, der Christi schweigen kan.

## XXXVIIII.

## An des Geheimen Conferenz - Ministri Frey=Herrn von Gersdorf 45sten Geburts=Tag.

DAuge! dem des Abgrunds tiefe Schlünde
    So nahe sind, als die gestirnte Bahn,
Es weidet sich Dein Blik im Thal der Gründe,
Kaum streiffet er die stolzen Cedern an,
Wir wollen Dich bey dieser Abend=Zeit
Allmächtiger! auf unsre Art erhöhn,
Und wären gern von Deiner Höh gesehn,
Drum bükken wir uns tief mit Niedrigkeit.

O Arm! der sich, vom Ursprung an der Dinge,
Bis diesen Tag, mit gleicher Kraft geregt,
Der nicht bedarf, daß man ihm unterzwinge,
Was sich aus Trotz vor seine Stärke legt,
Von dessen Schlag der Erd=Kreis bebt und kracht;
Du hebst und trägst der Deinen kleine Zahl,
Du führest sie so sanft durchs Jammerthal,
Man übergibt sich willig Deiner Macht.

O Grund des Rechts, und richtiger Gedanken!
Dieweil Du selbst ein GOtt der Ordnung bist;
So hältest Du auch alles in den Schranken.
Drum wissen wir, daß Dirs gefällig ist,
Wenn man sich gern vor denen neigen mag,
Die Deine Macht auf Höhen treten läßt.
Drum heisset uns das heut'ge Jahres-Fest
Ein frölicher und Ehren-voller Tag.

Wir ehren den, den heute Deine Rechte,
Du Lebens-GOtt, zum ersten vorgezeigt:
Wer liebet nicht sein eigenes Geschlechte?
Drum sind wir ihm mit Liebe zugeneigt.
Was sollen wir ihm nur zu gute thun?
Wir heben ihn in Deine gute Hand,
(Das liebliche, das veste Liebes-Band,)
Da läßt sichs gut, da läßt sichs sicher ruhn.

Du klares Licht, du Sonne Deiner Treuen!
Was Dich erblikt, das sehnet sich nach Dir.
Wer so, wie Du, sein Wohlthun kan verneuen,
Verneuet leicht der Seinen Liebs-Begier.
Verneue Dich dem Vetter heute noch,
Erneure ihm den schönen Liebes-Rath!
Der hat genug, der Dich alleine hat;
Noch bindest Du gar an ein sanftes Joch.

Was können wir ihm zur Verehrung reichen?
Nicht Geld noch Gut; das hast Du schon versehn.
Nicht Ehr und Glük; er trägt davon die Zeichen:
Drum bleibt der Wunsch bey Deiner Liebe stehn.
Die gönne ihm noch manches Lebens-Jahr,
Die schenke ihm recht viel Vergnüglichkeit,
Die leite ihn durch diese Wander-Zeit,
Das thue sie, die Liebe: Sie ists gar.

Und Herz voll Treu, voll ungemeßner Milde,
Das immerdar in lautrer Liebe wallt,

Du

Du veſtes Schloß, und gegen alle Schilde
Der Widrigen, verwahrter Aufenthalt!
Nur ſperr uns da den Einlaß nimmer zu,
Denn wenn die Kraft der Finſternis bey Nacht
Sich hier und da genug zu ſchaffen macht;
So finden wir in Dir vollkommne Ruh.

## XXXX.

# Auf Graf Erdmann Ludwig Henkels Ende.

Und du wirſt weggerükt, des Vaters Augen-Weide,
  Ein einig lieber Sohn, ein Hoffnung-volles Kind!
Wer richtet ihn wol auf bey einem ſolchen Leide,
Und wie bezeigen wir, was treue Brüder ſind?
Hier, ſchreibet mir ein Freund, ſoll ſich dein Kiel
              bemühn:
Das iſts auch, was ich kan, die Liebe tröſte ihn.

Nur möcht' ein andrer Kopf den Plan dazu entwerfen,
Ein Kopf, der ein Gemüth von zärtrer Neigung führt:
Der meine hat die Art dem Leſer einzuſchärfen,
Daß einen Chriſten leicht kein zeitlich Leiden rührt,
Auch hat er Grund dazu; weil Petrus ungeſcheut,
Beym Leiden froh zu ſeyn, den Gläubigen gebeut.

Und wenn ich von Verluſt der Kinder reden ſolte;
Verſchrieb ich mich vielleicht, und ſpräche von Gewinn:
Wenn auch ein Vater-Herz vor Schmerzen brechen wolte;
Ich fragte dennoch wol: Wo mit den Kindern hin?
Sie ſollen mit der Zeit vor GOttes Throne ſtehn.
Iſts nöthig, daß ſie erſt der Sünd ins Netze gehn?

O ſeliger Verluſt! So will ich ſtets verlieren,
Wenn dadurch, daß mirs fehlt, die Liebe Zugang krigt,
Ein ſolcher Sieg iſt werth darum zu triumphiren,
Wo man den Feind zugleich geſehen und beſiegt.

           Pflegt

Pflegt bey dergleichen Fall der Luſt was abzugehn;
So kan uns auch daraus nicht ſo viel Streit entſtehn.

Allein, wem wolte ich hiebey den Argwohn wehren,
Daß dieſer Ausſpruch nur ein Eigenwille ſey?
Vielleicht beſchweret es, die Kinder zu ernehren?
Sie binden heftig an, man iſt wol lieber frey;
Sie brauchen Sorg und Müh, man mühet ſich nicht
                         gern;
Drum überläßt man ſie aus Trägheit an den HErrn?

Wohlan! ich ſuche nicht dem Vorwurf auszuweichen:
Ich halte, GOtt ſey Dank! nichts auf Entſchuldigung,
Um aber meinen Zwek im Haupt = Punct zu erreichen;
So iſt diß eine Wort vielleicht Beweis genung:
Es ſetze ſich ein Kind vergeblich aus der Ruh,
Sobald es Kummer hat, was doch der Vater thu.

Gewiß, du theurer Freund, du liebes Kind der Liebe!
Daß ſich Immanuels ſchon lange nicht mehr ſchämt,
Diß eben ſamlet dir die ausgeſchweifften Triebe;
Diß macht, daß dein Gemüth ſich heute nicht mehr
                         grämt;
Die Sorge preſſet dir kein banges Stöhnen aus,
Wer einen Vater hat, dem hält der Vater Haus.

Du läſſeſt deinen Sohn in allzuguten Händen,
Die Schule, die er hier nur angefangen hat,
Die mag er auf dem Schooß der Liebe vollends enden;
Wo lernt man hurtiger, als in der neuen Stadt?
Dein Auge, das bisher für dieſen Sohn gewacht,
Das gebe führohin allein auf JEſum Acht.

Ich habe ſchon geſagt, wenn meine Saiten klingen,
Geſcheh' es bloſſerdings die Freundſchaft darzuthun.
Bedarfſt du aber Troſt, den ſoll die Liebe bringen;
Allein ich ſeh dich ſchon in ihrem Willen ruhn.
Drum mache dieſer Schrift, die ich verkürzen muß,
Nur dieſer herzliche und treue Wunſch den Schluß:
                         Dein

Dein Erdmann ist ins Reich der Himmel einge-
drungen,
So männlich, als es ihm dein theures Eh-Gemahl,
Da sie beym letzten Kampf ihr Schwanen-Lied ge-
sungen,
Aus mütterlicher Macht, im Glauben anbefahl.
Du Tochter bleibe nun des HErren JEsu Lamm,
Und du, mein Bruder! bleib ein Freund vom
Bräutigam.

## XXXXI.

## Ueber die Ruhe des Gemüths.

Wie wohl ist einer solchen Seele,
    Die JEsum Christum in sich hat!
Wird gleich die äußre Leibes-Höhle
Von mancher Arbeit müd und matt;
So steht der Geist doch ungebunden,
Und hat den Quell der Freude funden:
Und zwar die Freud in süsser Still;
Denn das ist eine schlechte Freude,
Solange man die Seelen-Weide
In lauter Unruh suchen will.

    Drum kan kein Menschen-Kind ergründen,
Wie gut mans erst bey JEsu trift.
Man schleppet sich mit seinen Sünden,
Man isset überzukkert Gift,
Und meynt, man hab es wohl getroffen,
Wenn man sich endlich was erloffen,
Das einer für ein Glük erkennt.
Allein, wer will uns glauben machen,
Daß man auf Erden alle Sachen
Bey ihrem rechten Namen nennt?

    Das weiß ich wohl, wenn ein Studente,
Der im Register noch zurük,

Ein

Ein gutes Amt errennen könte,
Das hielt er für ein grosses Glük.
Doch ist die Weyhe kaum empfangen,
Die Wirthschaft folglich angefangen,
Das erste Amts-Jahr bald vorbey;
So kan ein zeitlichs Lamentiren,
Die Expectanten überführen,
Daß dieses Glük vergänglich sey.

Vom Lehr-Amt auf den Stand zu kommen,
Der das Regierungs-Ruder führt:
Was wird nicht oftmals vorgenommen,
Damit man auch einmal regiert.
Warum? Es ist ein Glük zu nennen,
Wo wenige das Ziel errennen.
Trift einer nur zum Ziele zu;
So sucht er etwas anzukaufen,
Daselbst zuweilen zu verschnaufen,
Und setzt sich endlich gar zur Ruh.

Der Nehr-Stand hat das Recht bekommen,
Den nennt man eigentlich ein Glük,
Wann eine einen Mann genommen.
Allein man rechne nur zurük;
Wo ist wol eine unter allen,
Die in das Ehe-Netz gefallen,
Darein so manche Hoffnung kirrt,
Von ihrem Glükke so bethöret,
Die, wenn man sie frey sprechen höret,
Nicht andre Leute warnen wird?

Wie kommts dann, daß man Leute siehet,
Nur, daß man sie gar selten findt,
Die weder sich ums Amt bemühet,
Noch, wenn sies haben, schwürig sind?
Das macht, weil sie im Lehrer-Orden
Nicht erstlich JEsu Jünger worden,

Und

Und nun von Ihm gerufen seyn,
Ist ihnen wenig dran gelegen,
Wie stark der Beicht= und Decem=Segen,
Sie samlen sich nur Seelen ein.

Auch gibt es GOtt bekante Namen,
Der Welt hingegen sind sie fremd,
Die weder auf durchleuchtgen Samen,
Noch eigne Tugend sich gestämmt,
Die sich des Crocodils der Ehren
Mit einer schnellen Flucht erwehren,
Und also vest verpanzert sind,
Daß er wol an sie anzubringen,
Nicht aber sie hinein zu schlingen
Gelegenheit und Kräfte findt.

Die Ehe kennet auch Personen,
Allein in gar geringer Zahl,
Die seliglich beysammen wohnen,
Und leiten sich durchs Jammerthal,
In deren auserwehlten Bunde
Die Gnade Christi steht zum Grunde,
Und welche Ihn und die Gemein,
An sich als Lebens=vollen Bildern,
So glüklich wissen abzuschildern,
Daß sie nicht zu verkennen seyn.

So kommt es dann in allen Sachen
Auf Grund und Unterstellung an;
Die können Häuser stehen machen,
Um die es ausser dem gethan.
HErr, der du unser Herze kennest,
Und nach dem Wohl der Menschen brennest,
Wie glüklich wird man durch den Sinn,
Der Dir sein Ganzes anvertrauet,
Und alles auf die Gnade bauet,
Und gibt es unbesehens hin!

XXXXII.

## XXXXII.

# Ueber des Heilands Treue.

O Liebe, die in fremde Noth
    Sich selbst hinein gestürzt,
Und die damit dem ewgen Tod
Den Stachel abgekürzt.

    Wir sehen Deine Herrlichkeit
Im Thal der Demuth blühn,
Und uns durch Dein empfindlich Leid
Aus allem Leiden ziehn.

    Daß Du nun unser Bürge bist,
Das heißt man wohl gethan,
Und nimt den Menschen JEsum Christ
Zum Sünden-Tilger an.

    Allein, wie wenig wird man sehn,
Die zu bereden seyn,
Daß niemand kan ins Leben gehn,
Als durch die Creutzes-Pein.

    So gib dann Deinem Wort vom Creutz
In denen Seelen Kraft,
Daß es dieselben allerseits
Mit hin zum Creutze rafft.

    Denn das ist einmal gänz gewiß,
Du bist zu gleicher Zeit
Ein Gegen-Gift fürs Todes Biß,
Und unsre Heiligkeit.

    Drum, der Du angekommen bist,
In Knechts-Gestalt zu gehn,
Des Weise nie gewesen ist,
Sich selber zu erhöhn:

Komm!

Komm! winke unsrer stolzen Art
Ins edle Nichts hinein,
Darinn sich erstlich offenbart,
Daß wir GOtt Etwas seyn.

Der Du noch in der letzten Nacht,
Eh Dich der Feind gefaßt,
Den Deinen von der Liebe Macht
So schön gepredigt hast:

Erinnre Deine kleine Schaar,
Die sich so leichte zweyt,
Was Deine letzte Sorge war:
Der Glieder Einigkeit.

Du opferst Deine Jünger noch
Dem Vater im Gebet.
O! würden unsre Sinnen doch
Oft im Gebet erhöht.

Der Du um unsre Seligkeit
Mit blut'gem Schweisse rangst,
Und durch der Thränen bangen Streit
Des Grimmes Macht verdrangst:

Erschüttre doch den trägen Sinn,
Der nichts von Arbeit weiß,
Und reiß ihn aus der Faulheit hin
Zu Deinem Kampf und Schweiß.

Der Du dich deines Vaters Zorn
Zum Pfande eingethan,
Nim uns, aus Deinem Geist geborn,
Zum Gegen = Pfande an.

War zu der Herrlichkeit die Schmach
Dein ordentlicher Weg;
So geht Dir Deine Heerde nach
Auch über diesen Steg.

Und

Und da Dich Deine Niedrigkeit
An Pfähle binden kan;
So hefte unſre Eigenheit
An Deinen Creutz = Pfahl an.

Gecreutzigter, den Seine Lieb
Bis in den Tod geführt,
Ach! würd' auch unſer Liebes = Trieb
Zum Tode treu verſpürt.

Drum leit' auf Deiner Leidens = Bahn
Uns ſelber bey der Hand,
Weil dort nur mit regieren kan,
Wer hier mit überwand.

## XXXXIII.

# Auf Friedrichen, Herrn von Watte-<br>ville, vor ſeiner Abſchikkung an den<br>Cardinal von Noailles.

So wagt ſich, theurer Freund! zu dir derſelbe Kiel,
  Der zwar nicht ganz und gar des Schreibens un=
            erfahren,
Der aber auch ein Feind vom bloſſen Wörter = Spiel,
Und ſonderlich den Ruhm der Freunde pflegt zu ſparen.
Man ſiehet, daß er ſich nun offenbarlich regt:
Nicht dein verdientes Lob der Erden kund zu machen,
Als welches Amt der HErr an jenem Tage trägt;
Er will nur itzt der Welt und ihrer Thorheit lachen.
Sobald man ſich bekehrt, ſo iſt es ausgemacht,
Und ſtammte man vorher aus Wittekindes Lenden,
Den man der Hoheit ſelbſt zur Wurzel ausgedacht;
So wird ſich unverſehns das Blat der Ehren wenden.
Die ganze Welt erſtaunt, wie herrlich jener Mann,
Bey aller Redlichkeit, an Geld und Gut geworden:
Kaum aber, daß er ſich zu GOtt bekehren kan;
So eilet ſie mit ihm zum nächſten Bettel = Orden.

Wat=

Warum? Was ist der Welt? Sie läßt sich einerseits
Von einem Christenthum, bey eitler Welt-Lust, träumen:
Wie? kan die Thörin dann mit Christi hohem Creutz
Die Hoheit ihres Stuhls auf keine Weise reimen?
Wenn sich ein fremd Gesicht in ihren Grenzen zeigt,
So pflegt sies jedermann an Würde vorzuziehn:
Der Fremdling aber sey nur Christo zugeneigt;
So mag er nur sein bald aus ihrer Gegend fliehn.
Der wird geschwind ein Graf, aufs wenigste Baron,
Der in der Frembde nur das Seinige verbrauset;
Der aber scheint der Welt, wo nicht ein Huren-Sohn,
Doch nicht viel ehrlicher, dem vor der Welt-Lust grauset.
Wer sich der Eitelkeit der Welt gebrauchen kan,
Und weiß mit falschem Glanz sein Nichtsseyn auszu-
       mahlen,
Der trete nur getrost vor alle Welt heran,
Von Reichthum, Klugheit, Stand, von was er will,
       zu prahlen.
Die Erde ruht auf Wind, (vergönnt mir dieses Spiel,)
Drum klingt ihr nichts so groß, als solcherley Getöse,
Da wisse man nur nichts, nur rede man fein viel;
Man habe gleich kein Herz, man thue nur sehr böse.
Verzeih! dem Lauf der Welt, Erlauchtes Herren-Haus,
Du Kleinod Arelats, du Burg von Watteville!
Gehn gleich von deinem Stamm die höchsten Spros-
       sen * aus,
Doch schweigt der Vorwitz selbst von deiner Würde stille.
Warum, der edle Zweig, den Teutschland jüngst gesehn,
Und der nun unter uns in Wunder-Segen blühet,
Hat, GOtt sey Dank! gelernt, dem Lamme nachzugehn,
Und um den Preis der Welt sich lange satt bemühet.
Das prächtige Paris bezaubert ihn nicht mehr;
Das schlechte Bertholdsdorf vergnüget seine Sinnen:

I
Die

* Das Haus derer des H. R. R. Erb-Schatzmeistere Grafen von Sinzendorf und Burggrafen zu Reinek ist eines
von diesen Sprossen.

Die Schätze von Papier gereuen ihn nicht sehr,
Nachdem es ihm geglükt die Perle zu gewinnen.
Es hält der Staat von Bern die grosse Standes-Pracht
Mit seiner Bürgerschaft kaum würdig zu vergleichen;
Daher er auch nicht viel von hohen Häusern macht;
Hier wird ein eitler Mensch nicht leicht den Zwek erreichen.
So bükt den äussern Stolz die tugendhafte Schweitz;
Doch aber kan sie ihn nicht aus dem Herzen bannen:
Die Kunst kan JESus nur mit Seinem rauhen Creutz,
Kommt Der ins Herz hinein, so muß der Stolz von
                           dannen.
Diß war die Wunder-Kraft, mein theurer Watteweil!
Die dich von Welt und Fleisch, und von dir selber
                           trennte;
Dein Welt-Sinn bebete vor des Gesetzes Keil,
Indem sich deinem Geist der Freund mit Namen nennte.
Wie selig bist du nun! Wie wenig liegt dir dran,
Ob dich die eitle Welt für Hochgeboren achtet:
Denn werden nur bereinst die Bücher aufgethan;
So wird dein wahrer Rang nur desto mehr betrachtet.
Was fragest du darnach, man denkt, du habest nichts,
Indessen, daß du selbst den Mammon von dir schiebest;
Dein zeitlich Gut erquikt schon manches Kind des Lichts,
Seitdem du äusserlich die Armuth JEsu liebest.
Ich bin ein Knecht des HErrn, ich darf des Lobes nicht,
Und mag den Brüdern selbst kein eitles Lob ertönen:
Ich weiß es auch im HErrn, wie wehe dir geschicht
Mit Lob beschämt zu seyn vor denen Menschen-Söhnen.
Ich breche willig ab, diß eine muß ich doch
Dem HErrn der Herrlichkeit zu Ehren frey bekennen:
Ich gehe deinen Weg, ich zieh an gleichem Joch;
Und darf mich gegen dir nur einen Schüler nennen.
Du hast, o Seelen-Freund! der wunder-schönen Eh'
Des Wattevillschen Paars nun einen Sohn gegeben;
Gib, daß die ganze Welt an diesem Hause seh:
Wie groß die Menschen seyn, die blos für JEsum leben.

## XXXXIIII.

## XXXXIIII.

# Ueber die verkehrte Anwendung des ach=
# ten Gebots.

Wie kommt es immermehr? wenn man des Teufels ist,
    So gilts Entschuldigen, und all's zum Besten
        kehren; *
Wie, daß man diese Pflicht gleich gegen uns vergißt,
Wenn wir zu GOtt bekehrt, und JEsu zugehören?
Wie, daß man einen Klotz im Auge nicht ersicht,
Und zum Präservativ an allen Splittern zieht?

    Gewiß, ein Christe hat viel Ungelegenheit:
Für ein natürlich Mensch bleibt immer gute Meynung,
Und ist doch ein Gefäß des Jorns in Ewigkeit,
Da jener Hoffnung hat zur seligen Erscheinung.
Die kleinste Neu=Geburt geht in das Haus der Ruh:
Der edelsten Vernunft schlägt man die Thüre zu.

    Die Kinder sind nicht gleich, was alte Leute sind.
Doch spielt der kleine Sohn inzwischen mit der Dokke,
Daß die erwachsne Magd an ihrem Werge spinnt.
Der Kleine erbt das Haus, die Magd bekommt zum Rokke.
Der größte Todte schweigt, und liegt, und steht nicht auf:
Das Kind lallt, bis es redt, und taumelt bis zum Lauf.

    Wer sich kein neues Herz und neuen Geist geschafft,
Der liegt (und wär er gleich der Frömmste) noch im Tode;
Ist einer noch so gut, und fehlt ihm nichts als Kraft:
So bleibt der Hof des HErrn bey seiner alten Mode.
Das Rühmen ist umsonst; da läßt man keinen ein,
Er muß von oben her aus Geist gezeuget seyn.

    Wer gleich nicht gar verstokt, und ohne Fühlung ist;
Dergleichen Leute kaum errettet werden können,

       J 2               Wal

* Worte des achten Gebots in der Auslegung.

Weil sich ihr frecher Stolz auch gegen GOtt vernißt,
Und sie mit Sprung und Streich in ihr Verderben rennen:
Der ist doch oftermals tief in das Netz verstrikt,
Das unser Feind mit Geld, und Ehr und Lust gespikt.

Weil Satan seine Brut in Finsternissen hekt;
So sorgt er, daß sie ja die Furcht der Nacht nicht fühlen:
Bald wird man in den Schlaf der Sicherheit gestrekt;
Bald aber muß man sich im Schlamm der Lüste sühlen.
Kurz, da sey einer todt, verstrikt in Fleischlichkeit,
Demselben ist kein Ort bey Christo zubereit't.


## XXXXV.

# Auf der Frau Geh. Raths = Directo= rin und Land = Vögtin letzten Ge= burts = Tag.

Zwar bebt der Erden Kreis von so viel eitlen Lasten;
    Doch ist sein kleinster Theil am allerschlimmsten dran:
Weil er das ganze Heer der christlichen Phantasten
Auf seinem Boden trägt, und kaum ertragen kan.
Wo hat ein Wanders = Mann bey solcherley Barbaren,
Da man das Menschen = Fleisch zu feilem Kauffe trägt,
So einen Glaubens = Grund gelesen und erfahren,
Drauf mancher unter uns sein Haupt so sanfte legt?
Solt ein und anderer der fernen Hottentotten
Das christliche Gesetz, und einen Christen sehn,
Und wüßte nicht, wie der, des Heiligsten zu spotten;
So würden ihm gewiß die Augen übergehn.
Wie man dem Teufel sonst in abgelegnem Hayne
Mit zitterndem Verdruß bey denen Heiden dient;
So weyht man hier dem HErrn die unbelebten Steine,
Da Satans Bild und Sinn dafür im Herzen grünt.
Vermeynte wol ein Mann von ungeübten Sinnen,
Bey mancher Prediger geschminkten Künsteley,
Und bey der Hörenden verächtlichen Beginnen:

Obs auch der pure Ernst mit allen beiden ſey?
Und dennoch kommet man beynahe ins Gedränge,
Wenn ein geweyhter Tag mit anzuſehen iſt.
Wer iſts? Wem dienet ſie, die ungeheure Menge?
Sie dient: Sie nennet ſich nach einem: JEſus Chriſt.
Nach JEſu? Das iſt der, von dem auch Feinde ſagten:
Er ſey ein freundlicher, ein angenehmer Mann;
Er thu den Böſen Guts, Er helfe den Geplagten,
Und niemand ſehe Ihm was ungeſchiktes an.
Wer aber ſeyn dann die, ſo ſich nach JEſu heiſſen?
Der eine liegt und ſchläft; der andre frißt und ſäuft;
Der dritte möchte ſich mit allen Menſchen ſchmeiſſen;
Indem der vierte Geld und Gut zuſammenhäuft.
Hier ſeh ich Gleichniſſe von ſo viel fremden Thieren;
Hier dächt ich nimmermehr ein rechtes Menſchen-Bild,
Geſchweige JEſu Sinn und Weſen, auszuſpüren:
Nächſt dieſen iſt die Welt mit Narren angefüllt.
Wie geht es immer zu? Kommt etwa JEſu Wandel
Den armen Sterblichen zu unbegreiflich für?
Gewiß, wo dieſes nicht ein ungereimter Handel,
Daß JEſus immer ſpricht: Ihr Menſchen lernt von mir,
Und hat es unſer HErr nicht allzuhoch getrieben;
Man ſolte in der That auch andre Chriſten ſehn.
Drum iſt bey mir der Schluß nach allem übrig blieben:
Dem JEſu Schritt vor Schritt in Schwachheit nach-
zugehn.
Wird ſich nun dermaleins vor Seinem Richtſtuhl zeigen,
Daß ich die Saite ſo, wie Er, zu hoch geſpannt;
So kan ich mich vor Ihm in muntrer Demuth neigen
Und ſprechen: Alſo hab ich Deinen Sinn erkant.
Ihr, die ihr veſte glaubt: Das Chriſtenthum ſeyn Grillen,
Und ſprecht ſo gerne Hohn dem Zeuge Iſrael,
Fehlts euch nicht überhaupt an einem guten Willen;
So iſt noch Rath für euch, errettet eure Seel!
Hebt eure Augen auf, und ſehet auf die Hunde,
Vielleicht erblikt ihr auch ein wohlgeartet Lamm,

J 3

Und

Und damit laßt euch ein, vernehmt aus seinem Munde,
Wie ihm geschehen ist, da es zum Hirten kam.
Vermuthet ihr vielleicht, als wärens Phantasten,
Damit man seinen Sinn so leicht benebeln läßt:
So wißt, ein kluger Christ weiß sich zurükzuziehen;
Ersieht er aber Grund, den hält er Felsenvest.
Es gibt auch unter uns gewisse blöde Seelen:
Doch, ein verkürztes Maaß der menschlichen Vernunft,
Macht uns am wenigsten den Lebens=Weg verfehlen.
Wer Christum glaubt und liebt, gehört in Christi Zunft.
Ihr aber sehet zu, daß auf des Richters Frage
Warum ihr Christen hießt, und nicht gewesen seyd?
Ihm euer Herz alsdann mit Muth und Wahrheit sage:
Es fehlte nur an Kraft, der Wille war bereit.
Du theure Jüngerin! Dein Wandel und Bezeugen
Hat mich und andre mehr zu Jüngern zugericht't:
Wie kan ich dann itzund von Christo stille schweigen,
Da deine ganze Art von Christo JEsu spricht?
Ich fasse mich zwar kurz: doch wirds ein Kluger merken,
Ein Unverständiger mag zu Postillen gehn:
Wir aber wollen uns an diesem Tage stärken,
Und JEsum, unsern GOtt, mit einem Lied erhöhn.

## XXXXVI.

# Auf seiner Gemahlin 25sten Jahrs=Tag. *

Geht! werft euch vor die Majestät
   Des Königes der Liebe,
Die euch bereits entgegen geht,
   Ihr, meiner Seelen Triebe;
Sie, die kein Auge sehen kan,
Blikt mit des Glaubens Augen an!

Du

* Gedrukt zu Dresden.

Du bist, o Seelen-Bräutigam!
Ein allgemeines Wesen:
Wer krank auf Erden zu Dir kam,
Den liessest Du genesen.
Ich habe Dich auch angerührt,
Und Deine Wunder-Kraft gespürt.

Ich bins versichert, daß Du mich
Zu Deinem Volk gezehlet;
Mit Deinem Herzen ewiglich
Verbunden und vermählet;
Und wenn Du bey dem Vater stehst,
Auch mit für meine Seele flehst.

Ich mache mich im Geist bereit,
Beym Tone stiller Lieder,
Und werfe Deiner Würdigkeit
Mich vor die Füsse nieder.
Komm Priester aus dem innern Chor,
Und bete meiner Seele vor.

Gib, daß ich spreche, was Dein Mund
Dem Vater sagen wolte,
Wenn Er Ihn an den Liebes-Bund
Mit mir erinnern solte.
Auf! weil der Geist itzt Abba sprach;
So lall' Ihm auch das andre nach.

Mein Abba! Deine Gnaden-Wahl
An mir zu offenbaren,
Hast Du mich in das Jammerthal,
Vor fünf und zwanzig Jahren,
Durch eine, Dir gemässe, Macht,
Aus Mutterleib hervorgebracht.

Die Welt bekam ich ins Gesicht,
Sie hat mir wohl gefallen;
Beynahe hätt ich Lust gekrigt,
Mit ihr dahin zu wallen.

J 4

Die

Die Lust macht immer sündiger,
Du weißst es, Herzens-Kündiger.

Die größte Ungelegenheit
Der Nachfolg unsers Lammes,
Die angeborne Herrlichkeit,
Des weltlich hohen Stammes,
Die noch so manches Herz verstoft,
Die hatte mich auch angelokt.

Bey dieser steten Demmerung,
Wo Tag und Nacht vorhanden,
Und weder Finsternis genung,
Noch wahres Licht entstanden,
Verfehlt die halbe Christenheit
Des Weges zu der Seligkeit.

Da wird man ehrbar und gerecht;
Da fürchtet man die Hölle,
Und ist sein Lebenlang ein Knecht,
Und kommt nicht von der Stelle.
Denn, daß man Sündigens vergißt,
Macht, daß die Sünde schändlich ist.

Das Herz nimt Christi Sinn nicht an,
Die Leidenschaften leben,
Und müssen sich nur dann und wann
In den Gehorsam geben;
Wenn, daß er seinen Zwek erreicht,
Ein Satanas dem andern weicht.

Von einer solchen Sclaverey
Ward ich in diesen Stunden,
Durch meines Königs Liebe frey:
Ich hab Ihn heute funden;
So, daß ich diesen lieben Tag
Für mein Geburts-Fest rechnen mag.

Hier ist das sehr geringe Herz,
Das JEsu Herz gebrochen;

Als

Als Er, durch unverdienten Schmerz,
An Höll und Tod gerochen.
So komm und blaſe Deine Flamm
Im Herzen auf, komm Bräutigam!

Dank, Ehrerbietung, Schuldigkeit
Kan man zuwege bringen;
Allein die Liebs-Ergebenheit,
Die kan kein Menſch erzwingen.
Man ſchenket einem Hof und Haus,
Und wird doch keine Liebe draus.

Die Sorge vor der Höllen-Pein;
Kan nicht zur Liebe treiben;
Auch wird des Himmels Sonnen-Schein
Hier ohne Wirkung bleiben.
Die Liebe, die ſich übergiebt,
Braucht nicht zu ſehn, warum ſie liebt.

Man liebet, was man nie geſehn:
Man hats kaum hören nennen,
Wohin noch keine Sinnen gehn,
Da kan das Herz nach brennen.
In dieſer Art, aus ſolchem Trieb
Hat meine Seele JEſum lieb.

Mein Salomo! vermähle Dich
Mit meinen innern Sinnen:
Beherrſche mehr, als königlich,
Mein ſämtliches Beginnen;
So bin ich Dir noch mehr vereint,
Wann heute wiederum erſcheint.

Indeſſen ſoll auf Deinen Ruf,
Mein Herz Dir willig dienen:
Und Deiner Gnade zum Behuf,
Soll auch die Hütte grünen.
Es wiſſe, wer es wiſſen kan,
Ich bin der Lieb ihr Unterthan.



Der

Der an dem Creutz geschändet ward:
Den itzt Sein Volk verleugnet,
Und der nach Seines Reiches Art,
Mit Schmach die Seinen zeichnet,
Ist mein und meines Mannes Haupt,
An welchen unsre Seele glaubt.

Da, wo Er Seine Helden-Zunft,
Durch Höll und Tod geführet,
Da sey der Wille der Vernunft,
Auf ewig, angeschnüret.
Weg Erde, weg Natur und Stand!
Wir haben sonst ein Vaterland.


## XXXXVII.

## Auf seiner Tante, der Fräulein Henriette zu Hennersdorf, Geburts-Fest.

Der Vater der Barmherzigkeit,
    Der ganz alleine gut,
Und immer neue Wunder thut,
Sey hoch gebenedeyt!

Dem Sohn der Rechten Lob und Preis,
Der keinem Guts versagt,
Der sich auch dieser seiner Magd
Zu offenbaren weiß!

Dem Geist der Herrlichkeit des HErrn
Sey Dank und Ruhm gebracht!
Er zeiget Seine Kraft und Macht
Den Seelen allzugern.

Ihr Diener unsers Königes,
Habt Dank für alle Hut,
Die ihr bey seiner Freundin thut:
Denn ihr verdienet es.

Wie

Wie wünsch ich diesen lieben Tag
Noch oft mit zu begehn,
Und allerley mit anzusehn,
Darum man danken mag.

HErr, dem kein Sohn der Menschen je,
Was Guts umsonst gethan,
Der reichlich wieder geben kan:
Erhöre mich auch hie!

Ich habe vieles, was ich weiß,
Von dieser Seel erlernt;
Sie hat mich von der Welt entfernt,
Und bracht aufs rechte Gleis.

Womit erstatt ich meine Pflicht?
Ich sag es jedermann.
Doch damit ists nicht abgethan,
Nein! ich vergelt es nicht.

Drum Licht und Geist der Ewigkeit,
So ruf ich Dich herbey,
Daß Deine Lieb ihr Segen sey,
Und über sie sich breit!

Daß unsre kämpfende Gewalt,
In einer Nachbarschaft,
Auch immer mit vereinter Kraft
Gemeinen Sieg erhalt!

Daß unsre Waffen immerfort
Verknüpft beysammen stehn,
Dem Feind getrost entgegen gehn,
Und bringen bis zum Port.

So werde von des Vaters Hand,
Nebst ihrer eignen Kron,
Auch etwas mit von meinem Lohn
Ihr gnädig zugewandt!

## XXXXVIII.

## XXXXVIII.

# Ueber das Grab der Groß-Frau Mutter. *

Solls seyn, Hochwürdigs Haupt! so neig' auf JE-
        sus Winken
Ihm deine von der Last erdrükte Scheitel zu:
Entweiche müder Geist zur stolzen Seelen-Ruh,
Und laß den Cörper auch in seine Ruhe sinken!
Zwar trinkt den neuen Wein ins Vaters Reiche nicht,
Wer nicht den bittern Kelch vorher noch angesetzet;
Doch, wenn der Myrrhen-Trank dir kaum die Lippen
        netzet,
So sieht ein jeder leicht, warum das dir geschicht.

 Es hatte dir die Welt zum öftern Trank und Speise
Mit Staub der Kümmernis, und Thränen-Salz ver-
        mischt.
Die Arbeit ließ nicht nach, wenn man dir aufgetischt,
Und deine Ruhe-Zeit verging auf gleiche Weise.
So mußte dann dein Freund, als itzt die Stunde kam,
Mit aufgebotner Macht die Krone zu erkämpfen,
Sowol der Feinde Wut, als deinen Streit zu dämpfen,
Indem er aus dem Sturm dich bald bey Seite nahm.

   *   *
    *

 Sonst macht ein kühner Held bey vortheilhafter Lage
Den Zugeordneten die größte Sorgen-Noth:
Denn sie vermuthen schon, daß er Trotz Blut und Tod,
Den eingedrungnen Feind zurükzutreiben wage.
Ein Bau, den Sturm und Schlag noch eins so stark
        gemacht,
So, daß er nun davon nicht leicht zu zittern pfleget,
         In

---

* Im Mertz.

In welchem ſich der Geiſt noch immer lebhaft reget,
Will recht getroffen ſeyn, eh ſeine Veſte kracht.

Drum hoͤret man das Blut in allen' Adern kochen,
Weil Tod und Leben noch aus allen Kraͤften ringt,
Bis der gefangne Geiſt ſich aus den Banden ſchwingt,
Nachdem er durch das Herz, und Mark und Bein ge-
          brochen.
Und da der Seelen-Feind den Erden-Kreis durchreiſt,
Um ſchon in dieſer Zeit die Seelen zu verſchlingen,
Vermeynt man, wenn ſie itzt aus ihrer Huͤtte bringen,
Daß der Erboſte nicht noch allen Ernſt beweiſt?

*          *

*

Dein Geiſt war nicht gewohnt beſtuͤrzt herum zu
          ſchweiffen,
Dein unerſchrokner Muth ertrotzte manchen Sieg:
Alsdann vermuthet man gar einen ſchweren Krieg,
Wenn zwey Gewaltige nach einer Sache greiffen.
Nein, ſpricht der Ewige, hier ſoll das nicht geſchehn,
Weil dieſe Juͤngerin mir immer treu geblieben,
Und ihre meiſte Zeit in meinem Dienſt vertrieben,
So ſoll ſie auch dafuͤr mit Ruhe ſchlafen gehn.

Sie hat ſich ofte gnug um Kron und Lohn ge-
          ſtritten,
Wenn ihr das Meer der Angſt bis an den Guͤrtel
          ging:
Ob manche Centner-Laſt auf ihrer Schulter hing;
So iſt ihr Fuß doch nicht aus meiner Bahn ge-
          glitten.
Auf einen tapfern Kampf folgt jedesmal Triumph,
Der eine Feind gewinnt, der andre muß erliegen:
Kaͤmpft einer unter mir, der wird unfehlbar ſiegen,
Und macht der Widerpart ſo Schwerdt als Pfeile
          ſtumpf.

Noch

*   *
*

Noch eins, die selge Frau erquikte manchen Schwa-
      chen,
Und labete sein Herz, wenn seine Seele matt:
Wer meiner Dürftigen sich angenommen hat,
Dem will ich, spricht der HErr, ein sanftes Bette
      machen.
Drum geht die Theureste, die so viel Angst betraf,
So munter aus und ein, und läßt sich niemand leiten:
Und letztlich kan sie kaum ihr Sieges-Bett beschreiten,
So legt sie sich zugleich in den erwünschten Schlaf.
Der heldenhafte Sinn begehrte nicht zu ruhen,
Worinnen ihm der Leib so lang zu statten kam,
Bis man das Meister-Stük aus dem Gehäuse nahm,
(Denn einen müden Fuß pflegt einer auszuschuhen.)
Komm angenehmes Volk von jener Helden-Wacht,
(Die bey der Nacht-Gefahr um Salomonis Bette
Zum Schutze seiner Braut umhergezogne Kette,)
Nim deine Schwester an, begleite sie zur Pracht!

*   *
*

Ihr Seelen um den Stuhl, mit Palmen in den
      Händen,
Wißt: Daß der neue Gast aus grosser Trübsal kömt,
Und daß der Feinde Drang sein Saiten-Spiel ge-
      hemmt;
Drum helft des Lammes Lied ihm seliglich vollenden.
Ihr Alten nehmet nun die theure Jüngerin,
Den Preis des Alterthums in diesem Jammerthale,
Und bringt sie mit Gepräng zum Königlichen Saale,
Auf den erhabnen Thron, vor euern Alten hin.
Mein König! hast Du nicht vom Creutz zum Stuhl
      der Ehren
Als Beyspiel Deiner Schaar Dich selbst zuerst erhöht:
Weil diese Tochter nun vom Creutze heimwerts geht,
So wird der Vater auch ihr Deinen Stuhl nicht wehren.
             Ihr

Ihr Geister! die ihr noch in laimern Hütten wohnt,
Und habt die sel'ge Frau, als Aelteste, gekennet,
Wie? daß nicht euer Herz von heilgem Eifer brennet,
Zu thun, wie sie gethan, zu bleiben wo sie thront?

*  *
*

Ihr, dieser Edelsten geehrteste Verwandte,
Laßt euch ihr Glaubens-Licht nicht aus den Augen gehn,
Ihr mögt ihr nahe seyn, ihr mögt von ihr entstehn,
Gleicht dem entwichenen so hellen Diamante.
Euch Armen dieser Welt schallt in die Jammer-Kluft:
Ihr hättet euern Schatz auf einmal eingebüsset.
Kein Wunder (wenn euch GOtt das Leiden nicht ver=
süsset,)
Es stürzete der Gram euch mit ihr in die Gruft.
Euch ruft ihr Wandel zu, ihr sogenannte Christen,
Die ihr so GOtt= als Pflicht= und Ehr=vergessen seyd,
Daß ihr mit lauter Stimm HErr, HErr und Vater
schreyt,
Und dient doch heidnischen, ja thierischen Gelüsten:
Wie ist es immermehr mit euerm Thun bewandt,
Wollt ihr nicht Christen seyn, was laßt ihr euch so
nennen?
Wie mögt ihr euch so gern von euerm Meister trennen,
Da ich bald achtzig Jahr mich wohl bey ihm befand?

*  *
*

Du aber sel'ger Geist, gedenke deiner Lieben,
Und mahle sie dem HErrn in Sein verwundtes Herz:
Das sey die Linderung für den erhellten Schmerz:
Daß sie mit dir zugleich in Seine Hand geschrieben.
Schlaf wohl, du Helden=Stirn, gelobet sey der HErr,
Der dich (den edeln Rest der auserwehlten Frauen,
Die sich in Einsamkeit dem Seelen=Mann vertrauen,)
Bis hieher aufgespart zum Dienst der Wanderer!

Aria

## Aria nach der Parentation.

Die Christen gehn von Ort zu Ort,
Gerade durch den Jammer,
Und kommen in den Friedens=Port,
Und ruhn in ihrer Kammer.
GOTT hält der Seelen Lauf
Durch Sein Umarmen auf;
Das Waitzen=Korn wird in sein Beet,
Auf Hoffnung reicher Frucht, gesät.

Wie seyd ihr doch so wohl gereist,
Gelobt seyn eure Schritte,
Du allbereit befreyter Geist!
Du noch verschloßne Hütte!
Den rührt der Bräutigam
Mit sanfter Liebes=Flamm;
Die deckt in ungestörter Ruh
Der Liebe stiller Schatten zu.

Wir freun uns in Gelassenheit
Der grossen Offenbarung.
Indessen bleibt dein Pilger=Kleid
In heiliger Verwahrung.
Wie ist dein Glük so groß!
Sey froh im Gnaden=Schooß!
Die Liebe führ uns gleiche Bahn,
So tief hinab, so hoch hinan!

## XXXXVIIII.

# Ueber den dritten Todes=Fall in Herrn=hut, David Conrads.

Ich bin noch nicht zurük aus Schlesien und Mähren;
  So schreibt mir meine Frau, die eine Jüngerin:
Wir können dir die Zahl der Brüder nicht gewähren;
Denn diesen Augenblik zieht unser Conrad hin,

Bey

Bey einem Liebes-Dienſt, mit ungeübten Händen,
Muß er durch einen Schlag ſein muntres Leben enden.

Mein König! fällt mir ein (denn, wenn ich denken ſoll,
So pflegt mir niemand eh' als Dieſer einzukommen)
Mein König! dieſes iſt der dritte Menſchen-* Zoll,
Seitdem, daß Du die Hut im Wäldgen übernommen.
Iſts Schutz-HErr oder Feind, der unſre Ruhe ſtört?
Was nutzet dem ein Theil, dems Ganze zugehört!

Wer wird Dirs künftighin, Du treue Liebe! glauben,
Daß Dein geringes Volk in ſeines HErren Hut
Vollkommen unbeſorgt vor Schaden und Berauben,
So einſam, wie es iſt, als unter Schlöſſern ruht;
Wenn, was am ſicherſten ſonſt zu geſchehen pflegt,
Die Brüder dieſes Orts ſo bald zu Boden legt?

Wie iſt dann aber dir? red ich mich ſelber an,
Weil ich in meinem Sinn, auch wider meinen Willen
Nicht das geringſte Leid noch Kummer merken kan,
Was kan Dein zartes Herz hierum ſo hurtig ſtillen?
Da eines Bruders Fall ſo tiefe Wunden reißt,
Und ſelbſt die Schuldigkeit dich Thränen zollen heißt?

Ich glaube darum iſts, weils unſer König thut,
Er iſt mein Held, mein Freund, mein Bräutgam,
                   mein Regente:
Sein Thun iſt immer recht, und wohl gemeynt und gut,
Und groß und überlegt, daß ich nicht ſagen könte,
Wiewol ichs ſagen darf, wiewol ichs hindern kan,
Was thuſt Du? ſondern nur: Das thuſt Du! wohl
                   gethan!

✠

L.

* Die erſte Perſon in Herrnhut ſtarb an einem jählingen Zu
fall im Walde. Die andere brach den Hals an dem Ber-
tholdsdorfiſchen Schloß. Der dritte, David Conrad,
wurde bey dem Bau eines Hauſes von einem Balken getroffen, daß er in acht Tagen den Geiſt aufgab.

## L.
# Auf die unvermuthete Zusammenkunft in Ebersdorf.

O Liebe! wunderbares Gut,
  Was gibst Du denen nicht zu schmekken,
Die sich durch Deine Liebes-Gluht,
Dir nachzufolgen, lassen wekken!
Wie lieblich wirst Du nicht erkant
Von allen, die Dich je gefühlet,
Und derer Geist aufs Vaterland,
Das unsichtbare Reich, gezielet!
Sie können Deinen Rath
In mancher grossen That
So wunderbar, so seltsam merken!
Doch pflegst Du ihren Muth,
Was nicht die Liebe thut!
Durch Kleinigkeiten auch zu stärken.

  Du auserkorner Seelen-Freund,
Du Einfalts-volle treue Liebe,
So sehr Dein Wesen schlecht erscheint,
So ungekünstelt Deine Triebe;
So bist Du doch zu gleicher Zeit
Ein GOtt der Ordnung, Maaß und Zieles,
Der Menschen Unbesonnenheit
Versäumt und übergehet vieles,
Das Ueberlegung braucht,
Und uns erstaunlich daucht,
Sobald wirs ehrerbietig messen.
Da uns nun dieser Tag
So seltsam scheinen mag:
Wer wolte Deines Raths vergessen?

  Solange man noch immer will,
So lange mag man sich bekümmern.

Kaum

Kaum wird das Herz vom Wirken still,
Fängt GOtt an unser Glük zu zimmern.
Der allerangenehmste Blik,
Den wir erdürstet und erbrungen,
Gibt wenig Lieblichkeit zurük,
Und scheint uns allzusehr gezwungen.
Was unser eigner Rath
Mit Müh ersonnen hat,
Was unsre eigne Faust erkämpfet,
Fühlt ein geschwächter Geist,
Die Hand ist matt, und schweißt,
Drum ist die Armuth sehr gedämpfet.

Die Freude, die der Freuden-Quell
Uns diesen Abend über gönnet,
Hat dann erst ihre rechte Stell,
Wenn sie auf Herz-Altären brennet:
Da wird das allerhöchste Gut
In allen Gaben recht geschmekket,
Allda wird der geheimste Muth
In Lieb entflammt, zum Lob erwekket;
Die dem Immanuel
Zur Magd erkaufte Seel
Eilt aus der Wüsten ihrer Stille,
Steigt auf nach Geistes-Brauch,
Als ein gerader Rauch,
Ihr Liebes-Ernst steht in der Fülle.

Nur unsre Herzen sollen sich
An diesem Abende verbinden,
Ihr Gut und Wollust ewiglich
In Dir zu suchen und zu finden.
Wir werden unsrer Trägheit gram,
Und unserm losen Bogen spannen.
Dem Freunde, der ins Elend kam,
Und ließ sich GOtt für uns verbannen,



Dein

Dein sey der ganze Muth,
Dem werde Leib und Blut
Zum ewigen Besitz ergeben!
Mein Heiland! hebe dann,
Von diesem Tage, an
Noch mächtiger in uns zu leben!

## LI.

# Auf Herrn Graf Henkels Jahrs-Tag.

Du ewiger Abgrund der seligen Liebe
    In JEsu Christo aufgethan,
Wie brennen, wie flammen die freudigen Triebe,
Die kein Verstand begreiffen kan;
Was liebest Du? Sünder, die schnöde Zucht;
Wen segnest Du? Kinder, die Dir geflucht.
O grosses, ja gutes, ja freundliches Wesen!
Du hast Dir was schlechtes zum Lust-Spiel erlesen.

Chor. Ist doch, HErr JEsu, Deine Braut ganz
    arm und voller Schanden: noch hast Du sie
    Dir selbst vertraut am Creutz, mit Todes-
    Banden! Ist sie doch nichts, als Ueber-
    drüß, Fluch, Unflat, Tod und Finsternis:
    noch darffst Du ihrentwegen den Scepter nie-
    derlegen.

Weils aber Dein Liebes-Rath also beschlossen,
Der gerne freye Wirkung hat;
So werde mit ewigem Danke genossen
Ein' jede Frucht von Deiner Gnad.
Wir geben die Seelen im Leibe hin,
In irdischen Höhlen den Himmels-Sinn,
Der ewigen, herrlichen, seligen Liebe,
Zur Werkstatt der geistlich- und göttlichen Triebe.

Chor. Lebe dann, und lieb und labe in der neuen
    Creatur, Lebens-Fürst, durch Deine Gabe,
                                        die

die erſtattete Natur, erwekke Dein Paradies.
wieder im Grunde der Seelen, und bringe
noch näher die Stunde, da Du Dich in allen den Gliedern verklärſt, ſie hier noch des
ewigen Lebens gewährſt.

Dagegen verſpricht uns das prächtige Weſen,
So ſich als Vater kund gethan,
In himmliſchen Schätzen uns auszuerleſen,
Was unſre Seelen zieren kan;
Und über die Hütte, die bricht wie Glas,
Auch Segen zu ſchütten mit vollem Maaß:
Wir ſollen von unzuerſchöpfenden Schätzen
Uns ſelber, und neben uns andre, ergötzen.

   Chor. Seht aber, wie ſelig wir haben erwehlet,
      die wir ſind zum Segen der Brüder gezeh-
      let! wir ſind die erkauffete ſeligſte Schaar.
      Ach! lobet den Vater; denn kurz: Er iſts.
      gar. Singt Ihm mit vereinigtem Herzen
      und Munde: ohn Loben und Lieben ver-
      geh keine Stunde. Wir ſtehn vor dem HEr-
      ren, als einer im Bunde.

Du König der Herrlichkeit, unſer Verlangen
Geht nie ſo weit, als Deine Huld;
Wir haben mehr Wohlthat und Segen empfangen,
Als Strafe wir bey Dir verſchuld't.
Drum lehr uns vertrauen dem Vater-Sinn,
Und ſehnende ſchauen zum Sohne hin,
Dein Geiſt unterricht' uns bey frölichen Tagen
Dir etwas erhörlichs vom Bruder zu ſagen.

   Chor. Was mich Dein Geiſt ſelbſt bitten lehret,
      das iſt nach Deinem Willen eingericht't, und
      wird gewiß von Dir erhöret, weil es im Na-
      men Deines Sohns geſchicht, durch welchen
      ich Dein Kind und Erbe bin, und nehme
      von Dir Gnad um Gnade hin.

Es werden doch alle die mächtigen Segen,
Die sich den Deinigen zum Heil
Von Christo, dem Haupte, zun Gliedern bewegen,
Dem lieben Bruder auch zu Theil;
Er heisse mit Namen, und sey dann auch,
(Bey JEsu, dem Amen, ist Wahrheit Brauch,)
Ein Christ und ein Jünger des ewigen GOttes,
Dort theilhaft der Ehre, hier theilhaft des Spottes.

  Chor. Unserm Inwendigen ist es sehr gut: sauer
    ansehen, schelten und schmähen, pflegt nur
    die Spreu von dem Waitzen zu wehen, trei-
    bet zu JEsu, und mehret den Muth. Un-
    serm Inwendigen ist es sehr gut.

Es bitten, es flehen, es schütten ihr Sehnen
Vor Deinem treuen Herzen aus
Zwey, die Du gewußt hast an Dich zu gewöhnen;
Zween kleine Stein an Deinem Haus,
Zusammen gesunken in Christus Sinn,
Die schlagen die Funken zum Herzen hin.
So laß dann denselben zu Liebe geschehen,
Was Du von Dir selber so gerne magst sehen.

  Chor. Das Schreyen der Kinder wird wahrlich
    erhöret, durch völlige Eintracht wird Ba-
    bel zerstöret, wer ist, der verbundenen Gei-
    stern was wehret?

Du hast Dich am Bruder sehr kräftig bewiesen,
Seitdem Du ihn der Welt gezeigt.
So werde dann täglich mehr von ihm gepriesen,
Und Dir sein Herze zugeneigt;
Dein feuriges Leben errege sich,
Ihm Kräfte zu geben, um ritterlich
Den Satan, und Welt, und die Trägheit im Kämpfen
Im göttlichen Ernste mit Nachdruk zu dämpfen!

             Chor.

Chor. Er ist ein Durchbrecher, der vor uns auf-
fähret, wenn wir sind ermüdet, und ganz ohne Saft, so machet Er leichte, was heftig
beschweret, sprengt Klüfte und Berge in Göttlicher Kraft. Wer läßt sich nun grauen den
Durchbruch zu schauen? Der, welcher die
Felsen zuschmetteren können, geht vornan im
Gliede beym Kampfe und Rennen.

Du freudiges Wesen, Du liebliche Wonne,
Erweck' itzt unser aller Geist,
Damit wir in Deinem Licht, ewige Sonne
Erblikken, wie Dein Name heißt;
Von welchem Vermögen Dein sanft Joch sey,
Wies, wenn wir dran zögen, uns recht befrey,
Diß alles belieb uns inwendig zu weisen,
Damit dann die Werke den Meister auch preisen.

Chor. O was sind wir in Dir, JEsu! Selig, mächtig, schön und reich, voller Gnade, Kraft und
Leben, Deinem heilgen Bilde gleich. Wir
gefallen Deinem Herzen, nichts verdammlichs
kan uns schwärzen.

Ach! segne die, welche den Bruder geboren,
Die er noch hier als Mutter ehrt.
Sie bleibe zum ewigen Frieden erkoren,
Der Kinder Wünschen werd erhört;
Die Tochter, die Seinen auch ausser Land,
Behalt, als die Deinen, in Deiner Hand,
Und ihme selbst falle, nach redlichem Fechten,
Und herrlichem Siege, das Loos der Gerechten.

Chor. Da GOtt Seinen treuen Knechten geben
wird den Gnaden-Lohn, und die Hütten
der Gerechten stimmen an den Sieges-Ton;
Da fürwahr GOttes Schaar Ihn wird loben immerdar.

## LII.

# Bey einer Visite von dem itzigen Herrn Abt zu Bergen, in Dresden.

O GOtt! der Liebe Wunder-Quell,
    Du Mensch in Gnaden, ohne Sünde,
Und unser Fürst Immanuel,
Du Geist der Höhen und der Gründe!
Es setzt uns Deiner Wege Lauf
In ehrerbietiges Erstaunen;
Doch thun sich unsre Lippen auf,
Von Dir recht muthig zu posaunen,
Du König aller Welt,
Du zwey-gestammter Held,
Du unsers Lebens beste Freude,
Du Schrekken der Vernunft,
Und der verkehrten Zunft,
Der Deinen wahre Seelen-Weyde.

    Du wilst, daß unsre Herzen Dir
Mit Lob-Gesängen und mit Liedern,
Ins Creutzes-Reiches Blut-Revier,
Und mitten unter unsren Brüdern,
Bey aufgestiegner Frölichkeit,
Die ersten Früchte zinsen sollen,
Wenn sie des Lebens kurze Zeit
Ins Ewige verwandeln wollen.
Nim unsern frohen Sinn
In diesem Liede hin,
Und gönn uns gar geringen Knechten,
Daß wir um Deine Treu,
(Denn sie wird immer neu,)
Mit Dir, und mit uns selber rechten.

    Ihr Herzen, die da reine Lieb
In Christo JEsu vest verknüpfet!

Der

Der aufgeregte Liebes-Trieb,
So sehr er itzt dem HErren hüpfet,
(So heftig ihn das Bruder-Band
In JEsu Liebes-Arme ziehet,
So sehr auch nach dem Vaterland
Sein sehnliches Verlangen glühet;)
So träg erweist er sich,
So wenig ritterlich,
Wenns an ein rechtes Ringen gehet,
Wenn unversehner Kampf
Und unbequemer Dampf
Ihm vor den blöden Augen stehet.

Wir wollen diesen Abend noch
Uns dieser Trägheit schämen lernen,
Und uns von JEsu sanftem Joch
Nicht einen Augenblik entfernen,
Ihr Herzen, ach! begreiffet euch,
Der HErr verdienet eure Treue:
Ein Unterthan in Seinem Reich,
Trinkt einst mit JEsu auch das Neue.
So viel nun euer sind,
Die JEsus träge findt,
Die wekke doch Sein theures Leiden.
O! Du der Seelen Mann,
Nim unsre Seelen an,
Laß sie in Deinen Schmerzen weyden.


## LIII.

# Gerechte Thränen über Julianen, Grä-
# fin von Zinzendorf.

Ach Schwägerin, wie beugt mich dein Erblassen!
Was ritzet mir dein Tod für Wunden auf!
O tiefer Riß, ach unterbrochner Lauf!
Es lehre mich der HErr Sein Herze fassen,



Er

Er binde mir die Augen veste zu,
Und führe mich in Seinen Rath, zur Ruh!

Ach Edles Weib! der alle Ehren-Titel,
Da Salomo die Tugend mit verehrt,
Nach Billigkeit vor andren zugehört,
Und du liegst schon in einem Sterbe-Kittel!
Ich eilete, da mir der Bruder rief,
Und wußte nicht, daß Juliana schlief.

Ich trete nur, nach abgelegtem Reisen,
Ins Haus hinein; so wird mir angesagt,
So wird mir gleich von jedermann geklagt:
Der Bruder sey bestürzt mit seinen Waisen.
Es hätte kaum Graf Ortgen ausgeschnaubt,
So sey Gemahl und Mutter hingeraubt.

Ach harter Fall! davon die Pfosten beben!
Was männiglich an unserm Hause preist,
Das zeugete dein hocherhabner Geist,
Das zeigete dein angenehmes Leben.
Und hätte dich der Schnitter nicht gemeyht; (gemäht)
Wie hätte sich dein Ruhm noch ausgebreit't?

Allein! wer will den Rath der Wächter meistern?
Ich bebe zwar, doch mit Ergebenheit,
Und tröste mich mit der Barmherzigkeit,
Die dich so bald versetzt zu denen Geistern.
Denn, rükt der Freund den Lebens-Zeiger fort;
So weiset Er an einen guten Ort.

Wer weiß, als du, * wie lieb mir deine Seele,
Wie theuer mir dein Wohl gewesen ist;

Wer

* Gedachte Gräfin war zugleich leiblich Geschwister-Kind
  mit dem Autore, und hatte sieben Jahre zuvor bey dessen
  langer Anwesenheit auf der Burg einen wahren Ernst,
  Christo nachzufolgen, gefasset, mit nachdrüklichem Bezeugen, nie zurük zu gehen.  Der weitere Verfolg ist
  nicht gemeldet worden.

Wer weiß das recht, nun du verschieden bist?
Mein Hoffen liegt begraben in der Höhle,
Die deinen Leib bis auf den Tag verschleußt,
Da dich der HErr von neuem kommen heißt.

Ach Bruder! ach, was haben wir verloren:
Was deiner seits in aller Augen fällt,
Das bleibt bey mir zwar etwas mehr verstellt;
Doch hat mein Herz nicht weniger gejoren.
Auf, Bruder, auf, verlasse Welt und Zeit,
Und dringe dich (mit mir) zur Ewigkeit!

## LIIII.
## Auf den muthigen Jüngling, Nicolaus Wilibald, Freyherrn von Gers-dorf.

Der Christen wahrer Helden-Muth
   Läßt sich nicht träge finden,
Sein hochgebornes Fürsten-Blut,
Will immer überwinden,
Er läßt die Kinder dieser Welt
Sich um das Eitle kümmern
Und, wenn der Feind sie überfällt,
In Banden Hülf-los wimmern.

Sein edelmüthigs Angesicht
Weiß zwar mit Lieblichkeiten,
Die, so sich wider Ihn gericht't,
Dem Freunde zu erbeuten;
Allein die unsichtbare Kraft
Des Reichs der Finsternissen
Wird Seiner tapfern Ritterschaft
Zum Schau-Spiel hingerissen.

Der Muth und Unerschrockenheit
Von Christi zarten Jugend

Ver=

Vermischt mit wahrer Freundlichkeit,
Sey deine Streiter-Tugend,
Sein freundlich Wesen mache hie
Die Menschen Ihm zu Freunden,
Sein Muth gesiege spat und früh,
Den Geistern, deinen Feinden.

## LV.

## Bey einer grossen Gefahr.

Der Glaube bricht durch Stahl und Stein,
   Und faßt die Allmacht selber;
Der Glaube wirket mehr allein,
Als alle güldne Kälber.
Wenn einer nichts, als glauben kan,
So kan er alles machen;
Der Erden Kräfte sieht er an,
Als ganz geringe Sachen.

Als JEsus noch nicht ausgelegt
Die Schätze Seiner Höhen;
Noch eh man Den, der alles trägt,
Auf Erden wandeln sehen;
Da thaten, die auf Seinen Tag
Sich freuten, lauter Wunder.
Was kan man, (wers begreiffen mag,)
Was wagt man nicht itzunder?

In Wahrheit, wenn das Christen-Volk
Nur wolte, was es könte;
Wenn sich der Zeugen stolze Wolk
Auf JEsu Wink zertrennte;
Sie stürzete das ganze Heer
Der fremden Kinder nieder,
Und zöge sich nur destomehr
Zu ihrer Sonne wieder.

Die

    Die Starken um des Salomo,
Des Königs, Ehren=Bette,
Die weichen nicht, wie leichtes Stroh,
Sie stehn, als eine Kette;
Sie stehn, und schweiffen nirgends hin;
Was aber sie befället,
Das wird für seinen Frevel=Sinn
Im Zorn zurük geprellet.

    Gelobet sey die Tapferkeit
Der Streiter unsers Fürsten;
Verlacht sey die Verwegenheit
Nach ihrem Blut zu dürsten.
Wie gut und sicher dient sichs nicht
Dem ewigen Monarchen;
Im Feuer ist er Zuversicht,
Fürs Wasser baut er Archen.

    Und wenn die treuen Zeugen sehn
Worauf sies Leben wagen;
So mögen sie nicht widerstehn,
Und lassen sich erschlagen.
Sie wollen der Erlösung nicht,
Die sie vorm Leiden birget;
Um jener Auferstehung Licht
Ist mancher gern erwürget.

    Die Zeugen JEsu waren ja
Vor dem auch Glaubens=Helden,
Die man in Pelzen wandeln sah,
Verfaulen in den Wälden;
Und des die Welt nicht würdig war,
Der ist im Elend gangen;
Den Fürsten über GOttes Schaar,
Den haben sie gehangen.

    Wir wollen unter GOttes Schutz,
Den Satan zu vertreiben,

Und

Und seinem Hohn-Geschrey zu Trutz,
Mit unsren Vätern gläuben.
Soll aber unsre Rosen-Art
Auch unter Dornen weiden,
(So ward mit JEsu dort gebahrt;)
So wollen wir dann leiden.

## LVI.

# Auf der bisherigen Inspectorin im Stifte zu Bertholdsdorf, Fräulein von Zetschwitz, Verheirathung mit dem Herrn Rentmeister Buchs.

So selig führt der HErr die lieben Seinen,
  Daß jedermann darob erstaunen muß:
Bald gibt Er ihnen Wasser gnug zu weinen,
Bald labt Er sie mit Seinem Ueberfluß.
Sein Vater-Herz ist immer gut für sie:
Und wenn ihr Fuß nur Seine Wege geht,
Wenn schon der Sinn nicht viel davon versteht;
So merkt man bald, daß uns die Liebe zieh.

Wohl denen, die ihr Leben aufgegeben,
Und in den Tod des HErrn begraben sind:
Denn also fangen wir recht an zu leben,
Wenns Fleisch verliert, und wenn der Geist gewinnt.
Wohl denen, welchen nichts als GOtt bewußt.
Dem alles Ding sogleich ins Auge fällt,
Der hat ein Herz, das ewig Treue hält,
Und Gutes Thun ist Seine Fürsten-Lust.

Warum wird doch das Volk des HErrn nicht weiser,
Und trauet Ihm von nun an alles zu,
Und baut aufs Wort des GOttes Jacobs Häuser,
Daß, was Er spricht, Er auch unfehlbar thu?
Wir

Wir ſetzen Gut und Blut und Ehre dran,
(Denn alſo hat es ſich bey uns gezeigt,)
Daß GOtt der Held in Iſrael nicht leugt.
Es glaub es wer da will, und wer da kan.

Bedenkt man ſich die alten Wunder-Thaten,
So traut man GOtt von Tag zu Tage mehr:
Doch heute gibſt Du uns was aufzurathen,
Du Herrlicher und Unbegreiflicher!
Darüber Sinn und eignes Wehlen ſtutzt:
Denn, iſt es nicht, o Vater! Deine Hand,
Die uns nur itzt Dein werthes Kind entwandt,
Das uns bisher zu mancherley genutzt.

Wie ſelten ſind die auserwehlten Seelen,
Die Jungfern GOttes und des GOttes-Lamms,
Die keinen Pfad für ihre Tritte wehlen,
Als nur den Gang des Seelen-Bräutigams?
Wo iſt ein Herz von dieſer argen Welt
Durchs Bundes-Blut vollkommen losgekauft,
Auf unſern HErrn und Seinen Tod getauft,
Und das ſich ſelbſt gleichwol für gar nichts hält?

Gelobet ſey die Niedrigkeit der Eſther,
Sie kante nichts an ſich, als Dein Geſchenk:
Auf gleiche Art war unſre liebe Schweſter
Bey ſich allein der Gnaden eingedenk.
Das, was ein Chriſt von andren fordern kan,
Das richtete ſie alles treulich aus:
Sie ſcheu'te nicht ein armes Pflege-Haus,
Und legte da ihr Pfund mit Wucher an.

Nun geht ſie hin, auf Dein beſonder Winken,
Der Du in guten Werken Schöpfer biſt:
Sie iſt bereit den Creutzes-Kelch zu trinken:
Der von der Lieb ihr vorbeſtimmet iſt:
Sie zeucht dahin mit einem frommen Mann,
Der JEſum nur, und ſie in JEſu liebt,

Der

Der sich dem HErrn mit ihr zugleich ergiebt.
Nim dieses Dir so süsse Opfer an.

Wir gönnen ihm den allerreichsten Segen,
Den Deine Hand auf ihre Kinder legt:
Wir wünschen ihr der Salbung sanftes Regen,
Darinnen sich der gute Geist bewegt.
Diß liebe Paar sey Deinem Tode gleich,
Du ehemals Gecreutzigter in Schmach!
Dein Leben zieh es Dir ins Leben nach,
Und setz es einst zur Pracht in Deinem Reich!

## LVII.

# Auf Herr M. Schwedlers mächtige Predigten in Bertholdsdorf und Herrnhut. *

Die Glieder JEsu freun sich sehr,
   Doch ohne viel Geräusche;
Sie kennen JEsum selbst nicht mehr
Nach Augenschein und Fleische;
Sie denken wenig oder nichts
An Väter und Regierer;
Das Ebenbild des ewgen Lichts
Ist Vater und ist Führer.

   Da sucht und find't man keinen Rath
Bey ledigem Geschwätze;
Auch macht man nicht gewissen Staat
Auf Väterliche Sätze.
So jukken uns die Ohren nicht
Nach blossen Redner-Stimmen;
Das Wort, das aufgestekte Licht
Macht manchen Tocht entglimmen.

So

* An Mariä Heimsuchung.

So wird der Weg zur Seligkeit
Im Geiste ausposaunet;
Der eine wird durchs Wort erfreut,
Der andre steht erstaunet;
Der dritte faßt es ins Gehirn,
Der vierte wird gebeuget,
Der fünfte reibet sich die Stirn,
Der sechste wird gezeuget.

Doch denken wir in Wahrheit nicht,
GOtt sey bey uns alleine.
Wir sehen, wie so manches Licht
Auch andrer Orten scheine;
Da pflegen wir dann froh zu seyn,
Und uns nicht sehr zu sperren,
Wir haben all' Ein Erb-Verein,
Und dienen Einem HErren.

HErr JEsu! Deines Herzens Gluht,
Die für den Vater eifert,
Worüber Satan grimmig thut,
Und seine Secte geifert,
Die hat uns Brüder lange schon
Zu Einem Geist vereinigt,
Und unsre Liebe hat der Sohn
Der Liebe wohl gereinigt.

Du guter Heiland bind uns doch
Je mehr und mehr zusammen;
O spann uns an ein gleiches Joch,
Entzünde gleiche Flammen;
Erneure auch von Zeit zu Zeit
Den Eid bey Deinen Fahnen,
Und mehr die Lieb insonderheit
Durch herzliches Ermahnen.

L LVIII.

## LVIII.

# Auf den grossen Evangelisten, August Hermann Franken.

Hier legt mein Sinn sich zu den Füssen nieder,
    Die ich vordem mit Thränen stark benetzt,
Als sich der Geist mit dem Gesetz der Glieder,
Und mit der Welt auf allezeit geletzt.
Anbetungs-würdigs Wesen! was hast Du dir erlesen,
    Was war ich Stäublein, ich?
Nicht nur allein mich liessest Du genesen;
    Du wektest auch viel Schlafende durch mich.

    Hier liegt das Amt, ich meyne diese Krone,
Dort bükte sie, hier schmükket sie mich gar:
Wie komm ich doch zu einem solchen Lohne,
Der ich schon dort ein Faß zu Ehren war?
Ich habe wol gestritten, ich habe was gelitten,
    Was ists? Du Menschen-Sohn!
Ein HErr, wie Du, darf nicht um Diener bitten:
    Dir dienen, das ist schon ein Gnaden-Lohn.

    O Majestät! darf ich mich unterwinden,
So zeig ich mich zuerst, als Deine Braut.
Der Knecht wird auch was zu erzehlen finden,
Was Du durch ihn geredt, gezahlt, gebaut.
Doch Deine Bräutgams-Triebe, Du auserwehlte
        Liebe!
Gehn allen andren vor.
Was wärs, wenn mich mein Werk vor Menschen hübe,
Und hätt' an Dir gehandelt, als ein Thor?

    Du hast mich, zwar nicht gleich, doch bald gebunden,
Und von der Zeit blieb Dir mein Herze treu;
Da Deine Kraft den Zweifel überwunden,
Umarmte dich mein Glauben ohne Scheu.

Und

Und der getreue Hüter der himmlischen Gemüther,
Der Geist der Herrlichkeit,
Verschloß vor mir die Welt und ihre Güter,
Und that mir auf die Thür der Gnaden-Zeit.

Ich hieß gelehrt, ich hatte viel gesehen,
Der Menschen Gunst und Gaben hatt' ich auch:
Doch das zerstob vor Deines Geistes Wehen.
Diß lehrte mich des Himmelreichs Gebrauch:
Wo eigne Kraft begraben, und wo wir nichts mehr
                              haben,
Als aus des Königs Hand;
Erzeigen sich zum Nutz besondre Gaben,
Die werden mit dem Geist herab gesandt.

Kaum brachte mich mein Hüter in die Kammer,
So sah ich Dich am Creutz, mein Bräutigam:
Mein Herze ward auf diesen Blik voll Jammer;
Denn ich verdiente ja den rauhen Stamm.
Ey, dacht ich, treue Liebe! so oft ich böses übe,
Empfindst Du neue Pein;
Hinweg mit euch, ihr mörderischen Triebe,
Ich will ein Knecht der heilgen Liebe seyn!

So wolle nichts, erinnerte mein Meister,
So werd ein Kind, so thu die Augen zu,
So wirf dich hin dem Vater aller Geister,
Und eh Er wirkt, so bleib in stiller Ruh.
Verlerne die Gelahrheit, und suche meine Klar-
                              heit,
So will ich dich erhöhn.
Ich offenbare mich dir, ich die Wahrheit,
Und lehre deinen Fuß auf Felsen stehn.

Ich thats. Und Du gedachtest Deiner Worte,
Du sandtest mir die Weisheit Deines Throns.
Du zeigtest mir den Pfad zur engen Pforte,
Die Herz-Bewegungs-Kraft des Menschen-Sohns.

  Die

Die falsch-berühmten Weiden lernt man nicht besser
meiden,
Als auf der Gnaden-Au.
Du öffnetest die hohe Schul der Leiden,
Das war der Grund zu einem Wunder-Bau.

Da ward ich nun in Deinem Hause Sprecher,
Ich predigte, was Wort und Geist gebot.
Er sagts ins Ohr, ich bracht es auf die Dächer.
Insonderheit erhub ich Deinen Tod,
Der alle Seelen ziehe, ich gab mir wenig Mühe
Um die Philosophie.
Ich zeigte nur, wie unser Herz erglühe,
Wenns Deine Lieb aus dem Verderben zieh.

Das Wort vom Creutz mußt alles niederbohren,
In Leipzig schon, in Erfurt und in Glauch',
Es bändigte die frechesten Halloren,
Der Pfafferey zerriß es ihren Bauch.
Es ward ein Gift der Sünden, ein Staar-Stich für
die Blinden,
Der Welt ein Donner-Strahl,
Den Kämpfenden ein Schwerdt zum Ueberwinden,
Den Weinenden ein Seelen-Abendmahl.

Die Friedrichs-Schul ward aufgeklärt und heiter,
Ein Waysen-Haus stieg über die Natur;
Das Wort vom Creutz drang alle Tage weiter;
Man half dem Volk durch Schriften auf die Spur.
Die Wahrheits-Zeugen schritten hinüber zu den Britten,
In Scandinavien,
Auch rissen sie ins Reich der Moscowiten,
Und endlich fuhren sie in Indien.

Das Lob und Schmach sind gar genau verschwestert:
Bald wird uns diß, bald jenes eingeraunt.
Johannes ward den Augenblik gelästert;
Und bald darauf für Christum ausposaunt.

Itzt

Itzt galt der Heiland wenig, in kurzem hieß Er König.
So geht es in der Welt.
Da heißt es recht: Itzt rühm ich, morgen höhn ich.
Wohl dem, der nichts auf alles beides hält!

Ans Creutz geheft' und nun gekrönte Wahrheit!
Hier bring ich Dir die ausgestandne Schmach.
Der zarte Staub aus der verblichnen Klarheit,
Der zieht sich nun der neuen Sonnen nach.
Nur Ruhm, und Ehren-Titel sind zu dem Todten-
                                        Kittel
Und auf Papier gestreut.
Ja säh' ich nicht Dein Antlitz ohne Mittel,
Sie irrten mich wol in der Ewigkeit.

Hier schmieg ich mich, mein Freund! zu Deinen
                                        Füssen,
O König! nim mich gegen sie in Schutz.
Ich möchte gern in Deinem Ruhm zerfliessen:
Der Menschen Ruhm beut Deiner Ehre Trutz.
Du schweigtest meine Richter: wer schweiget nun die
                                        Tichter
Von meiner Ehren-Bahn?
Was war ich dann? ein Tocht, o Licht der Lichter!
Du zündetest, und also brant ich an.

Beruhige, du grosser Ruhig-Macher,
Wen mein Verlust zu sehr beweget hat.
Verstärke doch das Herz gewisser Schwacher:
Sie hielten sich an mich; nun sind sie matt.
Ich habe gnug gepredigt: Wie uns der Sohn er-
                                        ledigt,
Nichts sey ich, Er seys gar;
Ein Menschen-Bau der werde leicht beschädigt.
Das zeuge mir einst meiner Kinder Schaar!

So ruh ich nun, mein Heil! in Deinen Armen,
Du selbst. solt mir ein ew'ger Friede seyn.

                                        Mein

Mein Element sey einzig Dein Erbarmen, *
Ich gehe nun in Deinen Sabbath ein.
Der Tod hat nichts zerbrochen, als ausgezehrte Knochen,
Die liegen, und nicht ich.
Ich sehe Dich, da jene drein gestochen,
Und trink aus Deinen Wunden dürstiglich.

## LVIIII.

# An einen wankelmüthigen Schüler der Gnade.

Wenn, vielgeliebter Freund! dein Diener wissen könt',
    Wie lange dir der HErr noch Lebens-Zeit vergönnt':
So könt er eher noch mit gleichen Augen sehen
Wie wenig bis daher zu deinem Heil geschehen.
Weil aber, der die Höll und Tod in Händen hält,
Uns eine kurze Frist zur Gnaden-Zeit bestellt,
Und will, daß unser Geist nach Seinem Reiche ringe:
So halte mir zu gut, daß ich auf Eifer bringe.
Du hast das ewige unwandelbare Wort,
Das weiset schlechterdings auf eine enge Pfort:
Das redet überall von einem schmalen Wege,
Und daß man seines Heils mit Furcht und Zittern pflege.
Die Menschen hindern uns! allein, wo ist der Mann,
Der unsern armen Geist dereinst vertreten kan;
Wenn JEsus auf dem Stuhl nach unserm Ernste fragen,
Und unser eigen Herz nichts wissen wird zu sagen?
Gelobet sey der HErr, der dich gerühret hat!
Er gebe keiner Ruh in deiner Seele Statt,
Bis du das wichtige und grosse Werk vollendet,
Um welches willen Er sich selbst bey GOtt verpfändet.
Wohl dem, der diese Welt für lauter Spiel-Zeug hält.
Allein, wer kan doch das? wer überwind't die Welt?

Nur

* Letzte Worte des Liedes: Mein Salomo, Dein freund=
  liches Regieren stillt alles Weh, ꝛc.

Nur einer, welchen GOtt zu Christo hingezogen,
Und der sein theures Heil mit Redlichkeit erwogen.
Derselbe wirft sich bald vor JEsu Füsse hin,
Und spricht: Mein Ursprung, ach! hier liegt mein
Geist und Sinn:
Ach! mache mich doch recht zu Deinem Unterthanen,
Und solt'st Du mir den Weg durch Dorn und Hekken
bahnen.
Der Vorsatz aber muß nicht ohne Nachsatz seyn:
Es treffe Wort und Sinn recht redlich überein;
So wird man allererst die Kraft des HErrn empfinden,
Da stutzt der Seelen-Feind und das Gesetz der Sünden.
Die Menschen dieser Welt sind nur ein blos Gespenst,
Wenn du sie, werther Freund! nach ihrem Wesen kennst;
So hältst du sie gewiß für unglükselge Narren,
Mit allen heuchelnden und Lohn-begiergen Pfarren.
Indessen weil du selbst von N. N. angezeigt,
Daß er sein Herze GOtt und JEsu zugeneigt:
So wolle neben ihm ja keine Zeit versäumen,
Dich eben so, wie er, dem Heiland einzuräumen.
Die Brüder dieses Orts sind allemal erfreut,
Wenn man von deiner Seits denselben Frieden beut:
Sie grüssen dich im HErrn, und wünschen dich im Segen
Und neben dir sich selbst dem HErrn zu Fuß zu legen.

## LX.

# Ueber das Kranken-Bette der Frau Fürstin von Rudelstadt, geb. Herzogin zu Saalfeld. *

Seelen-Freund! hier liegt ein Herze,
    Das Dich unter allem Schmerze
Gerne frölich loben wolte,
    Wie ein treues Herze solte.

L 4

Weh=

* In ihrem Namen.

Wehethun ist bey der Liebe
Einer der gewohntsten Triebe;
Wer dem HErrn am Herzen lieget,
Wird nicht allezeit gewieget.

Höchste Lust und Herz-Vergnügen,
Ich will Dir zu Füssen liegen,
Mag mich doch die Welt verhöhnen,
Wie Marien Magdalenen.

Ziehe mich, damit ich laufe,
Taufe mich mit Deiner Taufe;
Um den Sitz in Deinen Reichen
Wollen wir uns schon vergleichen.

Schöner Bräutigam der Seele!
Mich beschwert die Leibes-Höhle,
Und mein Geist, das freye Wesen,
Wird im Sterben erst genesen.

Christi Last ist leicht zu tragen,
Der wird niemand gerne plagen:
Die die Züchtigung erbulden
Mögen GOtt, als Vater, hulden.

Unser Wandel ist im Himmel,
Ueber alles Welt-Getümmel:
Der verderbten Erd entweichen,
Wäre mir ein Gnaden-Zeichen.

Schöpfer, hier ist Dein Geschöpfe,
Der geringste Deiner Töpfe,
Du magst brechen oder bauen,
Laß mich nur Dein Antlitz schauen.

Führst Du meinen Leibes-Schatten
Rükwerts zu dem Ehegatten,
Und zu meinen beyden Kindern,
Will ichs eben auch nicht hindern.

Zeige

Zeige mir nur Deinen Willen,
Der soll meine Seele stillen:
Denn in Deinem Willen schweben
Das ist einer Seele Leben.

Sieger über Tod und Hölle,
Laß die kranke Lager-Stelle,
Und die mancherley Beschwerden,
Mir zu einer Schule werden!

Ringe nur mit Deinem Kinde,
So doch, daß ich überwinde,
So wird aus den bittern Quellen
Eine Fluth des Lebens schwellen.

## LXI.

## Auf ihren Abschied.

Eile, hieß es einst bey mir, grüsse zween erlauchte
Helden.
Sage diesen Aufgewekten, was sie ohnedem gewußt,
Aber, was den Seligen nimmer gnugsam anzumelden:
Dem Gecreutzigten zu dienen sey die größte Fürsten-Lust.
Also geht die Reise fort, ob sie gleich beschwerlich schiene,
Eine unerkante Führung leitet mich nach Rudelstadt,
Da ich schleunig weiter will, hört's Sophie Wilhelmine,
Herzog Ernsts durchlauchtge Tochter, die daselbst den
Fürsten hat.
Suchet ihr, so redet sie, Seelen, die den Heiland lieben,
Ich bin Christian Ernstens Schwester auf die ein und
andre Art,
JEsus hat Sein Gnaden-Werk lange schon bey mir
getrieben,
Und sich meinem armen Herzen als ein Freund ge-
offenbart.
Herzogin! versetzt' ich drauf: Man hat allemal gesaget
Daß die Fürstin dieses Landes eine fromme Fürstin sey;

Aber,

Aber, ich gestehe gern, daß ich wenig drum gefraget,
Wegen der bey vielen Großen eingerißnen Heucheley.
JEsus, unser Landes-HErr, forderte von Seinen
Streitern,
Allem, allem, abzusagen. Wen Er anders finden wird,
Den wird zur Vergeltungs-Zeit Seine Majestät zer-
scheitern,
Ob er hier ein Fürst gewesen, oder aber nur ein Hirt.
Das ist wahr! erwiderte die durchlauchtige Sophie,
Aber meynet ihr, daß JEsus, der Geringen ihr
Patron,
Nicht zuweilen auch ein Herz aus der Zahl der Edlen
ziehe,
Und aus Gnaden würdig mache der geehrten Dornen-
Kron!
So und so, erzehlte sie, hat mich Seine Treu gebunden,
Diß und jenes hat mein Herze vor und nach der Angst
gefühlt,
Und nun ruht mein Innerstes in des theuren Heilands
Wunden,
Da indeß die Welt mir immer nach der äussern Ruhe
zielt.
Drauf begab ich mich den Hof in der Ehrenburg zu
grüssen,
Christian Ernst, den lieben Prinzen, auch von Ange-
sicht zu sehn,
Kaum daß wir uns angeblikt, lagen wir zu JEsu
Füssen,
Und verbanden uns von neuem unter Seinem Creutz
zu stehn.
Ich begleitete den Prinz bis in Saalfelds werthe
Mauren,
Da bezeugete die Fürstin, daß sie auch des Sinnes sey;
Aber unser Aufenthalt konte hier nicht lange dauren,
Christian Ernsts Durchlaucht'ge Schwester ruft uns
ungesäumt herbey.

Kurz:

Kurz: Nach einer theuren Schrift, * da ihr ganzer
            Sinn erscheinet,
Eilte GOtt mit dieser Seele zu der frohen Ewigkeit.
Wäre sie betrübt gewest, hätten wir vielleicht geweinet;
Aber sie war unsrer Zukunft auf das herzlichste erfreut.
Sie befahl uns alsobald JEsum mit ihr anzuflehen,
Und nach einer kleinen Stille ward ihr Mund recht
            aufgethan,
Viel von ihrem ganzen Lauf im Gespräche durchzugehen;
Bald nach diesem Schwan-Gesange hub der Kampf des
            Todes an.
Alle andren lagen hier unter traurigster Vermischung
Vorgedrungner Thränen-Ströme und erbärmlichen
            Getöns;
Aber sie lag voller Trost, in beständiger Erfrischung,
Voller Ruhe, voller Hoffnung eines sel'gen Wieder-
            seh'ns.
Ihres theuren Bruders Herz, welchen sie nebst mir er-
            nennet,
Mitgehülfen, ja auch Zeugen ihres letzten Kampfs zu
            seyn,
Stund in einer Fassung da, die ihr nicht begreiffen könnet,
Denen solch ein Hingang furchtsam,  und der Abschied
            scheint als Pein.
Wilhelmine wolte sich viele Stunden nicht mehr regen,
Mund und Auge war geschlossen, (wies am Ende geht,
            so gings;)
Wahrlich, sprach ich, JEsus kan besser, als wir alle,
            pflegen;
Da ward los das Band der Zunge: JEsus, sprach sie,
            allerdings!
Darum brach ich freudig aus: Wohl ist mir, o Freund
            der Seelen!

Redte

---

* Sie hatten mit Ihro Durchl. Dero Herrn Bruder eine
sehr gesegnete Correspondenz, da sie dann in dem letzten
Schreiben überaus frölich von der Gnade zeugten.

Redte von dem Weyhnacht-Liede: Sey gelobet JEsu
Christ.

Und der Umstand schikte sich, JEsu Liebe zu erzehlen,
Alles stund in Herz-Bewegung, wies bey Sterbe-Bet-
ten ist.

Unsrer Herzogin ist wohl; waren damals meine Worte.
Laßt uns über dieser Sache voller Ueberlegung seyn;
Jeder, so zugegen ist, dringe durch die enge Pforte,
Dann, so dringt er, wie die Fürstin, auch zur Ruhe
GOttes ein.

Und bey der Gelegenheit denen Seelen recht zu nützen,
Weil sie eine Kranke sahen, die auf gutem Grunde stand,
Theilt' ich Rothens Sätze mit, von der Seelen falschen
Stützen, *

Die oft bis zur Hölle halten, und dann gehn sie durch
die Hand.

Kaum, daß ich den Fuß versetzt, und nach Ebersdorf
gediehen,

Schryen schon die Leutenberger: Ach! die Herzogin
ist hin;

Mir schrieb Herzog Christian Ernst von der theuresten Sophien:

Gestern hat sie überwunden durch des Lammes Blut-
Gewinn.

Stirb! Du dieser Zeitlichkeit längstens abgestorbnes
Herze!

Oder, daß ich besser rede; Leb in alle Ewigkeit!
Deine letzte Lehr an mich, unter vielem Leibes-Schmerze,
Soll mir zur Erinn'rung dienen, meine ganze Lebens-
Zeit:

Ich, so sprach sie einst zu mir, glaube, daß ihr JE-
sum liebet,

Aber

---

* Dieses ist der Auszug einer sehr gründlichen Predigt des
Herrn Past. Rothens, von denen Umständen, womit
sich die Seelen, unter falscher Hoffnung und Befriedigung, von dem einigen Gut abhalten.

Aber euer Ruf ist grösser, als ihr in der Wahrheit liebt,
Weil ihr euch noch fleißiger im Vernunfts-Bedenken
übet,
Als ihr das beherzte Zeugnis dieses theuren Heilands
übt.
Hundert Worte bleiben so in die Herzens-Gruft ver-
riegelt,
Die, bey wenigerm Bedenken, sich im Segen offenbart,
Eine Seele, welche sich nicht in Eigenheit bespiegelt,
Liebet den gewissen Fortgang ihrer Absicht nicht so zart.
Sie bekennet, weil sie glaubt, sucht die Stunden
einzuhandeln,
Stößt sich lieber vor die Stirne, ehe man sie träge spür.
Also hat mich GOtt gelehrt, leb ich, will ich also
wandeln.
Die das hörten, die erstaunten.   Wer ist diese? Wer
sind wir?
Dieser Abschied bleibet uns in das treue Herz geschrieben,
Dem Durchlauchtgen Friedrich Anton werd' er auch
hier eingeätzt;
Theurer Fürst, wie wird sie einst ihre Wilhelmine
lieben,
Wenn sie ihren treuen Wandel allen Ernstes fortgesetzt.
Haben sie doch GOtt geliebt, und darüber schon gelitten,
Ehe GOtt den Regiments-Stab ihnen in die Hand
gereicht,
Lagen sie doch vor dem HErrn, um Barmherzigkeit
zu bitten,
Ehe wir am Kranken-Lager unsre Knie vor GOtt ge-
beugt.
Noch ein einig Wort an dich, Christian Ernst, des
HErren Streiter,
Kein Held flicht sich mehr in Händel, als zu seinem
Kampfe dient.
König JEsus führe dich auf der Creutz-Bahn immer
weiter,

Bis

Bis dein Geist vor Ihm erscheine, bis auch dein Ge-
beine grünt.
Liebt, ihr frommen Fürsten! liebt, wie Sophie Wil-
helmine
Ihren Seelen-Bräutgam liebte, der sie itzo schon erquikt,
Dienet, wie die Sterbende wolte, daß man Christo
diene,
Eilet, daß ihr eure Schafe aus der Wölfe Rachen rükt!
Ich will meinen grossen HErrn nach, wie vor, in De-
muth preisen,
Menschen-Furcht und alles andre, was uns auf die
Letzte nagt,
In des Ueberwinders Kraft immer weiter von mir
weisen,
Bis ich das Triumphs-Lied singe: So gewonnen,
wie gewagt!

## LXII.

# Auf seiner Tochter Benigne zweyten Geburts-Tag.

JEsulein, man hat gelesen
Daß Du auch ein Kind gewesen,
Und daß wir durch Dich genesen,
Weil wir gar verdorben sind.

Und darnach so steht geschrieben,
Daß Du sollst die Kinder lieben,
Und es immer sehr getrieben,
Daß man Dir sie bringen soll.

Heute sind unschuldge Kindlein,
Gestern sah man dich in Windlein,
JEsu bind in dieses Bündlein
Der Benigne Seele ein.

Mache Du sie Dir zum Lamme,
Und gewöhn zum Creutzes-Stamme

Ihr

Ihr dem Seelen-Bräutigamme
Ohnedem gewehtes Herz.

Weil du ja die Eltern liebest,
Und auf ihr Gebet was giebest,
Und sie nicht mit Lust betrübest;
So beleb auch dieses Kind.

Diesem Lämmlein von der Heerde,
Die Du weidest auf der Erde,
Gib, daß es gehorsam werde,
Und Dir völlig angenehm.

Lehre dieses Kindes Eltern,
Unter Deines Creutzes Zeltern,
Ihren Eigenwillen keltern
Und der Tochter Eigensinn.

Wasche sie in Deinem Blute,
Halt ihr mancherley zu gute,
Das aus einem schwachen Muthe
Und aus keiner Bosheit kömt.

Wo Du ihr wilst Arbeit geben,
JEsulein, so laß sie leben;
Sonst kanst Du sie bald erheben
In das Reich der Kinderlein.

König aller Königreiche,
Der Du bist dem Vater gleiche,
Gib, daß dieses Kind erreiche
Die geliebte neue Stadt.

Laß doch auch uns andre Kleine
In des Lammes Blute reine,
Und bey Deines Lichtes Scheine,
Eine Weile frölich seyn.

Schenk uns lauter Kinder-Freuden,
Laß uns wie die Kinder leiden,
Mit den Kindern frölich weiden,
Wo der Sohn der Liebe ist.

LXIII.

## LXIII.

# Auf seines Bruders Friedrich Christians zweyte Ehe.

Die alte Burg zu Wien umgab ein grauer Hayn,
 Zwölf a Eichen schlossen ihn vor vielen hundert
       Jahren;
Jüngst gingen etliche vor grossem Alter ein,
Die von dem jungen Busch schon überdekket waren.
Der Stamm von Zinzendorf, b aus welchem Ehren-
       hold, c
Der hochberühmte Herr, so manchen Ast getrieben,
So dem Erz-Herzogthum belebtes Laub gezollt,
Der wurde, bis auf Zween, vom Alter aufgerieben.
Der eine d stämmte sich an des Monarchen Haus,
Und überwuchs daselbst die allerhöchsten Eichen,
Von dannen ging sein Trieb in zweyen Sprossen aus,
Die bis ins Mähren-Land e und bis in f Ungarn reichen.
Der Andre g suchete bey denen Franken Raum,
Und auf der Ober-Birg bestreut' er seinen Boden:
Er war zu seiner Zeit ein Schatten-reicher Baum,
Die Reiser dekten drey h der ältesten Pagoden.
Zween Aeste i rageten ins Sächsische Gebiet,

        Und

  a Es sind zwölf uralte Graf- und Herren-Häuser in Oester-
reich, welchen man ihres gleichen Alters wegen, den Namen
der zwölf Apostel beygeleget. b Einer von den Zwlöfen. c Der
erste bekante Dynasta des Zinzendörfischen Hauses, nach welchem zwey und zwanzig Dynastä in absteigender Linie gezehlet
worden. d Albertus, Kaisers Leopoldi Premier Ministre.
e Graf Ludwig von Zinzendorf, Kaiserlicher wirklicher Geheimder Rath, General und Commendant auf dem Spielberge in
Mähren. f Graf Ferdinand, bis daher gewesener General zu
Erlau in Ungarn. g Maximilianus Erasmus, Graf und Herr
von Zinzendorf und Pottendorf. h Alt-Ortenburg, Castell
und Polheim. i Otto Christian, Königl. Geh. Rath und
        General-

Und dieser Erbe Herr k ergrif sie bey den Spitzen,
Um an demselben Ort, wo seine Raute blüht,
Ihr schwebendes Gewicht mit Macht zu unterstützen.
Der Erste bäumte sich bis an der Wolken Bau,
Er machte seinem Plan ein prächtiges Gesichte,
Sein Schatten traf ein Theil der Ens beströmten Au: l
Doch, diesen Ast zerbrach sein eigenes Gewichte.
Der Andre neigete sich seinem Boden zu.
Sein wohlbelebtes Holz gewann viel neue Sprossen,
Und barg sich unverhofft m ins Häynes stille Ruh,
Nachdem sich über ihm ein Kleeblat zugeschlossen.
Der Blätter=reiche Zweig ward bald darauf versetzt,
Das alte Grafen=Haus von Ortenburg zu zieren:
Allein, er hatte da die Augen kaum ergötzt,
So mußte man ihn schon aus dem Gesicht verlieren.
Zwey Reiser waren noch die ausgeschlagne Bluht,
Des mit dem Seculo verdorrten Asts in Sachsen,
Auf deren Triebe nun der Eiche Schiksal ruht,
Dieselbigen sind auch zu Aesten aufgewachsen.
Ast Friedrich n breitet sich in Meissen mächtig aus,
Er treibet liebliche und wohlbelaubte Reiser;
Er baut diß in der Welt berühmte Herren=Haus,
Und überschattet nach viel andre hohe Häuser. o
Ich baue seiner Pracht diß erstere Gerüst,
Und wol mit meiner Hand von dieser Art das letzte;

M

Ich

General=Feld=Zeugmeister, der ohne Erben verstorben, und
Georg Ludwig, wirklicher Geheimder Rath, der 1700. gar
jung, mit Zurüklassung einer Comtesse und zweyer Söhne ver=
storben. k Churfürst Johann Georg der Dritte. l Er bekam
den Gräflich Zinzendorfischen Lehen=Hof, dahin verschiedene
Fürsten, Grafen und Herren gehören. m Graf Georgius Lud=
wig starb sechs Wochen nach der Geburt des Autoris, und hin=
terließ nebst ihm Graf Friedrich Christianen, und Gräfin Su=
sannam Louysen, die einige Jahre darauf als Gemahlin des re=
gierenden Grafen zu Ortenburg und Crichingen verstorben ist.
n Der Herr Bräutigam. o Seit 1719. da er seines Herrn

Vaters

Ich bau es diesen Tag, daran du Bräutgam bist,
Und weil ich deiner Lieb' auch gern ein Denkmaal setzte.
Der Wahlspruch unsers Stamms von Graf Alberto p
her,
Ist der: Ich weiche nicht, nicht einem, auch nicht allen.
Ich zeih es der Natur: das Weichen wird uns schwer;
Vor einem aber ist mein Muth dahin gefallen.
Der JEsus, der einmal an einem Holze hing,
Mit dem das Alterthum so schnöden Spott getrieben,
Zu dem nicht lange drauf der Erd-Kreis überging,
Des Zeichen Königen am Halse hängen blieben;
Der hat von Kindheit auf nach meiner Brust gezielt,
Sein unbezwungner Zug hat sich davon bemeistert:
Mein Herz hat Seine Kraft gar dringende gefühlt,
Als sie die Kraft und Trieb der Eigen-Ehr entgeistert.
Ich war ein Zinzendorf, die sind nicht Lebens-wehrt,
Wenn sie ihr Leben nicht zu rechten Sachen brauchen:
Drum hat die Sorge mich beynahe ganz verzehrt,
Zu früh, und ohne Nutz der Erden, auszurauchen.
Matth. 5.
Nun hieß ich gar ein Christ, verdoppeltes Gesetz!
Die Christen dürfen nicht verbrennen ohne Leuchten;
Der Glaube, der nichts thut, ist ein verdammt Ge=
schwätz,
Und muß Vernünftigen sehr unvernünftig deuchten.
Drum nahm ich diesen Schluß fast von der Wiegen an:
Mit JEsu, den man itzt den Ehren=König nennet,
Zuförderst aus dem Buch der Ehren ausgethan,
Darnach vor aller Welt für Seinen Knecht bekennet!
Ich wende mich zu dir: Du hochgeborne Braut!
Vor deren Herrlichkeit wir itzt die Segel streichen:
Es müsse dir an Ruhm, mit Fruchtbarkeit bethaut,
Im Vor- und Nach=Gesicht der Zeiten keine gleichen!
Was ich und mein Gemahl dir wünschend zugedacht,
Das

Vaters Bruder in dem Seniorat gefolget. p Einer aus
unsren Stamm=Vätern.

Das kröne deinen Lauf und wohl bestandne Tugend.
Und wie du deinem Herrn vom Höchsten zugebracht,
So weyht demselben auch Euch selber und die Jugend.
Geht; bringt dem Helden-Blut den alten Wahlspruch
bey:
Doch nehmt den einen aus, der mir das Herz genommen,
Der lasse dermaleinst, wenn diese Welt vorbey,
Die Zweige mit dem Stamm ins neue Erdreich kommen!

LXIIII.

# Bey Herrn Christoph Immigs, JCti, erbaulichem Ende zu Herrnhut. *

Du heiliger und reiner Geist,
    Ein Geist, darnach nicht Noth zu fragen,
Indem er sich genug beweist,
Du Alter ausser allen Tagen!
Allgegenwart, Allwissenheit,
Sind Deiner GOttheit Eigenschaften,
Und Zeugen Deiner Ewigkeit,
Die unzertrennlich an Dir haften.
Du sitzest in' der Ruh,
Und hörst den Blöden zu,
Die vor dem Thron der Gnade wimmern:
Hier liegt ein altes Kind,
Das erst sein Herze findt,
Und will sich um sein Heil bekümmern.

    Ich zehle eilfmal sieben Jahr
In dieser unbeständgen Hütte.
Was meine größte Sorge war,
Der Zwek, wornach ich hellig schritte,
Den heisset man Gelehrsamkeit,
Das nennt man ein solides Wissen:

M 2
Ich

* Aus seinen eignen Worten.

Ich sorgete für Speiß und Kleid,
Für mich, und die ich nehren müssen.
Itzt bin ich Gnaden=los,
Am Geiste blind und bloß:
Mein Dienst wars Opus operatum.
Die Tauf ist längst vorbey,
Der Gnaden=Bund entzwey;
Mit Schrekken wart ich auf mein Fatum.

Der gute Same liegt erstikt,
Weil ihn die Dörner überwachsen;
Und eh ich weiter fortgerükt,
Zerbrechen meines Leibes Achsen.
Ich sehe mich in meinem Blut,
Ich weiß mich selber nicht zu waschen:
Darüber fällt mir Herz und Muth.
Der letzte Feind wird mich erhaschen!
Du aber, dem der Tod
Des Sünders eine Noth,
Und seine Rettung eine Freude,
Ach! schau mich armen Mann
Mit Gnaden=Augen an,
Und stütze mein zerlechzt Gebäude!

Ach HErr! Du majestätischer,
Du schreklicher und grosser König;
Du aber auch so freundlicher,
Dem eine Seele nicht zu wenig;
Laß mich durch Deinen lieben Sohn
Die ewige Erlösung finden:
In Ihm, dem wahren Gnaden=Thron,
Laß mich den Hoffnungs=Anker gründen.
Denn die in JEsu seyn,
Die macht der Vater rein,
Wenn sie im Licht, wie Er ist, wandeln.
Ach! schenke mir doch nur
Die neue Creatur,
Denn, womit wolt ich sie erhandeln?

Mein

Mein JEsu! wer zum Vater will,
Der muß durch Dich den Eingang finden:
In Dir ist alle GOttes-Füll;
Du machest selig von den Sünden.
Hier lieg ich armer matter Wurm,
Und winde mich um Deine Wiege:
Ich fühle Seelen-Noth und Sturm,
Doch merk ich auch noch Liebes-Züge:
Ich seh' durch einen Ritz
Den freyen Gnaden-Sitz,
Die Thür ist noch ein wenig offen.
Wenn Du mein Herz ergriffst,
Und diesen Fels zerschlifst,
So könt ich auf ein neu Herz hoffen.

Der Gnaden-Seiger schiebet wol
Den Augenblik am letzten Korne,
Und, da ich kaum noch Othem hol',
Such ich die Seligkeit von vorne.
Zur Stunde, da ein Kämpfer lacht,
Ein Simeon den Abschied fodert,
Da liegt mein Inneres verschmacht't,
Indem das Aeussere vermodert.
Ich zöge gerne noch
Ein Jahr an Christi Joch,
Ich komme langsam: Mag ich kommen?
Der Eingang zeiget sich,
Ein Blik versichert mich,
Komm: Immig, du wirst eingenommen.


## LXV.

# Auf des Baron Kittlitz Heirath mit der Gräfin Henriette Henkeln.

Was Unterschiedne thun, kan unterschieden seyn.
Die Alten freyten dort, und liessen sich auch freyn:

Die Engel freyen nicht, die Kinder GOttes freyen;
Und ist Gefahr dabey, so kan es auch gedeihen.
Wer nicht recht theilen kan, dem klingt es fürchterlich,
Sobald das Wort erschallt: Der, die verehlicht sich;
Wenn diese sich dem HErrn zum Eigenthum verschrieben,
Wenn jener bis daher des HErren Werk getrieben.
Mein Herz! was dachtest du? was fiel dir drüber ein,
Als erst die Rede ging: Die Henkelin soll freyn?
Der Baron Kittlitz will ein Kind des Höchsten haben;
Er sucht nicht irdische, er sucht vollkommne Gaben.
Er hat so unrecht nicht, (gedachtest du, mein Herz;)
Allein, das Freyen ist den Christen ausser Scherz:
Wenn Henriette sich doch ja nicht übereilte,
Und (weils ihr GOtt vergönnt) sich noch mit niemand
theilte.
Wer weiß, (erholte sich die Ueberlegungs-Kraft,)
Ob dieser Ehestand nicht viel gedeihlichs schafft?
Hat nicht manch theures Weib den Mann, der sie erwehlet,
In JEsu Christi Grund noch tiefer eingepfählet?
Mein Denken endigte sich mit Gebet und Flehn;
Wohlan! dahin allein soll meine Bitte gehn,
Erseufzt ich: Theurer Freund und Bräutigam der Herzen!
Entzünd in diesem Paar der reinen Liebe Kerzen!
Entflamm ein jegliches mit Deiner Freudigkeit!
Dein Eifer um das Haus des Vaters sey ihr Kleid!
Dein sanfter Liebes-Sinn sey ihr Geschmuk von innen!
So wird auch diesem Paar die Welt nichts abgewinnen.
So stürzt für diesesmal der aufgehaltne Fluß
Der Sinnen aufs Papier, das ich ergreiffen muß,
Um meine Redlichkeit den beyden lieben Häusern,
Die GOtt verbunden hat, mit wenigem zu äussern.
Lebt, Hochgeliebteste! und da ich noch nicht weiß,
Ob Baron Kittlitz nicht auch Bruder Kittlitz heiß;
So wag ichs auf den HErrn ihn brüderlich zu segnen:
Ihm müsse alles das, was Brüder trift, begegnen!
Warum erwehlt er sich ein Weib zum Eh-Gemahl,

Die

Die aus der sonderlich erkauften Schwestern Zahl?
Wer Schwestern freyen will, der muß als Bruder leben;
Sonst kan sich ihm kein Herz, das JEsu ist, ergeben.
Man hat nicht Sicherheit, wenn man ein JEsus-Pfand
In seine Arme nimt, und nicht aus JEsu Hand:
Der ihm die Frau geschenkt, der schenk ihm über-
                                    schwänglich
Creutz, Schmach und Seligkeit, und alles unver-
                                    gänglich.

## LXVI.

An die theure Brüderschaft, die Ihm GOtt in
                        Jena samlet,
Von mir, der ich lieben kan, ob die Zunge
                        gleich noch stammlet:
Gnad und Friede von dem Vater, und von
                        JEsu unserm HErrn,
Allen, die da nahe worden, angelokt von nah
                        und fern.

Theure Brüder! gönnet mir, daß ich in gebundner
                                    Rede
Euer aller Angesicht zu gesegnen mich entblöde:
Also gehets in der Schnelle etwa noch zum besten an,
Daß ich meines Herzens Meynung eurer Lieb entdek-
                                    ken kan.
JEsus, unser ewiger und lebendiger Monarche,
Der uns durch Sein eigen Blut in die sichre Kirchen-
                                    Arche,
Zur Befreyung vor dem Sturme der gemeinen Sünd-
                                    fluth, bracht,
Und dis angefochtne Schiflein noch unsichtbarlich be-
                                    wacht;
JEsus sey gebenedeyt, der im Namen GOttes kommen,
Und den Namen offenbart allen, die Ihn angenommen;

Der noch itzo in den Höhen unaufhörlich selig spricht
Alle, die den neuen Namen in der Zeugung weggekrigt.
Seine Liebe lasse sich auf das theure Jena nieder,
Und bereite Ihm daselbst eine Hütte vieler Brüder.
JESus habe Lust zu wohnen ums Gebirge dort herum,
Oeffne Thüren, theile Zungen, daß der Widrige ver-
        stumm,
Glaubets, wenn des Teufels Macht unter euch zerthei-
       let würde,
Und die Leute glaubeten, daß die Sünden eine Bürde,
Daß die Welt nicht redlich handelt, sondern uns die
      Ruh nicht gönnt;
Würde JEsus Herzen krigen, die Er selig machen könt.
Unser schlechtes Herrenhut, welches GOtt gewiß er-
        bauet,
Weil man ihme selber nichts, und GOtt alles zuge-
       trauet,
Wimmelt in der That von Zeugen unsrer Ohnmacht,
      Seiner Kraft,
Und ein Theil von dieser Wolke hat diß Zeugnis ange-
       schafft.
Nehmts in wahrer Liebe hin, o ihr Weisen und Gelehrte,
Die das wunderbare Licht dieser Zeit daher bekehrte,
Die ihr eitel Wunder werdet, wenn ihr in der Gnade
       bleibt,
Und euch dem Kraft-vollen Weinstok in der Einfalt ein-
       verleibt.
Jena ist vor jedermann allbereit zum Wunder worden,
Herrnhut steht geraume Zeit unter den geringen Horden,
Die da klein sind und doch lieblich, da der HErr zu
      seyn erwehlt;
Was ists Wunder, daß diß Hüttlein sich zu jenem Hau-
       se zehlt?
Lieben Seelen! bleibt bey Ihm, achtet es für eine
      Schande,
Dem, den Seine Seelen-Gier an verfluchte Hölzer bande,
        Um

Um der Schmach und Schande willen, die auf Herrlich-
keiten geht,
In der Welt seyn untreu worden, (Ihm zur Hand der
Kraft erhöht!)
Ich Geringster, bete an, zu des Höchsten Gnaden-
Throne:
Daß Sein Liebs-Panier und Hut über Jen' und Herrn-
hut wohne.
JEsu, meiner Seelen Hoffnung, und der ewgen Herr-
lichkeit,
Mache mich zu Deinem Läuffer in der letzten Gnaden-
Zeit!
Gib mir Botschaft an die Welt, und die Du heraus
erwehlet,
Gib mir Mund und Stimme mit, die Dein grosses
Heil erzehlet,
Dieser Welt, daß Du gestorben, daß auch sie zu Gna-
den käm,
Deinen Jüngern, daß Dein Lieben sie so gern zusam-
men nähm.
Liebet, theure Prediger dieser ewiglichen Gnaden,
Lobet euern Bräutigam, alles zu Ihm einzuladen;
Und diß selige Geschäfte setzt nicht eher völlig aus,
Bis ihr nach dem Kampf erreichet das von GOtt erbau-
te Haus.
Lernt von unster Brüderschaft, daß GOtt nichts un-
möglich falle,
Daß das Evangelium auch von Bauern aus erschalle.
Und weil meine grosse Schwachheit nichts mehr von
mir lernen läßt,
Lernet, daß ihr nichts verlieret, wenn ihr euch um
Ihn vergeßt.

M 5

LXVII.

## LXVII.
## Auf Herrn Johann Andreas Rothens 40sten Jahrs-Tag.

Der Du der Herzen König bist,
    Und aller Kräfte jener Welten,
Dem unser Herz gereget ist;
Laß seine Regung vor Dir gelten:
Dir opfert auf der Herrenhut
Ein Hauffe Deiner Unterthanen
Den zehnten Theil von seinem Gut,
Und die vom Feind erkämpfte Fahnen.
Uns ist zwar wohl bekant,
Wie dis Geschenk bewandt:
    Du pflegst nichts halbes anzunehmen.
Bis daß wir alle nun
Die theure Wahrheit thun,     1 Joh. 1, 6.
    Muß sich der treue Theil noch schämen.

Doch werde Dir ein Lob daraus,
    Was sich an diesem Tage findet.
Es lobet Dich dis Waysen-Haus,
Am zwölften May auf Dich gegründet;
Der grosse Lehrer, * welchen Du
Schon vierzig Jahre lassen grünen,
Und bis daher in guter Ruh
Dein Evangelium bedienen;
Die fünfe, die Du Dir
Zu einer Zions-Zier
Nun vor vier Jahren hergeleitet,
Für manche Nation,
Ja in den Banden schon,
Zum Theil gebraucht, theils zubereitet.

Das

* Johann Andreas Rothe, Pfarrer zu Bertholdsdorf, der
an geistlicher Beredtsamkeit wenig seinesgleichen hat.

Das Bertholdsdorfſche Ober = Theil
Ward auch den Tag mit uns verknüpfet.
Doch diß iſt das geringſte Heil,
Darüber unſer Herze hüpfet.
Die allergrößte Gnade war
(Die Du der Herrenhut erzeiget,)
Daß eben heute gleich ein Jahr
Sich alles unter Dich gebeuget,
Da man das freye Volk
Von dieſer Zeugen = Wolk
Bemühet war in Eins zu faſſen,
Und zu der Einigkeit,
Die Dein Befehl gebeut,
Sich jedermann bereden laſſen.

Gewiß, wer um die Kirche weiß,
Und ums Geheimnis Deiner Heerde,
Der kennt auch Deiner Knechte Schweiß,
Und was dabey erlitten werde:
Der weiß zu allem Uberfluß
Wovon wir hier nur wenig ſtammlen,
Was einer da erfahren muß,
Wo ſich viel Kinder GOttes ſamlen.
Und wer das Lied vernimt,
Das Paulus angeſtimmt:
Es müſſen ſich auch Rotten finden;
Der ſiehet einen Plan
Halb für ein Wunder an,
Wo ſich die Brüder alle gründen.

Die Welt, die noch im Argen liegt
Und in der Tieffe des Verderbens,
Wird in dem Todes = Schlaf gewiegt:
Da braucht es keines neuen Sterbens. Röm. 7, 10.
Allein, ſobald die Stunde blikt,
Daß JEſu Wort in einer Kürze,
(Wies Luther ehmahls ausgedrükt,)

Den

Den Grund des Herzens überstürze,
Wenns alle Aeste bricht,
Durch Beet und Furchen sticht,
Um sich den Akker aufzureissen,
Und bis aufs Leben trift:
Da braust der alte Gift,
Und alles hebet an zu kreissen.

Der Hirte, deß die Schafe sind,
Der will sie auf die Achseln nehmen:
Doch, daß sich da kein Zwang befindt,
Es muß sich alles selbst bequemen.
Auch hat der Seelen=Feind noch Macht
Die Ungegründten zu verwirren:
Da werden Meynungen gebracht,
Daran sich theure Seelen irren.
Hier spricht ein treuer Knecht:
Mit Beten ringst du recht,
Der Heiland muß sich dein erbarmen.
Dort heißts: Beweise dich.
Die Seele mühet sich,                    Hos. 13, 5.
Und rükt sich aus den Gnaden=Armen.

Damit ist Christi Schaar gezweyt:
Ein jedes Theil will JEsum haben.
Der spricht: Er ist Gerechtigkeit,
Ich werde mich zu Tode traben,
Wenn ich mir selber helfen will,
Er muß mir erst die Kräfte geben,
Und eh' ich Sein Gebot erfüll,
Muß ich vor allen Dingen leben.
Da spricht der andre nun:
Ich will das Gute thun;
So wird Er mir den Lohn nicht rauben.
Die Welt hat keinen Streit;
Denn sie ist gleich so weit
Von guten Werken, als vom Glauben.

Den

Den Schafen, die des Hirten Hand
Selbſt auf die Weide hingeführet,
Iſt ſie geſund und wohl bekant:
Die andren werden matt geſpüret.
Sie merken, daß es ſo nicht geht,
Der HErr muß ihnen Weisheit werden.
Wo etwan ein Erkentnis ſteht
Vom neuen Himmel oder Erden,
Da greiffen ſie bald zu,
Da ſuchen ſie ſich Ruh;
Ihr Anfang iſt der andren Ende.
Da lauffen ſie ſich tumm,
Und kehren doch wol um
In ihres Hirten treue Hände.

Inzwiſchen hat die Welt gelacht,
Die uns den Holz-Weg lauffen ſehen.
Die Seelen, die es recht gemacht,
Sind da, die Irrenden zu ſchmähen;
Daß einer, der herum geirrt,
Und will ſich nun zu rechte fragen,
Von einem Theil entblöſſet wird,
Vom andern aber wund geſchlagen.
Darüber dann entbrennt,
Wer Chriſti Treue kennt,
Und muß auf beiden Seiten rechten.
Was denkt ein Fremder dann,
Der das nicht faſſen kan,
Von JEſu Reich und Seinen Knechten?

Und, JEſu! wer erzittert nicht
Vor einem ſolchen Schwarm der Secten,
Die alle, ſo ſie angericht,
Auf einer Streu von Wahrheit hekten.
Da jede gute Seelen hat,
Die ohne ihren Vorſatz ſchwärmen.
Wer wolte ſich um Deine Stadt

Nicht

Nicht immer schon zum voraus härmen.
Spricht Luther: Glaube du,
So fährt der Pöbel zu,
Und glaubts, und bleibt in seinen Sünden.
Wer weiß, wenns Spinnen trift,
Ob sie nicht eben Gift
In diesem unserm Honig finden.

Inzwischen sey gebenedeyt,
Anbetungs-würdiger Gebieter, ·
Daß Du uns bis auf diese Zeit,
Die reine Quelle Deiner Güter,
Die lautre Gnaden-Botschaft giebst,
Und Ernst zur Heiligung erwekkest,
Auch unsre kleine Leuchte liebst,
Und unter keinen Scheffel stekkest,
Noch von der Stätte rükst,
Vielmehr auf alle blikst,
Die eigentlich ins Haus gehören;
Ja, wie Du immer pflegst,
Wol andre mit erregst,
Daß sie sich nach dem Lichte kehren.

Hier legt sich Deine Herrenhut,
Die Bertholdsdorfische Gemeine,
Und was auf gleichem Grunde ruht
Von Apostolischem Gesteine,
Wo JEsus Christus Ekstein ist,
Hier legt sie sich zu Deinen Füssen,
Und weil Du unser Alles bist,
So wirst Du uns vollenden müssen.
Auch werd’ insonderheit
Zu dieser Abend-Zeit
Der Deinen Herzens-Wunsch erhöret:
Daß Herrnhut nicht mehr sey
Wenns Glauben ohne Treu,
Und vor dem Gläuben, Lieben lehret.

## LXVIII.

## LXVIII.

# Als es gleich jährig war, daß sein Herr Schwager und er geheirathet in Ebersdorf.

Gottes Führung fordert Stille:
    Wo der Fuß noch selber rauscht,
Wird des ewgen Vaters Wille,
Mit der eignen Wahl vertauscht.

    Wer da leben will, der sterbe:
Wer nicht stirbt, der lebet nicht:
Ehe dann das Fleisch verderbe,
Scheinet uns kein wahres Licht.

    Was die andren Menschen wollen,
Läßt der Schöpfer noch geschehn:
Aber, wenn die Kinder schmollen,
Läßt Er sie die Ruthe sehn.

    Alle menschlichen Geschäfte
Gehen überhaupt nicht gut,
Wo man sie durch eigne Kräfte
Und nicht aus der Gnade thut.

    Göttliche und innre Dinge
Lassen vollends gar nicht zu,
Daß man sie mit Sturm erzwinge;
Sondern weisen uns zur Ruh.

    Zeitlich, ewig, geist= und leiblich,
Beut sich oftermals die Hand:
Aber, wie so unbeschreiblich
Schließt sichs an das Ehe-Band.

    Darum ist es unumgänglich,
JEsus führ uns erst hinein;

Will

Will man hoffen überschwänglich
Drinnen unterstützt zu seyn.

Wenn wir uns nur richtig wüßten,
Was die Regel anbelangt,
Da der Bräutigam der Christen,
Vormals drinnen hergeprangt.

Nein! bey unserm Ehe-Bande,
Das sich diesen Tag verneut,
Ist zu wenig Schmach und Schande,
Und zu viel Gemächlichkeit.

Höchstes Vorbild aller Ehe,
Welche heilig ist und rein:
Deine Stäbe, Sanft und Wehe
Richten unsre Ehen ein.

Deine blutige Gestalten
Müssen unsern Ehestand
Immer in den Schranken halten:
Denn wir sind Dir nah verwandt.

Das bisherige Versehen
Ueberfahre mit dem Blut,
Das für aller Welt Vergehen
Gnug und überschwänglich thut.

Laß uns aber also handeln,
Was noch hinterstellig ist,
Daß wir in dem Lichte wandeln,
HErr! wie Du im Lichte bist.

Unsern Stand laß mit dem Glanze
Deiner Kraft umfangen seyn,
Und ein jedes Kind zur Pflanze
Der Gerechtigkeit gedeyhn.

Laß uns nicht beschämet stehen,
Wann Du Eh-Gerichte hegst;

Son-

Sondern mit zur Hochzeit gehen,
Wo Du zu bewirthen pflegst.

Für das Gute, Gnaden-König,
Lobt man Dich, so gut man kan:
Ist der Menschen Lob zu wenig,
Nim das Lob der Geister an.

## LXVIIII.

# Auf des theuren Elers Entschlafen.

Mein König! Priester und Prophet,
    Du treuester von allen Zeugen,
Du allerkräftigster Magnet,
Du Held im Stehen und im Beugen!
Es hat Dein schönes Ebenbild,
Seit Du es uns mit Blut erworben,
Wol manches edles Herz erfüllt,
Das schon auf Deinen Tod gestorben:
Allein, was haben wir
Für eine Zions-Zier
Seit wenig Tagen eingesarget?
Wer war Dein Elers nicht,
Das brennend helle Licht,
Des Abgang man Dir fast verarget?

    Er war ein König über sich,
Ein König, weil er von Dir stammte,
Ein König, weil er niemand wich,
Ein König im Beruf und Amte:
Ein Priester für das Waysen-Haus.
Ans grossen Franken Bet-Altare:
Er ging als Jungfrau ein und aus,
Und webte dir fast funfzig Jahre.
Er war auch ein Prophet,
Im Handel, beym Pulpet,

N

Daheim

Daheim sowol als auf den Messen,
Manch Zeugniß für den HErrn,
Den hellen Morgen-Stern,
Ging, oder flog aus seinen Pressen.

Mir war er recht als ein Magnet.
Ich hörte von ihm an dem Orte,
Wo seiner Hände Werk noch steht,
Vor achtzehn Jahren grosse Worte,
Die griffen mir ins Herz hinein,
Die unterhielten JEsu Liebe,
Itzt reitzte mich sein heller Schein,
Bald drang sein Eifer meine Triebe.
Mein Heiland! Dich, nur Dich,
Verehr ich väterlich,
Dich darf ich nur mein Leben nennen;
Doch kan ich mancherley
Und grosse Mutter-Treu,
Von Elers, Deinem Knecht, bekennen.

## LXX.

## Antwort an die Stud. Theol. auf ihr an ihn gerichtetes Dank-Schreiben.

Hier kommt ein Blat voll treuer Bruder-Liebe;
　So arm und schwach mein Trieb noch immer ist:
O! daß der HErr ihn über alles hübe,
Was sich noch sucht, und Seiner Treu vergißt!
Ich danke euch vom Grunde meiner Seelen,
Daß ihr mich oft und brüderlich gehört,
Ich suchte euch zwar keines zu verheelen,
Was unsre Ruh in Christo JEsu stört.
Ich suchte euch, so viel ich selber wüßte,
Mit redlichem Gemüthe kund zu thun:
Doch ist bey euch noch mancher alter Christe,
Den höret auch; demselben folget nun.

Die

Die Liebe hat sich ja so treu bewiesen
In Erfurt schon, in Leipzig, und auch hier:
Ach! würde Sie für alles hoch gepriesen!
Itzt kommt auch noch in Jena vieles für.
O! grabet doch nach einer lautern Quelle!
O! folget doch dem Starken hurtig nach!
Doch gebet auch den Schwachen ihre Stelle,
Und geht den Weg, den JEsus selber brach.
Es läßt sich zwar hier keine Ordnung machen;
Es gehe dann ein solches Feuer an,
Das, ohnbetracht't der Läst'rer und der Schwachen,
Sich in Geheim nicht länger halten kan.
Doch wird der HErr euch allerseits verbinden;
Im Methodo, den weiland Franke schrieb,
Wird sich gewiß ein weitrer Campus finden;
Les't selbigen mit brennendem Betrieb.
Ich selber will ihn in der Einfalt lesen,
Und was ich seh, dasselbe meld' ich euch.
Der HErr verleih uns nur Sein wahres Wesen,
Und mach uns treu in der Geduld am Reich.

## LXXI.

# Auf seiner Gemahlin 28sten Geburts=Tag.

O Du Hüter Ephraim,
  * Des geringsten Theils der Heerde
Deiner Erde!
Unser Häuflein sieht mit Schmerz
Niederwerts;
Aber unsre Sinnen blikken,



Mitten

* Dieses Gedichte ist an dem Geburts=Fest der Gräfin,
  bey einer vertrauten Gesellschaft oder Cotterie abge=
  sungen worden, und ein jegliches Mitglied derselben
  dergestalt bedeutet, als es seine damaligen Umstände
  mit sich gebracht.

Mitten in dem Niederbükken,
In Dein hocherhabnes Herz.

Herz der Göttlichen Natur,
Herz der offenbarten Liebe,
Herz der Triebe,
Unsre Herzen opfern Dir
Liebe hier,
Und in brennendem Verlangen
Deine Salbung zu empfangen,
Oeffnet sich des Geistes Thür.

Herz der Welt! belebe uns,
Mehr als alles, was da lebet,
In Dir webet,
Und sich, HErr, von Deiner Macht,
Wunder-Pracht
Und Allgegenwart erschüttert.
GOttheit, unsre Hütte zittert,
Aber unser Herze lacht!

Herz mit uns! wir schwören Dir
Ewige Gesellen-Treue,
Als aufs Neue.
Dir ist unser Herz bekant;
Nim die Hand,
Zur Verpfändung aller Triebe,
Zur Vergeltung einer Liebe,
Die ihr Blut an uns gewandt.

Herz der Kraft! durchdringe doch,
Unsre Seel ist ja genesen,
All ihr Wesen:
Mach ihr alles, was da wahr,
Sonnen-klar;
Aber was Dir nicht will taugen,
Das verbirg vor unsren Augen,
Hüter der verschloßnen Schaar!

Hier

Hier ist eine Jüngerin,
GOttheit von dem grossen Worte,
Das die Pforte
Und der Weg der Seelen ist,
JEsu Christ!
Heute kam sie auf die Erde,
Heute kam sie auch zur Heerde,
Lamm! wo Du der Hirte bist.

Heute ist ihr Gnaden-Tag:
König! dem sie zugehöret,
Eingekehret,
Neigt sie sich, und betet an,
Wie sie kan,
Und wir wolln uns mit ihr beugen,
Licht! wir Deine andre Zeugen,
Ihr Geschwister und ihr Mann.

Laß Dein Leben ihren Geist
Auf das kräftigste erheben,
Laß sie leben,
Ihre Seele werde Dir
Eine Zier
Und ihr äusserlicher Wandel
Zeuge von dem innern Handel
Deiner Lieblichkeit in ihr!

Der ihr Allernächster ist,
Findt sich nirgendwo geschwinder,
Als beym Sünder,
Der gerecht sein Haus betrat,
Weil er bat:
O du ihm bekante Liebe!
Reinige, beleb und übe
Seinen Sinn, sein Wort und That!

Kräfte müssen von Dir aus
In ein junges Herze gehen,



HErr!

HErr! wir flehen,
Welches unserm Freund voran
Zugethan;
Wir gedenken seiner Regung
Wiederholeten Bewegung,
Und erneu'rten Liebes=Bahn.

Deine Absicht treffe doch
Eines Deiner nächsten Zwekke,
An der Ekke,
Wo es ihm recht nöthig thut.
Höchstes Gut!
Laß nicht ab in seinen Willen
Alle den Genuß zu füllen,
Den ein Kind braucht, eh' es ruht.

Nim dich einer Seele an,
Die wir itzt nicht bey uns haben,
Voller Gaben,
Deren Führung jedermann
Schrekken kan,
Der sich nicht in Staub will legen,
Denn Du wandelst ihm den Segen
In den allerstrengsten Bann.

Habe Acht auf ein Gemüth,
Das Du schon vor vielen Stunden
Dir verbunden,
Welches auch Dein sanftes Joch
Immer noch,
Doch nicht nach der Absicht träget,
Wie Du ihm es aufgeleget,
Als es aus den Banden kroch.

Der Du mit den Sündern pflegst
Bis zum Aergernis zu speisen,
Und zu weisen,
Daß wir aus der Gnad allein

Alles

Alles seyn;
Siege fort, du Ueberwinder,
In dem Gröſſeſten der Sünder,
Die ſich Deiner Zeugung freun!

Der Du die Natur bezwingſt,
Wenn Du ſie mit Liebe reitzeſt,
Oder heitzeſt
Deinen Elends-Ofen ſo,
Daß man froh,
Wenn man Dir zu Fuſſe fallen,
Und bereit ſeyn kan zu allen:
Bring Dein Feur zur lichten Loh!

Dem die Tugend nicht genug,
Der ein neues Herze fodert,
Das da lodert
Von den Flammen Seiner Gluht,
Nim den Muth,
Immer mehr und mehr gefangen,
Der bey redlichem Verlangen
Noch ſo manchen Fehl-Tritt thut.

Ach! was iſt doch nur ein Menſch,
Wenn ſein Anfang noch ſo kräftig,
Der nicht heftig
Seinen Willen niederdrükt,
Und erſtikt?
HErr! gedenke an ein Herze,
Das ſich noch nicht ohne Schmerze
Unter Deine Tödtung bükt.

JEſu! rette Deine Kraft,
Längſt an einer Seel erwieſen,
Die vor dieſen
Unſre groſſe Hoffnung war,
Und nun gar,
Obwol nicht dahin gegeben,



Doch

Doch gar schwächlich scheint zu leben.
Fällt doch ohne Dich kein Haar.

Der Du Wunder-Wege gehst,
Und aus Gifte Honig machest,
Denn Du wachest
Ueber aller Seelen Heil,
Die sich feil,
Und bereit sind mit zu gehen,
Wenn die Gnaden-Winde wehen:
Halt die Braut * an Deinem Seil.

Endlich, HErr, vollende doch
Einen Geist nach Deinem Sinne,
Und gewinne,
Noch mehr Raum und Bahn für ihn,
Der da schien
Ins Verderben hinzulauffen,
Aber er ließ sich erkauffen,
Und geht blindlings mit Dir hin.

Gnade bitten wir von Dir:
Gnade ist der Seelen Anker,
Und ein Kranker
Findet in der Gnade Saft,
Heilungs-Kraft.
Gnade müsse unserm Herzen
Leidlich machen alle Schmerzen
Der bestimmten Ritterschaft.

Alle die zugegen seyn,
Laß in Einem Geiste leben,
Sich Dir geben,
Und nach Dir der Brüderschaft:
So geht Kraft

Auch)

---

* Catharina Elisabeth Hentschelin, welche Tags drauf mit
dem Haus-Meister Friedrichen verehliget wurde.

Auch aus diesem Liebes-Grunde,
Und zu einem solchen Bunde
Wird noch mancher hingerafft.

## LXXII.

## Auf des Secretarii Hochzeit. *

Geht hin zu GOtt, von dem ihr hergekommen,
    In Christi Tod und Leben eingenommen;
Geht hin, versucht des Hüters Meisterschaft,
Geht ein und aus in Geist von Kraft zu Kraft!

## LXXIII.

## Ins Bräutigams Namen.

Deine Wunder-Kraft,
    Liebe! hats geschafft,
Daß ich diesen Ort bewohne:
Und Dein Gnaden-Rath im Sohne,
Macht mir diesen Ort
Zum gewünschten Port.

Franken gab das Licht.
Graben solt ich nicht;
Sondern mußte mich bequemen,
Andre Dinge vorzunehmen,
Doch Dein Zug an Dich
Ubereilte mich.

Wie vor Zeiten zwar
Manche Witwe war,
Und Elias kam zu keiner
In dem Volk, als nur zu einer,
Wo ihn Deine Hand
Schleunig hingesandt:

N 5

Also

* Am 8ten November.

Also gings mit mir
Ungewöhnlich für.
Denn, mein Graf, der Deine Regung
Ehret ohne Widerlegung,
Hieß mich mit sich gehn,
Eh er mich gesehn.

Wilt du, hub er an,
Mit zu diesem Mann,
Welchen meine Seele kennet,
Den mein Herz die Liebe nennet?
Folge meinem Schritt
In die Fremde mit.

Kaum, daß ich gesagt,
Ja! das sey gewagt;
Zog ein freundliches Erzehlen
Von des Samuels Erwehlen,
Mein noch irdisch Herz
Kräftig Himmelwerts.

Wer nur beten kan;
Dem geht alles an.
Dieser Rath ward mir gegeben,
Und zugleich der Weg zum Leben.
Unser Bürg und Held,
Ward mir vorgestellt.

Also zogen wir
Her in diß Revier,
Wo mein Herr und ich nicht hatten,
Einen Stein zu überschatten;
Und erharrten da,
Was hernach geschah.

Auf derselben Bahn
Kam noch mancher an,
Den die Liebe überwogen,
Und von ferne hergezogen;

Aber

Aber wer bekleibt?
Ohne, der da gläubt.

Mancher innre Kampf,
Mancher äußre Dampf
Uebte damals Herrn und Knechte:
Endlich führte GOttes Rechte
Das Gericht und Strauß
Bis zum Siege aus.

Seelen regten sich
Damals mächtiglich:
Und in unsers Hauses Hütte
Stiegen auf Gebet und Bitte
Um die beste Wahl,
Zu des Herrn Gemahl.

Kaum, daß wir gehört,
Was uns GOtt beschehrt,
Legete sich unser Haufe,
Nach vollführtem Pilgrims-Laufe,
In ein Bethlehem,
Das dem HErrn bequem.

Starb der Prediger;
Kam ein andrer her,
Welcher sich zu Ehr und Schande,
Als vor GOtt, mit uns verbande.
Und so waren wir
Damals unsrer vier.

Schleunig rief der HErr
Einen Wanderer,
Aus Paris der grossen Stätte,
Und nach ringendem Gebete
Band Er diesen Mann
Kräftig an uns an.

Meine

Meine Seele weiß
Was für Angst und Schweiß,
Was für Kampf in sieben Jahren
Unsre Brüderschaft erfahren.
Doch gelobt sey GOtt
Auch für diesen Tod.

Mir kam dann und wann
Erst ein Schauer an,
Wenn ich meines HErren Regung
Ohne merkliche Bewegung,
Die die Herzen rührt,
Gegen mich verspürt.

Eine lange Zeit
Währete der Streit.
Eine unverrükte Beugung,
Wider alle meine Neigung,
That dem eignen Muth
Aeusserlich nicht gut.

Mitten in dem Streit,
Mit der Eigenheit,
Hieß mich GOtt, (so muß ich denken,)
Einer meine Liebe schenken,
Die voll Tugend zwar,
Doch nicht lebend war.

Aber dieses Herz
Zog Er Himmelwerts,
Eben um dieselben Zeiten,
Da sich andre sonst bereiten.
JEsus gab sich an;
Da wars bald gethan.

Unser neues Band
Ging uns aus der Hand:
Denn wir suchten alle beide
Nichts, als unsre Seelen-Weide,

Wel-

Welches Tag und Jahr
Unser Alles war.

Meine liebe Braut
Ward dem Lamm vertraut;
Uebergab Ihm ihre Sinnen:
Und dis selige Beginnen
Trieb sie höchst erfreut
Auf die Ewigkeit.

Itzo kommt der Tag
Da ich sagen mag:
HErr, mein König, Du kanst machen;
Denn ich sehe meine Sachen
Alle so gemacht,
Wie ichs nicht gedacht.

GOtt erhebt mein Haupt,
Das ich nie geglaubt,
Unter Seines Sohnes Glieder,
Unter eine Wolke Brüder;
Und diß Heer des HErrn
Sieht mich Armen gern.

Meine theure Braut
Wird mir angetraut,
Als ein Pfand von Christi Liebe,
Deren aufgebrachte Triebe,
Christo nachzugehn,
Uns vor Augen stehn.

Meines HErren Sinn
Gehet blos dahin,
Sein geheimes Liebes-Neigen
Zu mir öffentlich zu zeigen,
Und das ganze Haus
Macht sich Freude draus.

HErr!

HErr! ich bins nicht werth,
Was Du mir beschehrt.
HErr! hie hast Du mich Geringen,
Wilst Du mich zu Stande bringen?
HErr! da hast Du mich:
Denn nun kenn ich Dich.

## LXXIIII.

# In der Gemeine Namen.

O Du Seelen-Bräutigam!
　Solten Seelen, die Dich nennen,
Die Dich kennen,
Folgen einem andern Stern?
Das sey fern!
Das Geschöpf ist viel zu wenig,
Unser Geist begehrt den König,
Und die Seelen sind des HErrn.

　Ist ein Mann nicht liebens-werth,
Der uns über andre zehlet,
Auserwehlet,
Und ein täglich Zeugnis übt,
Daß Er liebt?
Fordert solch ein Weib nicht Liebe,
Die aus ungezwungnem Triebe
Sich uns zur Gehülfin giebt?

　JEsus ist der Seelen-Mann,
Dieses bleibt in GOttes Klarheit
Eine Wahrheit;
Aber bey der Creatur
Ist die Spur
Sämtlich und zu gleichen Theilen
Seiner Ehe nachzueilen.
Von derselben lallt man nur,

Sind

Sind wir nicht so Fleisch als Geist?
Ist das Fleisch gleich überwunden,
Und gebunden,
Wird nicht dennoch seine Art
Offenbart,
In vermengeten Geschäften?
Ob man sich mit Geistes-Kräften
Noch so ritterlich verwahrt.

Menschen sind wol auf die Welt
Hingesetzt, sie anzuschauen.
Und zu bauen,
Nicht allein durch Müh und Fleiß,
Angst und Schweiß,
Sondern auch bey guten Tagen,
Da man nichts von Noth zu sagen
Sondern sich zu freuen weiß.

Christen aber sind nicht hier,
Daß sie sich daselbst erfreuen,
Und gedeyhen;
Ihr Beruf heißt: JEsu nach,
Durch die Schmach,
Durchs Gedräng von aus und innen
Das Geraume zu gewinnen,
Dessen Pforte JEsus brach.

Kinder stammlen nur davon,
Wenn ihr Herz zu GOtt erhoben:
Aber Proben,
Warten auf die Jünglings-Kraft,
Die sich rafft,
Ihre Feinde zu zerschmeissen,
Und durchs Lager hinzureissen,
Bis zur theuren Vaterschaft.

Mein Erlöser! kennest Du,
Kennst Du diese armen Sünder?

Deine

Deine Kinder
Lieben sie ganz brüderlich,
Gleich als sich.
Wilt Du Deinen Gnaden-Segen
Nicht auf ihre Ehe legen?
Gnaden-Strom errege dich!

 Dein sind Bräutigam und Braut.
Deine Lieb ist unermeßlich,
Sind sie häßlich
In der alten Creatur:
Deine Cur,
Die mit ihnen vorgegangen,
Machet sie als Bilder prangen,
Von der Göttlichen Natur.

 Du bist ewiglich ihr Mann:
Und sie beide sind zum Streite
Nur auf heute
Und ein kurzes Nun gedingt,
Da man ringt,
Sich im Glauben anzufassen,
Und nicht eher los zu lassen,
Bis es einem Theil gelingt.

 Gehe hin, du liebes Paar,
Werde stark in JEsu Gnade;
Eure Grade
Nehmen unversehens zu,
Bis zur Ruh.
Und in eurer Eh erscheine
Christi Bild und der Gemeine,
HErr, wir segnen; mache Du!


LXXV.

## LXXV.

# Auf die selige Gnade.

Grosse GOttheit! ich erstaune
  Ueber Deinen Liebes-Rath,
Und worzu mich die Posaune
Deines Reichs gerufen hat.

  Hochzeit wird dem grossen Sohne,
Meinem Könige, gemacht,
Und der Sitz in Seinem Throne
Ist mir Armen zugedacht.

  Unter denen Engel-Chören
Störte Vasthi Stolz das Fest,
Bis Du sie mit ihren Heeren
In den Abgrund schleudertest.

  Damit bautest Du den Tempel
Deiner Pracht von neuem auf,
Und das neue Liebs-Exempel
Blieb zum andern mal im Lauf. *

  Endlich gabst Du Dich, o Liebe!
Selber für die Seele dar,
Deine tugendlichen Triebe
Wurden ihr nun allzu klar.

  Jener Herr von Oriente
Sprach: Was ist der Königin?
Wenn ich Dich vergnügen könte?
Statt der Antwort sank sie hin.

  O du ewiges Gesichte!
O du Glanz der Herrlichkeit!
O                    Ich

* Es ist eine Redens-Art, die so viel sagen will als: nicht
zum Zwek kommen.

Ich verſink vor Deinem Lichte,
Wenn michs noch ſo ſehr erfreut.

Küſſe mich, wenns Herz in Wehmuth,
Geht mirs gut, ſo mach mich blöd,
So verbleib ich in der Demuth,
O du höchſte Majeſtät!

## LXXVI.

# An eine vertraute Freundin, kurz nach ihrer Heirath.

Die Liebe hat dich ſchon ins Ehe=Band geknüpft
Zu einer ſolchen Zeit, da du allein zu leben
Dir noch nicht viele Müh auf dieſer Welt gegeben.
Es ſcheinet, daß Sein Rath dir manches überhüpft:
Du ſolſt vielleicht gar bald von aller Laſt der Erden
Erkauft und frey gemacht und Ihm vollendet werden.

Gewiß, wer Seinen Zug an deiner Seele ſah,
Und wie Er dich ſo gleich an Seinen Hals geriſſen,
Noch, eh Er dich den Weg zum Leben laſſen wiſſen;
Kaum war Sein Wink geſchehn, ſo war Dein Herze da.
Wer deines Bräutgams Ruf und meine Werbung kennt,
Der hat dich ſchon gar oft ein ſelig Weib genennt.

Du gingeſt bis daher in groſſer Stille hin:
Der harte Eigenſinn verfolgte zwar dein Leben,
Allein, er mußte dich dem Bräutigam ergeben;
Der Bräutigam ergrif dein Herz und deinen Sinn.
Ich unterließ dann nicht, ſo viel ich nur kan denken,
Dein Weſen mehr und mehr ins rechte Gleis zu lenken.

Doch JEſu Fleiſch und Blut, das dein geworden war,
That ohne Zweifel hier das Beſte bey der Sache!
Und alſo blieb der HErr nun unter deinem Dache,
Und ſchützte deinen Geiſt vor mancherley Gefahr.

An

An Seinem Creutze ward dein strenger Sinn zerrieben,
Und meines Königs Wort in dein Gemüth geschrieben.

So führte Er dich auch zu deiner Ehe ein,
Die Tage, da du dich auf deine Hochzeit schiftest,
Und in des Bräutgams Herz mit Ehrerbietung bliktest,
Die mußten dir gewiß Bereitungs-Tage seyn.
Und da du in dem Sinn des Lammes GOttes standest,
Was Wunder, daß du auch Sein Liebes-Herz empfandest!

Vergiß der Liebe nicht.　Die Hölle könte dir,
Wenn du nicht Treue hieltst, kein gnugsam Feuer
　　　　　　　heitzen,
Der Zorn des Lammes würd' ein Heer von Zeugen
　　　　　　　reitzen,
Die hielten dir Sein Herz und deine Bosheit für.
Ich selber müßte dir in JEsu Namen fluchen,
Und du würdst einen Raum zur Reu vergebens suchen.

Nun, Schwester! lasset uns dem HErrn mit Leib und
　　　　　　　Sinn
Die Ihm doch ewiglich geschworne Treue halten,
Und solt uns Angst und Schmerz den Eigenwillen
　　　　　　　spalten;
So geh er in den Tod und Untergehen hin.
HErr JEsu! nim dis Herz und opfers Deiner Treue,
Damit es sich an Dir vergnüge und erfreue!

## LXXVII.

# Auf der Gräfin Louyse zu Solms Heimholung.

Die kleine Müh, das kurze Streiten
　　Bringt unaussprechlich süsse Ruh,
Die tiefsten GOttes-Heimlichkeiten
Aus Zion fliessen denen zu,

Die aller Dinge sich enthalten,
Auch nicht das Kleinste rühren an:
Läßt man den Bräutigam nur walten,
So sieht man, was die Liebe kan.

Die Liebe krönt des Lamms Jungfrauen,
Und führt  sie vor des Vaters Thron,
Den nur ein reines Herz darf schauen;
Die Liebe wird der Keuschheit Lohn.
Mir ists so neulich als von gestern.
Jüngst tratest du in unser Chor, *
Louyse, theureste der Schwestern;
So sang man dir die Worte vor.

Kaum, daß uns dein Gesicht erschienen,
Kaum daß dein Glaub uns aufgeweckt,
Die wir des Königs Willen dienen,
(Doch leider! noch nicht unbefleckt,)
So ward es wieder weggenommen.
Louyse solte Bielitz sehn;
In Bielitz auch zur Ruhe kommen.
So wolte GOtt! so ists geschehn.

Wir sitzen gleich beym Abend-Essen, **
So reicht man uns dein Schreiben ein:
Louyse ist uns unvergessen,
Was kan uns angenehmer seyn?
Kommt zu uns, schreibst du, lieben Kinder!
Kan ich nicht kommen, so kommt ihr;
Der Liebe, meinem Ueberwinder,
Ist auch das Bielitzer Revier.

Ich kan nicht mehr, so gern ich schriebe;
So schlossest du das theure Blat,

Gnug,

* Am 3ten Julii kam sie Abends in unsre Sing-Stunde,
  eilte aber die darauf folgende Nacht gleich wieder zu
  Dero Herrn Vater, die damals nach Bielitz reiseten.
** Gestern am 7ten December.

Gnug, daß mein Herz euch in die Liebe,
Die mich besitzt, ergeben hat.
Ich lieb euch aller End und Orten
Mit Schwesterlicher Zärtlichkeit,
Dein Vater endigt mit den Worten:
Mein Kind ist ausser Ort und Zeit.

So ists! wir spielen mit dem Sterben.
Die Hütte ist bald abgelegt,
Wenn nur das sündliche Verderben
Die Seele nicht mehr niederschlägt.
Bey täglich ausgestandnem Tode,
Hats mit dem Tode keine Noth;
Nach Josua und Calebs Mode
Frißt ihn ein GOttes-Mensch wie Brod.
                    4 Mos. 14, 9.

Mein Hirt! wie komm ich doch hinüber?
Das ist der Helden Glaubens-Wort,
Kaum ists geredt, so sind sie drüber.
So gehts durchs ganze Leben fort.
Gewiß! wenn einem bey dem Schmerze
Die Zeit und Weile lange dünkt;
So wird ihm ganz geraum ums Herze,
Wenn er in eine Ohnmacht sinkt.

So dachten wir, indem wir lasen:
Louyse hat den Lauf vollbracht,
Uns war zum Abendmahl geblasen,
Ihr zur Vollendungs-Mitternacht.
Indem wir uns zum Sabbath schikten, *
So legte sie die Hütte ein,
          O 3                    Und

* Den Sonntag, da sie sich geleget, hatten wir nach hie-
siger Gewohnheit den Einwohnern in Herrnhut das
Wort gegeben: Ich zieh mich auf den Sabbath an, so
brünstig, wie ich immer kan. p. 815. Den Montag
aber, da sie verschieden, dieses: Sein Fleisch ist die rechte
Speise, und Sein Blut ist der rechte Trank, aus Joh. 6.

Und da wir uns vom Fels erquikten,
So trank sie schon den neuen Wein.

Verklärte! hier hat dein Geschwister
Gar herzlich über dir gethan.
In unsrer Redlichen Register
Stehst du gewiß mit oben an.
Drum was ich, deine Zinzendorfen,
Zu aller Auferbauung, flugs
Nach dieser Zeitung aufgeworfen,
War die Geschichte deines Zugs.

Ein theurer Knecht der grossen Liebe,
Ein Bild von Christi Seelen=Sucht,
(Wir ehren ihn mit stillem Triebe,
Ob ihm die Kälber=Rotte flucht.)
Der grosse Mann, der, weil er lebte,
Auch die Zerschneidung selbst verband, *
Ein Jünger, der an JEsu klebte,
Der machte ihr den HErrn bekant.

Sein erster Antrag war nicht glüklich.
Er warb sie für den Zimmermann;
Das dauchte ihr gar ungeschiklich.
Die Niedrigkeit ist uns ein Bann.
Solang wir mit geborgten Federn
Der unvernünftgen Standes=Höh,
Uns annoch suchen aufzubledern;
So grauet uns vor solcher Eh.

Der Werber sagte: Sie muß wissen,
Mein Principal ist auch ein Fürst,
Die Liebe hat Ihn hergerissen,
Ihn hat nach unserm Heil gedürst't.

Drum

* Der selige Herr Hochmann von Hohenau, hatte einen
solchen Grad der Friedsamkeit erreichet, daß ihn auch
die unleidlichsten Sectirer nicht verwerfen konten.

Drum mußt Er alle Hoheit meiden,
Itzt prangt Er in der Herrlichkeit.
Das mochte die Comteſſe leiden,
Doch bliebs bey Worten noch zur Zeit.

In mehrern Jahren kam er wieder,
Der Mann, der um die Jungfrau warb.
Mein König neigt ſich zu ihr nieder,
Der an dem Holze für ſie ſtarb,
Will ſie, ſo ſprach er, mit Jhm ziehen?
Itzt ruhte Elieſer nicht,          1 Moſ. 24, 33.
Louyſe konte nicht entfliehen.
Man weiß, wie JEſus Seelen kriegt.

So gings der Solmſiſchen Comteſſen,
Die eine Erſtgeborne war,
Gleich andren, die ſich ſelbſt vergeſſen,
Und ſcheun nicht Schande, noch Gefahr:
Denn der Durchbrecher aller Klippen
Drang vor ihr hin zu GOttes Heer,
Und in der Arche Seiner Krippen
Durchſchifte ſie das wilde Meer.

Sie wußte nichts von Neben-Wegen.
Es leben ja die Zeugen noch,
Die ſie geſehn, ſich niederlegen,
Ans Creutz und unter JEſu Joch.
Nachdem ſie alle Welt gewogen,
Und ſie zu leicht befunden hat:
So iſt ſie Chriſto nachgezogen
Durchs Jammerthal zur GOttes-Stadt.

Wie Paulus dort zu ſagen wußte:
Die Briefe hätten Geiſtes-Maaß,
Das wars, was man bekennen mußte,
Sobald man etwas von ihr las.
Viel Briefe werden aufgeſamlet,
Und durch den Druk gemein gemacht,

Die gegen ihren nur gestammlet,
Denn was sie schrieb, das war gedacht.

Wer ihre Führung recht erweget,
Wie lieb ihr der Herr Vater war,
Wie sie der Mutter so gepfleget;
Dem stellet sie ein Muster dar
Von Seelen, die die Tieffe gründen,
Und doch den Anstoß nicht berührn,
Den mehrentheils die andren finden,
Die gern ein heilig Leben führn.

Nun, liebe Schwester! was begehrst du,
Was sollen wir dir itzo thun?
Die Treue JEsu, die erfährst du;
Vor unsren Reden wirst du ruhn.
Wir rufen dir nicht deinetwegen,
Allein um andrer willen, nach:
Geh hin in JEsu Christi Segen,
Der dir die Bahn des Glaubens brach.

Du mühtest dich, bevor du ruhtest,
Drum thut dir nun der Schlaf so gut.
Was Wunder! daß du itzt nicht blutest,
Du kämpftest ehmals bis aufs Blut.  Ebr. 12,4.
Petroni, Seneca, * ihr streitet,
Wer sich den Tod am leichtsten macht;
Louyse hat den Preis erbeutet,
Sie schläft, indem sie ausgewacht.

Doch mag ein ungedungner Treiber
Auch dasmal nach Gewohnheit thun;
Der letzten Reden JEsu Schreiber
Kan in so schönem Gleis nicht ruhn.

Ihr

---

* Das waren zween Männer zu Rom, einer war Neronis
Zuchtmeister, der andere hieß: Arbiter Elegantiarum.
Sie liessen sich beyde die Adern öffnen, da sie sterben
mußten.  Seneca moralisirte, und Petronius tändelte,
bis ihm die Seele ausging.

Ihr Jungfern, die ihr gleiche Fahne
Mit seliger Louysen ehrt,
Hört, Caroline, Bibiane, *
Und lernt, was sich für euch gehört.

Ihr sollt, so lieb euch eure Seelen,
Dem Bräutigam nicht untreu seyn,
Ihr sollt Ihm eurer Tempel Höhlen
Zugleich mit Leib und Seele weyhn,
Ihr sollt die Lust der Welt verleugnen,
Wir geben euch die Hände drauf;
So wird euch GOttes Lamm bezeichnen,
So ruhet ihr nach treuem Lauf.

Die ihr der Seligen Verwandte
Und Vater oder Mutter seyd,
Geschwister oder sonst Bekante,
Ermannet euch zum Glaubens-Streit,
Graf Heinrich Wilhelm! ohne Zweifel,
Ergeben Sie den Willen drein,
Ihr ganzes Haus entsagt dem Teufel,
Und nimt den Mann der Selgen ein!

## LXXVIII.

# Auf seiner Tochter Benigne dritten Jahrs-Tag.

Auf, Benigna, liebes Kind!
  Laß dich JEsu nur geschwind:
Dieses ist der einge Rath,
Daß man meine Liebe hat.

D 5

Was

* Es waren die letzten Reden des HErrn JEsu, welche 1725. heraus kamen, der itzt verstorbenen und denen Comtessen, Caroline zu Castell und Gräfin Bibianen Reußin, zu Ebersdorf, mit einer weitläuftigen Anrede zugeschrieben.

Was mein Sinn gewesen ist,
Als du etwas worden bist,
Und was deiner Mutter Trieb,
Das ist uns noch immer lieb.

JEsus, JEsus nur allein
Soll und kan uns alles seyn:
In Ihm liebet man ein Kind,
Das uns ausser Ihm verschwindt.

Bliebest du ein Stükgen Fleisch,
Hättest noch so viel Geräusch,
Maul und Gaben, und Verstand,
Ohne Kraft; das hieß ich Tand.

Was solt unvernünft'ger seyn;
Als sich über was erfreun,
Dessen uns in Ewigkeit
Vor des Lammes Stuhl gereut?

Wärst du aber lahm und krumm,
Uebersichtig, taub und stumm,
Und gingst nur zum Leben ein;
O wie theur solt'st du mir seyn!

Nun, mein Töchtergen, wohlan!
GOtt hat viel an dir gethan;
Leib und Seele sind ganz fein:
Wie wirds mit dem Geiste seyn?

Unsre Liebe seh' auf dich,
Wie sie pflegt, barmherziglich,
Und als einen todten Mann
Nehm sie dich zur Wartung an!

Mein und deiner Mutter Kraft
Hat dir nichts voraus geschafft:
Heissen andrer Kinder rein;
So solst du ein Sünder seyn.

JEsus

JEsus solls alleine thun,
Ihm soll unsre Hoffnung ruhn:
Ihm trauts unser Herze zu,
Daß Er Treue an dir thu.

Diß Jahr müssest du verlorn,
Dieses Jahr zur Gnad erkorn,
Und durchs Blut des Lammes rein,
Und aus Geist gezeuget seyn.

## LXXVIIII.

# Auf seiner Gräfin Namens=Tag, Dorothea.

Hier werfen wir uns vor Dir nieder,
Und singen Dir geringe Lieder,
Der Du, nach abgelegter Last,
Den Namen über alle hast.

Die übrigen vom Weibes=Samen
Sind Menschen unbekante Namen,
Ihr hoher Stand ist Geist von Geist,
Kein Fleischlicher weiß, was das heißt.

Der aber über alle thronet,
Und in den stillen Seelen wohnet,
Der weiß um die Gelegenheit,
Und kennet sie von Ewigkeit.

Er selber hatte sie gezogen,
Da sie die Welt noch überwogen,
Als Seine Kraft, die unsichtbar,
Den Seelen noch zuwider war.

Doch hatte Seine Helden=Stärke,
(Der Handgrif aller Seiner Werke,)
Ihn nach durchbrochner Sünden=Nacht,
Zum Meister über sie gemacht.

Er hatte sie auf Seinem Throne
Dem bis zum Tod getreuen Sohne,
Den aller Seelen Elend kränkt,
Zu einem Eigenthum geschenkt.

Der Sohn, der vor Erbarmen brennet,
Und hellig * nach den Seelen rennet,
(Unangesehen ihres Falls,)
Fiel den Verlornen um den Hals.

Er sprach: Ich sitz ans Reiches-Ruder,
Doch bin ich Joseph, euer Bruder.
Zu euerm Nutz ans Creutz verkauft,
Für euch mit GOttes Zorn getauft.

Ich habe euch bey GOtt vertreten,
Und von dem Teufel los gebeten.
Die Schuld ist dißmal gut gemacht,
Und eure Freyheit wiederbracht.

Des Starken Wohnung ist zerbrochen,
Sein Anspruch ist ihm abgesprochen,
Er zeucht dahin; ich klopfe nun,
Seyd ihr bereit, mir aufzuthun!

Der Feind durchwandelt dürre Stätte,
Sucht Ruh und Raum für sein Geräthe;
Er findet aber nirgend Ruh,
Bald spricht er wieder bey euch zu.

Da mögt ihr euer Haus bewachen,
Sonst wird er euch zu Sclaven machen;
Werft ihm, was sein ist, gar hinaus,
Und sprecht: Mein Herz ist Christi Haus.

Ach! rett uns von dem Widersacher,
Sohn GOttes, unser Seligmacher!

So

---

* Ist so viel als eifrig, und eine biblische Redens-Art.

So schreyn die Seelen Tag und Nacht
Zu JEsu, der sie los gemacht.

Da greifft Er zu, und in der Kürze,
Eh sie der Feind zu Grunde stürze,
Nimt JEsus, ihm zu Hohn und Trutz,
Die Seelen ein in Seinen Schutz.

Er wandelt auch der Seelen Namen,
Die ihnen vom Verderben kamen,
Dabey sie Satanas genennt,
Nachdem er ihre Art erkennt.

Mit diesem neuen Namen schriebe
Er sie, zum Zeugnis Seiner Liebe,
Und ihrer Freyheit von dem Fluch,
Vor aller Zeit ins Lebens-Buch.

Er nante sie bey diesem Namen,
Als sie vor Seinen Vater kamen;
Da ward ihr Schuld-Buch ausgethan,
Da nahm sie GOtt zu Kindern an.

Dann ist der Vater derer Lichter
Ihr Vater, und Sein Sohn ihr Richter;
Wenn sie beym Sohn in Gnaden stehn,
Kans ihnen niemals übel gehn.

Wie selig sind, wie reich an Gaben,
Die einen neuen Namen haben.
Du Pfleger über GOttes Haus,
Ach! theil uns solche Namen aus!

Hier liegen wir in unserm Staube;
Jedoch ergreifft Dich unser Glaube,
(Den wir nicht sehn, als säh'n wir Dich,)
An Deiner Treu erhält er sich.

Ach JEsu! einyer Mensch in Gnaden,
Der Du uns auf den Hals geladen,

Und

Und unsre Sünden-Bürde trugst,
Bis Du der Sünden Schloß zerschlugst;

Ach! neige Deines Herzens Güte
Zu unserm schmachtenden Gemüthe,
Und hilf uns aus der Bangigkeit,
Darinnen unser Inners schreyt.

Wir können Dir nicht Worte machen
Geschikt genug zu unsren Sachen;
Das aber, HErr! verstehest Du,
Theils haben, andre suchen Ruh.

Die zu der Ruhe eingegangen,
Die brennen alle vor Verlangen,
Und diß Verlangen wird zur Quaal,
Erfüllt zu sehn der Brüder Zahl.

Die aber nach der Ruhe ringen,
Und zu der engen Pforte bringen,
(Der Eingang aber ist noch zu,)
Derselben Elend siehest Du.

O Liebe! laß Dichs herzlich jammern,
Dein Haus hat ja so manche Kammern;
Ist ihnen diese noch zu gut,
Wer weiß, obs nicht die andre thut.

Nur halte Niemand an der Pforte,
Gib Deinem Vater gute Worte,
Die Züge zu beschleunigen,
Zum guten Theil, zum Einigen.

Der Du die Todes-Thore sprengtest,
Und Dich durch Sünd und Hölle drängtest,
Ertrotze durch Dein Siegs-Gericht
Die Seelen von dem Bösewicht.

Laß unter unsren lieben Brüdern,
Die sich der Züchtigung nicht wiedern,

Die

Die Stimme bald gehöret seyn:
Die Thür ist offen, gehet ein!

Gedenke des gerechten Samens,
Und Deines Seligmacher-Namens,
Und rufe den und jenen raus,
Aus seinem Kerker in Dein Haus.

Bald laß uns diesen kommen sehen,
Bald jenen in Dein Reich erhöhen,
Hier einen Durchbruch, dorten Sieg,
Nach treuer Sehnsucht auf den Krieg.

Ein Kind bis zur Geburt gedrungen,
Dems nur aus Ohnmacht mißgelungen,
Laß unter unserer Gemein
Ein unerhört Exempel seyn.

Insonderheit sey aller Samen
Der Seelen, mit dem neuen Namen,
An die man heute frölich denkt,
Dir itzt und ewiglich geschenkt.

Ihr Name bey der Welt vergehe,
Damit er dort beschrieben stehe,
Hier unbenennt und unbekant,
Dort vor des Vaters Thron genant.

— —

## LXXX.

# Auf Mariä Verkündigung.

Drey-Einigkeit, Du allgemeines Wesen,
 Du Schöpfer und Erstatter der Natur;
Und Du der GOttheit Lebens-volle Spur,
Du hast Dir eine Werkstatt auserlesen,
Darein Du Dich in voller Kraft gesenkt,
Und daheraus uns GOtt mit uns geschenkt.

Maria

Maria war die Gnaden = reiche Esther,
Der Du Dich so in Lieb und Huld verbandst,
Dieweil Du sie der GOttheit würdig fandst,
Maria wars, die liebe selge Schwester,
Man nahm an ihr nichts ungewöhnlichs wahr,
Als daß sie still und arm und herzlich war.

Maria war die Mutter des Geweyhten,
Der ewiglich der Seelen Bräutgam ist,
Und ehe Er die Braut im Throne küßt,
Worauf sich schon die Engel = Chöre freu'ten,
(Weit über Jacob, der sich seins erwarb,)
Fürs Weib in Arbeit lebte, litt und starb.

O Hochzeit! die man Sabbaths = Ruhe nennet,
O Tag des HErrn! geheimes Bild der Eh',
Ihr Huren = Säue stürzt euch in die See,
Die ihr in eurer Eh' Beflekkung kennet,
Und die ihr nichts um Satans Tieffen wißt,
Kommt her und lernt was eh'lig werden ist!

Ihr Seelen! die sich in die Eh' gefunden,
Nicht, weil sie wider Christum geile sind,
Nicht, weil Natur sich mit Natur verbindt,
Nein! weil sie GOtt in diesen Stand verbunden;
Kommt, betet neben mir der Seelen Mann,
Das Kind des Geistes und Mariä an.

Kommt, schwört mit mir dem treuen Zeugen Treue,
Kommt, ruft zu Ihm um Seiner Weisheit Licht,
Damit es euch in allem unterricht',
Und euern Stand den Augenblik verneue,
Zu Ehren Seiner Zeugung opfert euch
Ihm auf mit Geist und Seel und Leib zugleich.

Ihr wisset zwar, daß englische Geberden
Und englisch Wesen blosse Phantasey;
Solange noch der Geist nicht Kerker = frey,
Bis daß wir auch zu Seraphinen werden:

Drum

Drum ist die Eh' von auſſen nicht bewandt,
Als wie der Geiſt Mariam dort erkant.

Doch wißt ihr auch, daß eure Herzen Geiſter
Und Chriſto völlig ähnlich müſſen ſeyn;
Da muß der Vater durch das Wort hinein,
Da iſt der Heilge Geiſt der einge Meiſter,
Und iſt der innre Grund voll Geiſts-Natur,
So heiligt er die äußre Creatur.

Drum will der HErr, bevor wir ehlich werden,
Das Aergernis ſoll in den Tod hinein,
Das Fleiſch ſoll blind, betäubt, beſchnitten ſeyn;
Sonſt iſt die Eh' der Chriſten Höll auf Erden;
Wer aber Geiſt aus Geiſt geworden war,
Mit deſſen Eh' hats weiter nicht Gefahr.

Ein Ehe-Volk in Chriſti Tod begraben,
Das nur allein bey Chriſti Schmerzen ruht,
Und dem ſonſt nichts als Sünde wehe thut,
Kan auſſer Dem auch keine Wolluſt haben,
Der, ſeit Er nun der Seelen Schmerz geſtillt,
Auch die Begier der Seel alleine füllt.

Auf noch einmal! ihr theuren Ehegatten,
In denen ſich der Heilge Geiſt geregt,
So wie Er es alsdann zu machen pflegt,
Wenn Er uns will mit Kräften überſchatten,
In denen Er gezeugt die neue Art,
Und ſich von Zeit zu Zeit mehr offenbart.

Auf! und dem Mann, dem HErrn, euch hingegeben,
Dem Mann, der ſich in unſer Fleiſch verkleidt,
Und leert ſich aus von Seiner Göttlichkeit,
Um in Maria menſchlich aufzuleben,
Habt ihr bisher nicht gnugſam nachgedacht,
So thut, als wär't ihr aus dem Traum erwacht.

P

O Va-

O Vater! gib uns rechte Kinder-Sitten,
Der Du uns ja den HErrn zum Bruder giebst;
O Geist des HErrn! der Du Mariam liebst,
Bereit uns auch zu Deinen GOttes-Hütten.
Wir sind durchs Wort, das Wort geht in uns ein,
O möchten wir des Kindes Mütter seyn.

O Jünglings-Volk, und du o Schaar der Mägde,
Faßt euch das Bild Mariä ins Gemüth,
Verleugnet euch, besieget das Geblüt,
Es rege euch, was diese Schwester regte,
Sie wolte freyn, die GOttheit warb um sie,
Sie ließ den Mann, und sprach: HErr ich bin hie!

Bestehet ihr in solcher edlen Gnade,
Und gebt euch GOtt auf Band und Freyheit hin,
So bleibet euch ein unverrükter Sinn,
So wachst ihr in der Kraft von Grad zu Grade.
Ihr denkt an nichts, als was euch GOtt gebeut,
Und bleibet frey, wenn ihr gebunden seyd.

HErr JEsu! der Du dich als Kindlein regtest
Wir opfern Dir die ganze Kinder-Schaar,
Die je und je Deins Herzens Lust-Spiel war,
Und die Du auch so manchesmal bewegtest,
Ach Geist des HErrn! komm überschatte sie,
Ach Vater! zeuch ihr Herze, sie sind hie.

## LXXXI.

# Auf ein Ehe-Jubiläum zu Groß-Hennersdorf.

O Salomo! hie sind die Menschen-Kinder,
Die haben sich schon funfzig Jahr geliebt,
In Freud und Leid gemeynet und geübt.
Wie lange ists, Du Seelen-Ueberwinder,

Daß

Daß Du uns überredt und wirs gewagt,
Daß wir die Eh einander zugesagt!

O grosser GOtt! wie viele sind vorhanden,
Die Dich als GOtt in Wahrheit angebet't,
Die Dich als HErrn von Herzen angeredt,
Die Deine Meisterschaft im Geist verstanden:
Wer ist, der Deine Hirten-Stäbe kennt,
Wer aber, der Dich Lieb in Wollust nennt?

Ach Liebe! ach die meisten Menschen gehen
Mit hohem Aug und krummer Seele hin,
Sie haben einen niederträchtgen Sinn,
Und lassen sich auch nicht zu Dir erhöhen.
Die Leiter zu dem Himmel heisset Creutz,
Und diesem Steg entweicht man allerseits.

Des Creutzes Stamm ist von dem Fluch gerissen,
Er ist den Seelen nun ein Segens-Holz:
Allein der Creatur verwegner Stolz
Greifft nach der Lust, und tritt das Creutz mit Füssen.
Der Heiland hatte einen andern Sinn:
Er nahm die Angst für alle Freude hin.

HErr! der Du dich noch niemals satt geliebet,
Sieh mit Barmherzigkeit die Alten an,
Die Alten, die nicht viel in GOtt gethan,
Obschon sie sich im Aeussern viel geübet:
Die Wolke Deiner Zeugen um sie her,
Die sähe gern, daß ihnen besser wär.

Uns aber alle, die wir Dich errungen,
Zu denen man nicht sagt: Erkennt den HErrn,
Seitdem wir Dich erblikt, du Morgenstern,
Uns, welchen Du so liebreich zugesprungen,
Uns schmükke auf den grossen Hochzeit-Tag,
Den niemand ohne Schmuk besuchen mag.

                LXXXII.

## LXXXII.

## Auf seinen innig = geliebten Bruder, Melchior Nitschmann, Aeltesten zu Herrnhut, als er seinen 24jähri= gen Lauf im Gefängnis geendet.

Wo gingt ihr hin, wo kamt ihr her,
   Ihr grünende Gebeine?
Dir nach, Du Ober = Aeltester
Der heiligen Gemeine;
Sie kamen aus der Friedens = Stadt,
Von Seelen = Hunger müd und matt.

Gelobet sey dein muntrer Gang,
Und deiner Füsse Rauschen,
Du wilst die Freyheit gegen Zwang,
Für Unruh, Ruhe tauschen.
Es ist der Welt die höchste Noth:
Geh hin, du bist ein guter Bot.

Du weißst, wohin der Eifer reicht
Der blinden Pharisäer,
Wo man um Land und Wasser zeucht,
Und treibt das Werk nicht höher,
Als daß ein Thor den andern macht,
Ein Träumer bey dem andern wacht.

Die Pharisäer wurden alt
Bey ihrem Lasten binden:
Der Heiland sagte nicht so bald:
Kommt Menschen! Ruh zu finden,
So war die ganze Hölle auf,
Und hemmete des Lehrers Lauf.

Mein Bruder! kennst du deinen Weg?
Er geht ins Todes Rachen;

Das

Das ist der allgemeine Steg
Für die, so Friede machen:
Bleib da; du kanst nicht; Ey so geh!
Durchs Todes-Thal zur Lebens-Höh.

Nur fliehe die Gelegenheit,
Die deine Ehre schändet:
Der Feind bemüht sich allezeit,
Damit ers also wendet,
Daß, wers mit Christo treulich meynt,
Um Uebelthat zu leiden scheint.

Wie wir gedacht, so ists geschehn.
Du bist dahin gegangen:
Der Feind hat sich die Zeit ersehn,
Und hat dich aufgefangen,
Noch eh' du das Gebiet erreicht,
Wohin dich Trieb und Zug geneigt.

Was hat die Schlange für Gewinn?
Die alte Thörin lachte:
Sie wußte nicht, daß ohnehin
Die morsche Hütte krachte,
Und daß der Geist ihr Ehren-Bett
Mit diesem Lauf bestellet hätt.

Dein Mitknecht fehlt.  Er höret kaum,
Daß Schmidt und Nitschmann sitzen,
So läßt er seiner Regung Raum,
Und übersieht die Ritzen,
Durch die ein Geist zur Ruh gestrekt,
Den Weg des HErrn gar bald entdekt.

Dein Mitknecht eilt, um Christi Ruhm
In deinen Leidens-Ketten,
Vor Obrigkeit und Priesterthum
Bald öffentlich zu retten,
Bezeuget seinen Bund mit dir,
Und bringet deine Unschuld für.

                    Allein

Allein in kurzem sahe man,
Was unser König wolte,
Er merkte der Gemeine an,
Was Nitschmann bey ihr golte,
Er wußt, es wär in Freud und Schmerz,
Sein Herz und meins als wie Ein Herz.

Drum mußtest du dich auf dein Wort
In Mähren * nicht besinnen,
An einem unbezielten Ort
Viel Volk durchs Wort gewinnen;
Wir dachten, du wärst hie und da,
Und war dein Lehr-Stuhl doch so nah.

Mein Bruder! wer erkennet dich,
Und deinen Creutz-Gesellen?
Der Heilgen Weg ist wunderlich,
Und schwerlich vorzustellen;
Wer glaubts, daß ihr nach Seelen zielt,
Und nicht mit Meynungs-Lappen spielt?

Wohlan! die Lieb ist schon vergnügt,
Ihr leidet unverschuldet,
Und du, mein Bruder! hast gesiegt,
Nachdem du ausgeduldet;
Dein Grab hat meines Willens Nacht
Begraben, und mir Licht gemacht.

Geh hin, du muntrer Zeuge, geh!
Des Bischofs ohne gleichen,
Du Ueberwinder ohne Weh,
Du Vater vieler Reichen,
Fahr hin, du treues Bruder-Herz;
Verlisch der Welt, du Himmels-Kerz.

Ihr

---

* Er hatte bey seinem Abschiede versprochen, auf seiner
Durchreise durch Böhmen und Mähren sich nicht ein-
zulassen, weil es nicht der Zwek seiner Reise war.

Ihr Bürger in der Herrenhut,
Ihr von des HErren Volke,
Ihr Funken von der Zeugen Gluht,
Ihr Tropfen jener Wolke,        Ebr. 12.
Verstärket die geehrte Schaar
Der Seelen unter dem Altar.

Dem Kaiser, was des Kaisers ist,
Und GOtte gebt, was GOttes;
Den Brüdern Herzen ohne List,
Dem HErrn ein Haupt voll Spottes,
Der Heilgen ihre Bande küßt,
Und fahret hin, wo dieser ist.


## LXXXIII.

## Auf des Wäysen-Vaters, Martin Rohleders, Ehe-Verbindung, mit der Wäysen-Mutter Judith, geb. Klosin.

Ihr kennet ja biß treue Haus,
    Als erste von der Schaar der Brüder:
Sie zogen sich mit Freuden aus,
Und kleideten die JEsus-Glieder;
Ihr Ruf zu diesem Dienst und Frohn
Ist aus der Liebe hergekommen,
Der Kinder Seelen sind ihr Lohn,
Drum haben sie nicht Lohn genommen.
Ihr Kinder! ziehet doch
Mit Lust an ihrem Joch:
Es ist das Joch der treuen Liebe.
Sie haben mir ersetzt,
Was ich dahin geschätzt,
Durch' ihren Dienst gehn eure Triebe.

Ich freue mich des veſten Bands,
Das GOtt mit ihnen wollen binden,
Und ihres künftgen Eheſtands:
Ich ſehe ſie ſchon überwinden.
Erkennet doch, die ſolche ſeyn,
Ihr Brüder! freut euch ihrer Gaben,
Und Du, o König der Gemein!
Von deſſen Gnade wir ſie haben:
Nim ihrer Treue wahr.
Du aber, edles Paar!
Geh, werde durch den Geiſt verſiegelt;
(Ein Fürſt der GOttes Pracht,
Verſank ins Abgrunds Nacht.
Er hatte ſich in ſich beſpiegelt.)

## LXXXIIII.

# Auf ſeines Sohns, Chriſtian Friedrichs, Entſchlafen.

O Bräutigam der zwey verbundnen Herzen,
Die Dir das Pfand der Eh itzt eingereicht!
O Du, durch Angſt und Schmach und Todes-Schmerzen,
Bewährter Freund! Dein Liebes-Rath iſt leicht,
Du forderſt nichts, was man nicht hat,
Und gibſt Dich immer ſelbſt ans eingebüßten Statt.

Elf Monden ſind bereits dahin gefahren;
Wir lebeten und unſer Kind noch nicht:
Doch ſtunden wir ſchon ſeit geraumen Jahren,
Für vieles Heil in Deiner Schuld und Pflicht:
Wir kauften Waitzen-Körner ein,
Um etwas Dir zu Dienſt auf Hoffnung auszuſtreun.

Was gibt man doch dem Könige der Herzen,
Das Ihm ſo viel Gewinn als Mühe macht?
Es findet ſich bey denen hellſten Kerzen
Doch eine hie und da beſchmitzte Pracht:

Wo iſt ein Lämmlein ohne Fehl?
Es wäre dann, daß ſichs die Liebe ſelbſt erwehl.

Das ſaheſt Du, Du immer offnes Auge,
Du dachteſt wol, die Kinder meynens gut;
Zum Zeichen, daß ihr Herze vor mir tauge,
Weil mir mein Volk mit Wollen alles thut,
So will ich mir ein Schaf erſehn,
Ein zartes Kind! nehmts hin, gebts her, ſo iſts geſchehn.

O wenn Dich nur die Seelen recht verſtünden,
Sie gäben ſich nicht halb ſo viele Müh,
Mit mancherley Bedenken und Ergründen;
Sie merkten nur, wohin die Liebe zieh,
Und dächten dann, wie jener Knecht:
Der HErr machts wie Er will, ſo iſts dem Knechte recht.

Mein Freund! Du gabſt auch dißmal, eh Du nahmeſt,
Wohl dir, mein Kind, daß Du zur Ruhe bringſt.
Geſegnet ſey der Sabbath, da du kameſt;
Geſegnet ſey der Sabbath, da du gingſt:
Dein Kampf war kurz, die Macht war klein,
Und dennoch iſt der Sieg um JEſu willen dein.

Du! der diß Kind ein Schmerzens-Sohn geweſen,
Was ſag ich dir, o Schweſter, liebes Weib!
Du warſt ja kaum des Seligen geneſen,
So wütete der Schmerz in Bruſt und Leib:
Allein der Geiſt voll Helden-Muth,
Fragt: wie ers machen ſoll? und fragt nicht: wie es thut?

Wenn dieſes Kind kein Schaf geweſen wäre,
Du müheteſt dich noch, du ruhteſt nicht.
Allein, der HErr beſahe die Altäre,
Darauf man Ihm die Opfer zugericht't:
Bey unſerm merkt Er Seinen Zwek,
Drum fiel das Feur herab und fraß das Lämmlein weg.

Komm Schweſter! komm, wir wollen niederfallen,
Wir fragen nicht erſt lang: Wie heiſſet Er?

P 5

Ihm

Ihm soll in uns ein Hallelujah schallen.
Er ist der HErr, Er kommt zum Sabbath her.
Drum machen wir die Augen zu,
Und Israel zeucht mit dahin zu seiner Ruh.

## LXXXV.

# Auf seiner Gemahlin 29ſten Geburts= Tag.

HErr JEſu! hier iſt eine Schaar verſamlet,
   Die beten, und zugleich gebieten kan;
Denn alſo iſt die Kraft, gleichwie der Mann:
Und ob dabey die äußre Zunge ſtammlet,
So iſt der innre Menſch ein kühner Held,
Der ſich getroſt dem HErrn vors Herze ſtellt.

   Dein Name wird hier munter angeſchrien,
Dein Herze wird zu uns hinab gerükt,
Dein Geiſt wird gegen unſern Geiſt verzükt,
Die Liebe läßt ſich gerne niederziehen,
Man iſt es ſo an ihrer Art gewohnt,
Seitdem ſie mitten unter uns gethront.

   Komm, Lieber! komm, und gieſſe Deine Schätze
Auf unſre Schweſter, Erdmuth Dorothee;
Gib ihr, daß ſie aus Kraft in Kräfte geh,
Und ſich durch Dich bald über alles ſetze;
Gib ihr, daß ſie ſich Deiner freuen mag,
Und mache ihr den Tag zum Ruhe-Tag!

   Es iſt uns Ernſt um dieſer Seele willen:
Wir lieben ſie und ihre Hütte auch.
Bey unſerm Ernſt iſt Deinerſeits der Brauch,
Daß Du ihn pflegſt in Gnaden zu erfüllen.
Hie haſt Du ſie nach Geiſte, Seel und Leib,
Wir woll'n, daß alles noch beyſammen bleib'!

Du

Du haſt ihr erſt ein Pfand der Treu genommen,
Sie küſſete mit Thränen dieſen Ruf;
Sie wußte wohl, daß, der die Seele ſchuf,
Auch Macht hat, daß Er ſie läßt wiederkommen,
Sie hätte Dirs auch mit der Zeit vergönnt,
Wenn ſie es erſt zu Wucher angewendt.

Da haſt Du es: die Zeit war nicht vorhanden,
Daß man es hätt zum Wechsler ausgethan;
Nims immerhin zu allen Gnaden an,
So eilig kan mans nicht in unſren Landen.
Weißſt aber Du, was mit zu machen ſey;
So wuchre ſelbſt damit, Du haſt es frey.

Nur ſchenke uns die zwey geliebten Kinder,
Die Du uns ſchon auf Tag und Jahre gönnſt,
Daß Du ſie eh nicht von der Hütte trennſt,
Bis daß ſie erſt des Fleiſches Ueberwinder,
Und in der That, ſie ſeyn gleich groß und klein,
Der Erſt-Geburt im Geiſt theilhaftig ſeyn.

Der Gräfin Mann, den unſere Gemeine
Ganz brüderlich im Geiſt gefaſſet hat,
Dem gib in Deinem Herzen eine Statt,
Damit ſein Licht recht brenne und recht ſcheine;
Und wilſt Du, daß ſich Dein Der Sünder rühm,
So findeſt Du ja Sünbers gnug an ihm.

O unſer Freund! o König unſrer Herzen!
O Prieſter über unſern Bet-Altar!
Du lebeſt ja und beteſt immerdar,
Entzünde doch die hellen Seufzer-Kerzen,
Davon der Dampf den Gnaden-Stul erwarmt,
Bis Deine Kraft den Seufzenden umarmt.

Hier legen wir die Schweſter Dir zu Füſſen,
Noch mehr, wir legen ſie Dir an das Herz,
Du wolleſt ihr der Leiden bittern Schmerz
Durch gnädige Umhalſung recht verſüſſen;

Ja,

Ja, führe sie von diesem Tage an
Auf einer ziemlich practicablen Bahn.

Du treues Herz! du Liebe ohne gleichen,
Du Ohr, das vor dem Schall der Stimme hört;
Du Auge, das sich nicht von denen kehrt,
Die Deinen Blik in Demuth einst erreichen!
Du Kraft, Du Licht, Du Manna Deiner Schaar!
Gib Dich der Schwester hin, so hat sies gar!

## LXXXVI.

# Auf Herrn Brumhards Installation zum Diaconat in Jena.

Herr JEsu, ewiger Prophet,
    Erbarm dich aller, die da lehren,
In welcher Herz Dein Creutze steht,
Die andrer falsche Ruhen stören!
So sehen wir im Geist voraus,
Daß sich noch mancher Gnaden-Segen
Ins ordentliche Kirchen-Haus
Auf Deinen Diener werde legen.

Laß ihn in Eingesunkenheit
Vor seines Volkes Sünde beten:
Laß Deines Knechtes Freudigkeit
Vor aller Menschen Augen treten;
Mit Angst und Herzens-Bangigkeit
Das Sacrament zum Fluche brauchen;
In heiliger Erschrokkenheit
Von heissen Bannes-Kräften rauchen.

Laß aber auch die süsse Frucht
Des Amts, das die Versöhnung predigt,
Der Seele werden, die sie sucht:
Geh hin, sey Deiner Last entledigt.

Und

Und das geehrte Testament,
Das Blut und Fleisch vom ewgen Leben,
Laß jeglichen, ders recht erkennt,
Mit inniger Bewegung geben.

Die Taufe werde hie und dar,
Der durch Dein Blut erlöster Kinder,
So seligen, so lieben Schaar,
Zu einem ewgen Ueberwinder;
Kurz: Gib auch diesem noch allhier,
Bey Angst und Last unendlich vieles,
Zu Deiner selgen Lehre Zier,
Und zur Erjagung seines Zieles.

## LXXXVII.

# Auf des Jenaischen Theologi, D. Buddei Hingang.

Fleuch, Vater! fleuch! die Stätte hält nicht Stand;
    Das Kedars-Zelt läßt deinen Fuß nicht ruhen;
Bemühe dich ihn hurtig auszuschuhen:
Die Stätte, da man ruht, ist heilig Land.
Komm, Eiferer! um unsers GOttes Haus:
Egypten ist zurük, die Wüsten aus.

Die Lection ist stark für einen Mann,
Der sich nicht gut in GOttes Wege schiffet,
Warum der HErr dich itzt dahin gerüffet?
Es war ja nicht mehr weit nach Canaan.
Allein ich bin gewiß, der HErr hat recht:
Spricht Er zum Knechte: Komm! so kommt der Knecht.

Ihr Hauffen, die ihr unsern König kennt,
Läßt Juda sich nach allen seinen Stämmen,
Durch Asahel im Lauf auf einmal hemmen,
Weil er sich ihres Herzogs Bruder nennt;

Gewiß!

Gewiß! Ihr hört so bald nicht das Getön:
Buddeus ist dahin! so bleibt ihr stehn.

Du sehend Aug, auf Christi Creutz gericht't,
Geöffnet und verklärt im Niederknien,
Du am Altar vom heissen Kohlen sprühen,
Gerührt, geheiligt, und entflammtes Licht!
Dein Demuths-Blik gewann der Liebe Sinn,
Der Rükken bükte sich zum Creutze hin.

Wer um den Unterschied der Glieder weiß,
Die sich an Christi Leibe brauchen lassen,
Der kan dich bald in größter Liebe fassen.
Die Treu in deinem Theil treibt ihren Schweiß:
Und daß du mit an Christi Creutz gehört'st,
Zeigt, was du aus dem Herzen schriebst und lehrt'st.

Ihr alle, die ihr von ihm hergestammt,
Auf! Jena! auf! erhöht durch grosse Siege,
Auf! auf! Ihr Streiter in des HErren Kriege,
Erkennet dieses euers Fürsten Amt.
Ihr, die ihr Babel schleifen könnt und sollt,
Wenn ihr nur Hirten-Knaben werden wolt't!

Hat nicht der Mann, den euer Seufzen nennt,
An einem Ort ein doppelt Gut vereinet,
Das dieser Zeit kaum zu verbinden scheinet,
Die so gar wenig Guts beysammen kennt,
Den Ruhm der orthodoxen Reinigkeit,
Das Zeugnis, daß die Kirch um Beßrung schreyt.

Das eben ists, was mich mit ihm verband,
Der ich ganz kein Geheimnis daraus mache,
Daß eine Kirch-Verwandlung keine Sache,
Denn ohne Glieder hat sie nicht Bestand;
Daß aber auch in jeglicher Gemein
Ein Muster von der Kirche solte seyn.

Wenn

Wenn ein Student den Kopf mit Bildern füllt,
Wie eine Kirchen=Republic zu tichten,
Und will dereinst sein Kirchspiel darnach richten,
Ists eben wie mit Doctor Luthers Bild: *
Doch wehe dem, der davon nichts versteht,
Was mitten im Verderben gleichwol geht.

Wer Luthern nennt, der hat den Rükken frey.
Nun hat uns Doctor Luther hinterlassen,
Und zwar im Büchlein, das die Kinder fassen,
Daß dieses erst die rechte Kirche sey:
Wo man das Wort der Wahrheit lauter lehrt,
Und wo sich auch das Volk dadurch bekehrt.

Die Lehre halt ich über Hof und Haus.
Zwar wagts die Welt mit unsers Meisters Lehren,
Sie hin und her zu wenden und zu kehren;
Wo aber die verkehrt wird, so ists aus:
Und bleibet sie, (wie billig,) ewig wahr,
Was fehlt uns noch am Attischen Altar?

Der selge Mann wars völlig überzeugt.
Er hoffte zwar, es solte sich noch geben,
Es würde sich die Hütte GOttes heben,
Zu der er sein Geschenk mit dargereicht.
Doch, langes Thun, und eine kurze Zeit,
Erfordert bey dem Fleiß Geschwindigkeit.

Und hielte gleich des Mannes kluger Geist
Nicht allzuviel auf weitgesuchte Dinge,
Damits dem Reich des HErrn nicht mißgelinge,
(Gedanken, die ein andrer übrig heißt!)
So bleibt doch mir bey allem Sonnen=klar,
Daß er des Reichs der Kraft Gehülfe war.

Ein

---

* Der einen Pfarrer mahlen ließ, wie ihn die Leute haben
wolten.

Ein grosser Mann erfordert sonderlich
Den Ursprung aller Sachen auszufragen;
Ist diß, so kan man wohl mit Wahrheit sagen,
Daß dieser nicht mehr einem Neuling glich):
Denn Franke ist nur erst von Erfurt weg,
So wird auch schon der Selige sein Zwek.

In Gotha wars, da kam der Musen-Sohn,
Um Frankens schon bekanten Geist zu prüfen,
Er gab ihm was von den gelehrten Briefen,
(Man nennet sie sonst Disputation,)
Da war ein Satz von Plato angeregt,
Und Zweifels-frey gehörig widerlegt.

Herr Franke liest: von des Platonis Satz:
Wie daß in GOtt kein Intellect vorhanden,
Auch werde Er von niemanden verstanden,
Recht! dieses hat auf hohen Schulen Platz,
Spricht Franke, daß ihr nichts von GOtt begreifft:
Buddeus denkt, daß ihn der Donner streift.

Er eilt zurük nach seinem Saal-Athen,
Läuft aber gleich dem Schützen * vor den Bogen,
Der in der Zeit, dem Bräutigam gewogen,
Sich Mühe gab Ihm Seelen zu bestehn;
Und als er auch von dar nach Coburg wich,
Rief Hasselt schon: Was Friede? wende dich!

Ein so gehetzt und umgetriebnes Reh
Sucht Ruh und Rast, und eine Wasser-Quelle.
In Halle war das Wasser gut und helle.
Das Gnaden-Licht entdekt ihm diese Höh,
Da ward sein Geist von einem Mann erquikt,
Der immer denkt, daß er nur Netze flikt.

Hier brach er aus, und zeigte munter an,
Er mache sich nunmehr das Creutz zur Ehre,

Drum

* Sagittario.

Drum brachte er der Böhmen Märtrer-Heere,
Und ihre Zucht, gleich Luthern, auf die Bahn.
Er sagte frey: So wars, und so wars gut,
Und selig ist (beschloß er,) wer es thut.

So gehe, sprach der heilge Wächter-Rath,
Und thue nun an deinem Ort deßgleichen,
Nach Jena hin: Du wirst den Zwek erreichen,
Du wünschest viel, bereite dich zur That.
Du kömst zurecht; denn der getreue Stolt
Ist bald vorbey: Nim seinen Dienst und Sold.

Buddeus trat, auf seines Meisters Wort,
In Jena auf, und zeugte vom Catheder.
Der Stolte war, in seinem Theil, nicht blöder,
Nur band er sich an keine Zeit und Ort:
Und da er sah', man wäre seiner satt,
So ging er dann in eine andre Stadt.

Buddeus blieb des Himmelreichs Agent
Bey einem Volk, dem unsers Königs Fahnen
Nicht anders sind, als Feindes Unterthanen,
Da ist man gern nicht sonderlich gekennt,
Man öffnet sich den Wohlgesinnten blos,
Und wirkt indeß aufs Königs Nutzen los.

Hört Cramern nur, (den treu-Gesinnten) an,
Herr Rambach mag sich ebenfalls erklären,
Den dritten Mann kan uns Herr Christ gewähren,
Die Lieben: Hildebrand und Zimmermann,
Die zeugen ja dem selgen Manne frey,
Daß er ein Freund des HErrn gewesen sey.

Wer giebet doch den Thoren Unterricht?
Ich meyne hier dieselbigen Gelehrten,
Die Christi Stuhl gern überall zerstörten,
Und krümmen ihm doch keinen Nagel nicht;
Daß ihre Einigkeit sich gerne zankt,
Und unsre sich des Widerspruchs bedankt.

Q

Be-

Begreifft ihrs nicht, ihr Academici!
Ihr, da der Spruch des Plato eingetroffen,
Daß ich noch was kan von Buddeo hoffen.
Ja, daß ich ihn nicht ins Gerichte zieh,
Noch mehr! daß mich des Mannes Tüchtigkeit
Am Dienst des HErrn, noch diesen Tag erfreut.

So sag ich euch vor Dem, der alles kennt,
Ich kan ihn nicht aus meinem Herzen schliessen,
Mich kan es nur allein auf die verdriessen,
Die mein getreuer Heiland Feinde nennt.
Blieb Petro nicht der Apostolsche Grund, .
Ob Paulus ihm; Er Paulo widerstund?

Der Richter-Spruch war zwar nicht wohl gefällt,
Der, was vom HErrn, und was vom Teufel stammte
In einer Schrift zur Nachbarschaft verdammte: *
Allein, es sey der Liebe heimgestellt.
Sein Nam ist da; Ich kenne seinen Sinn,
Sein letzter Brief ** nimt allen Zweifel hin.

Geh hin, du Knecht des HErrn in deiner Art,
Darinnen du nicht deines gleichen hattest!
Geh hin! daß du dich mit den Seelen gattest,
Für welche du ein treues Herz bewahrt!
Ich weiß, wenn einst mein Geist zur Ruhe zieht,
Daß ihn dein Herz mit Freuden kommen sieht!

Du aber steh, du göttlicher Pallast,
Ich meyne dich, du Jenische Gemeine,
Dein Grund ist auch der Bau-HErr deiner Steine,
Laß sehen, wen du bey dir drinnen hast,
Denn fällst du hin, so spricht man: Das war Bel,
Und stehest du: Hier ist Immanuel!

## LXXXVIII.

* In der famösen Ablehnung der Jenaischen Facultät, darinnen auch unter Herrn D. Buddei Namen der Autor
 dieser Gedichte ziemlich gemißhandelt worden.
** Der sel. Mann suchte kurz vor seinem Ende in einem sehr
 herzlichen Schreiben diese Sache gut zu machen.

## LXXXVIII.

# Auf den Superintendenten Josephi in Sorau.

Joseph! mein verborgner Bruder, länger halt ich
mich nun nicht,
Dich vor allen öffentlich einen Knecht des HErrn zu
nennen,
Deine Liebe gegen Den, der die Lieb ist, zu bekennen,
Joseph, du geschmükter Priester mit dem Recht und mit
dem Licht!
Muß ich dann der Seligkeit, mich mit Brüdern zu er-
quikken,
Und mit ihnen aus dem Glauben zu verstärken, müßig
gehn;
Will ich endlich meine Flügel bis zu GOttes Stuhl er-
höhn,
Wo sie allerseits im Geist nach der Streiter Lägern blikken.
Joseph! diesen letzten Ausdruk meiner Liebe gegen dich,
Die du lange schon gefühlt, laß ich alle sehn und hören,
Deren Ueberlegungs-Kraft nicht die Vorurtheile stören.
Joseph! deine stille Führung reitzte mich oft, inniglich.
Ich vergesse nimmermehr, was du an des HErren Tage
Ganz geheim mit mir gesprochen, wie du deinen Wan-
del führt'st,
Wie du deiner Brüder Herz gerne in einander rührt'st:
Wo du aber inne hielt'st: Merke, hieß es, was ich
sage,
Joseph! deinen Hirten-Stekken kanst du mit getrostem
Sinn
JEsu, deinem Ober-HErrn, der dich einhohlt, über-
reichen.
Sorau! unser Erz-Bischof gebe dir bald einen gleichen,
Daß es hier nicht heissen möge, Josephs-Geist ist mit
dahin.

　　　　　Wer-

*　　*　　*
*

Werther Graf! ich bitte dich, von der Wunden Chri-
　　　　　　　sti wegen,
Liebe Seine rauhen Dornen, laß dem Fleische keine Ruh;
Will GOtt Seinen Sohn verklären, fahre augenblik-
　　　　　　　lich zu.
Wer den Harnisch nimt, muß ihn ohne Sieg nicht von
　　　　　　　sich legen.
Hast du viel Verhindernisse, lieget dir die Perle tief,
Weil du hochgeboren bist, neige dich zu Christo nieder,
Der stieg eine Höh herab, und fand doch die Höhe
　　　　　　　wieder.
O wie wohl ist mir geworden, da Er mich ans Creutze rief.
Fürstin! deren guten Sinn unser Joseph stets gepriesen,
Und gewiß von ihr geglaubt, JEsus Christus würd
　　　　　　　ihr doch:
Dieser ist nicht mehr vorhanden, aber sonst ein Joseph
　　　　　　　noch,
Der des Landes Vater ist, und zu dem er sie gewiesen.
Töchter! die ihr unserm Heiland nicht mehr fremd und
　　　　　　　unbekant,
Und nur Fürsten-Kinder wart, eh ihr Kinder GOttes
　　　　　　　worden,
Denkt an Joseph, weil ihr lebt, und verbleibt beym
　　　　　　　Creutzes-Orden.
Alle Schafe seiner Pflege nehm' der Hirt in Seine Hand.


## LXXXVIIII.

# Auf der Frau von Meußbach 81sten Ge-
# burts-Tag.

So sehr ich sonst Natur und Stand
　　Auf immer zu verleugnen trachte;
Und was mir irgends anverwandt,
　　Nicht anders als durch Christum achte:

So schleunig wacht die Regung auf
Die Meinigen im HErrn zu segnen,
Wenn ihnen in dem Lebens-Lauf
Besondre Schiffungen begegnen.
Mein Trieb wird aufgebracht, die allgemeine Macht
In Glaubens-Freyheit aufzubieten,
(Die diesen Erdkreis regt, und alle Dinge trägt)
Auch meine Freunde zu behüten.

    Alleine, Hochgeehrte Frau!
Wenn ich von Ihro reden solte,
So, daß es jedermann erbau,
So, daß ich nichts verschweigen wolte,
Wie vest die Tugend, sonderlich
Die Tugend der Erbarmung stehet,
Mit welcher sie so mildiglich,
Und ungewöhnlich übergehet:
So find ich zweyerley, das mir im Wege sey;
Ihr eignes Demuths-volles Schweigen,
Weil, was sie Gutes thut, allein auf ihr beruht,
Ihr Geben hasset alle Zeugen.

    Doch dieser Trieb ist nicht so leicht
Bey dankbarn Herzen zu bezähmen.
Der ehemals davon gezeugt:
Daß Geben seliger, dann Nehmen,
Der hielt die Zungen auch im Zaum,
Die Seine Thaten wolten sagen;
Sie machten sich nicht minder Raum,
Es allenthalben auszutragen.
Was Ihr zu statten kömt, was meine Zunge hemmt,
Mit Dero Lobspruch auszubrechen,
Ist Ihrer Wohlthat Hand, und daß ich Ihr verwandt:
Ich müßte von mir selber sprechen.

    So will ich dann, nach meiner Art
Mit wenig Worten vieles deuten:

Q 3

Ich

Ich lobe Den, der Sie bewahrt:
Ich denk an jene Ewigkeiten.
Sie überlebt schon achtzig Jahr:
Das ist ein Zeichen von der Gnade,
Das vormals ungewöhnlich war;
Und itzt verschwindets nachgerade.
Wie wenig sind Ihr gleich, wie viel in einem Reich?
Ihr Alter ist ein Gnaden-Groschen,
Wes ist die Schrift und Bild? Des Königs, der vergilt,
Bey dem Ihr Wohlthun unverloschen.

Was ist an einem solchen Fest
Vorerst zu sagen und zu singen?
Das uns der HErr erscheinen läßt,
Ihm Preis und Herrlichkeit zu bringen:
Was für ein Wunsch wird überbracht,
Personen, die uns unentbehrlich,
Und hätten gerne ausgemacht,
Weil ihnen diese Welt beschwerlich?
Weil doch die Ruhe-Zeit ein müdes Herz erfreut,
Und die den Schnee der grauen Haare,
So sich am Scheitel drehn, am liebsten schmelzen sähn,
Damit der Geist in Friede fahre.

Was wünscht man sich? (aus Eigennutz:)
Daß solche Hand sich lange rege,
Damit sie sich zu unserm Schutz
Und Wohlthat mächtiglich bewege.
Was aber würde besser seyn
Für die, so uns mit Gut beschütten?
Wir brächten sie durch unser Schreyn
Zur Aufnahm in die ew'gen Hütten.
Ich hemme meinen Sinn, ich geh' zu JEsu hin,
Ich werfe einen von den Blikken,
Damit wir in der Zeit der Bahn der Ewigkeit
Mit unserm Geiste näher rükken.

LXXXX.

## LXXXX.

# Auf den großen Grenz-Prediger Johann Christoph Schwedler.

Morgens von der Arbeit gehn, das ist eines Menschen Weise,
Der sich, wie der treue Schwedler, als ein Licht ver-
zehren will:
Ihm war Tag und Nacht bequem, GOtt zu Dienst,
dem HErrn zum Preise;
Kürzlich ist er eingeschlafen, und liegt noch die Stunde
still.

Ohne Zweifel ist der Knecht unter seiner Last er-
legen,
Und der Schlaf wird lange währen, weil er eben viel
gewacht.
Schlaf, du müder Arbeits-Mann! Schlaf Mit JEsu
Christi Segen,
Deine Ruhe-Stunde schläget.   Schlaf! du hast genug
gemacht.

Wie dann? Hat sich Schwedlers Haupt endlich in
den Schlaf gefunden,
Sinkt sein ausgehärtet Leben auch einmal zur Ruhe
hin?
Freilich! so hat auch der Held JEsus Christus überwunden,
Er, der Arbeitsleute Schaffner, Er, der Kämpfenden Gewinn.

Treuer Zeuge! deinen Dienst werden alle Alter loben;
Und so oft die wahre Kirche ihre größten Säulen nennt;
Gal. 2.
So gedenket sie zugleich der Beweisung deiner Proben,
Die in diesen unsren Tagen wenig ihres gleichen kennt.

           Wenn

Wenn ein leichter Feder-Kiel Centner-Worte faſſen
könte,
O wie ſtimmt ich deinen Thaten, wahrer Lamms-
Apoſtel! bey:
Deinem Sinn, der Lichter-loh in der Liebe Chriſti
brennte,
Und uns zeigte: wie das Leben, Leib und Kraft zu
wagen ſey.

Feuer-Flammen! die ihr nie angeſchlagen, ohne
Zünden,
Donner Worte, die ihr alles ſchmettert, was ihr nur
erreicht,
Wie? verſinket euer Strahl? ſieht man euer Licht
verſchwinden?
Licht, das ſich den Creutzes-Feinden als ein Schrek-
Comet gezeigt?

Liegt der tapfre Helden-Muth, welcher unſre
Grenzen ſchützte?
Iſt das leiſe Ohr geſchloſſen, das auf alles achtſam war?
Iſt das Auge zugethan, das von Feuer-Eifer blitzte?
Will der Zungen Gluht verlöſchen? Kohlen her vom
Rauch-Altar! Jeſ. 6.

Unerforſchlicher Magnet! Wer ſoll Deine Züge deu-
ten? Joh. 12.
Fürſt der Legionen GOttes, Herzog über unſern Bund,
Wer ergreifft das Creutz-Panier, wer ermahnt den
Bund, zu ſtreiten?
Meiſter von gelehrter Zunge! Geiſt des Höchſten!
ſchweigt Dein Mund?
2 Pet. 1, 21. 2 Moſ. 4, 15. 16.

Seht ein muntres Helden-Roß! GOtt und die Natur ſind Zeugen, Hiob 39, 23.
Schrek iſt Preiß für ſeine Naſe, ja es reucht den fernen Streit,

Schwache

Schwache trägt es sanftiglich: Stolze pfleget es zu
beugen:
Also trug und also kämpfte Schwedlers Glaubens-
Freudigkeit.

JEsu! grosser Seelen-Mann, Deine Kirche liegt
im Staube
Zu den Füssen hingestrekket, die für sie durchgraben sind:
Nim den Demuths-vollen Kuß, weil der unterthän'ge
Glaube
Sich für Schwedlern zu bedanken allzu wenig Worte
findt.

Zeuch dahin, du treuer Knecht! wohl bekant durch
viele Siege,
Bete an den GOtt der Götter, der dem Sohne zugericht:
Sage: HErr, es ist geschehn! Millionen Deiner Züge
Bracht ich an die Menschen-Seelen, aber Alle bring
ich nicht.

Knechte! die ihr hier und dar auf den Strassen Gä-
ste ladet,
Hört ihrs? Schwedler ist zur Ruhe, dieser Knecht hat
ausgedient.
Hat ihm nun der Feinde Wut, hat ihm Christi
Schmach geschadet?
Fragt den Ort, wo sein Gebeine nun in sichrer Stille
grünt!

Staupen-Schläge, Rad und Pfahl machen allzu
viele Christen,
Darum läßts der Erb-Feind bleiben, daß er Christen
martern läßt.
Dient ihr noch der Menschen-Furcht, einer von den
Fleisches-Lüsten:
Wißt, daß ihr das Brod der Streiter, Christi Fleisch,
mit Sünden eßt.

Q 5

O ihr

O ihr Wagen Israel! wollt ihr wie ein Lösch-
Brand rauchen?
Wo die Räder Gluht gefangen, da schlägt auch die
Flamme hin.  Ezech. 1.
Seyd ihr Helden, die der Fürst (das erwürgte Lamm)
so brauchen,
O so habt auch einen Lammes- (eines Würge-Lam-
mes) Sinn!

Bleibt bey Ihm, so seyd ihr Eins, haltet alle
Meynungs-Lappen
An die Gluht der ewgen Liebe, (diese gilt für Hof und
Haus;)  Hohel. 8.
So behaltet ihr die Kraft, werdet nicht nach Schatten
schnappen,
Und das Reich der Finsternissen weicht dem Licht der
Wahrheit aus.

HErr der Erndte! fahre fort Tagelöhner auszu-
stossen,
Wilst du mich zum Diener haben, Deiner Diener
Lohn und Kron:
O so ist mein Glük gemacht, du nimst Kleine mit den
Grossen,
Nim vorlieb mit treuem Wollen, gib mir Kraft,
so hab ich Lohn!


## LXXXXI.

## Auf König Friedrich den Fünften, da ihm sein Hofmeister zugeordnet ward.

Prinz! der erstgeborne Sohn
Des unendlichen Monarchen,
Sitzt zur rechten Hand im Thron,
Und ist Noah von den Archen,

Wo

Wo die Menschen vor den Stürmen
Dieses Welt-Laufs sicher ruhn;
Und Sein Arm hat Macht zu schirmen
Alle die sich zu Ihm thun.

War Er gleich ein Potentat,
Der dem Erb-Recht nach regierte,
Der im hohen Wächter-Rath
Von Geburt den Scepter führte;
Doch beschloß der HErr und Er,
Daß der Erb-HErr aller Seelen
Nirgends anders König wär
Als bey denen, die Ihn wehlen.

Freude war Ihm zugedacht:
Aber Ihm gefiel das Leiden;
Und des ewgen Felsen Pracht
Setzt Er dran im Thal zu weiden.
Was ein Mensch erfahren kan,
Das auch einen Stein bewegte,
Nahm Er alles auf und an,
Bis man Ihn aufs Creutze legte.

Erb-Prinz von der Krone Dan,
(Der die Kronen von den Reichen,
Seit den Kindern Canaan,
Altershalb die Segel streichen:)
Diesem ist dein Königs-Thron
Allzu neu und allzu enge:
Seiner Stimme schwächster Ton
Bringt den Abgrund ins Gedränge.

Christian, des Königs Sohn,
Träget seinen schönen Namen:
Und sein Herze regt sich schon
Zu dem unbekanten Samen
Dieses Königs, seines HErrn;
Seine Majestätsche Sonne

Neigt

Neigt sich vor dem Morgen-Stern,
Jener Weisen grosser Wonne.

Friedrich, wilst du mit der Zeit,
Wann dein Vater Christi Kriege
Ausgeführt zur Ewigkeit,
Und so manch Gericht zum Siege,
Wilst du sein Vollender seyn,
Und am Tempel GOttes bauen?
Soll die heilige Gemein
GOttes Wunder an dir schauen?

Denke deiner Hoheit nicht,
Setz die Majestät ins Dunkle:
Aber in dem wahren Licht
Neuer Zeugung, brenn und funkle.
Liebe nicht die Herrlichkeit,
Die ein Harpax nach kan machen,
Wenn er nicht die Kosten scheut,
Drüber oft die Diener lachen.

Setze deinen tapfern Muth
Nicht in Alexanders Thaten,
Nicht in abgedrungnes Gut
Deines Volks und fremder Staaten.
Solcher Herrschaft kommt uns für
Als ein stolzer Gang auf Stelzen:
Jener, eh er so regier,
Wolt er lieber Fässer welzen.

Drum du künftger Steuer-Mann,
Daß dein Schif in Hafen fahre,
Nim die weise Ordnung an,
Der Pythagoräer Jahre.
Spricht ein solcher Prinz wie du,
Wird ein jedes Wort erhoben:
Nimt er in der Stille zu,
Wird das Werk den Meister loben.

Fasse

Fasse den gewissen Schluß,
Und vielleicht ist er gefasset,
Daß ein Weiser lieben muß,
Was ein Thor am meisten hasset;
Daß er nichts für würdig hält,
Ihm nur reiflich nachzudenken,
Als was nach dem Sinn der Welt
Um ein leichtes wegzuschenken.

Such den Einen, und weil Er
Dich vermuthlich schon gefunden,
Prinz! ich meyne Diesen, der
Deiner Eltern Herz gebunden,
Sag Ihm ohne Aufenthalt:
Jeglicher hat sein Gefallen;
Aber ich will alsobald,
HErr! auf Deinen Wegen wallen.

Königs-Kind! ich weiß gewiß,
Wenn dich dieser Meister führet,
Und als fünften Friederich
Auch dereinst mit Kronen zieret:
Wirst du deiner Dienerschaft
Selbst zum Schauspiel dienen können,
Aber auch mit Helden-Kraft,
Alle Feinde GOttes trennen.

Der der Esthern Kämmrer ist,
Die zur GOttheit Lust-Spiel dienen,
Dem du übergeben bist,
Seit du auf der Welt erschienen,
Sey dein Ober-Gouverneur,
Und der andre, * den ich liebe,
Gebe Seinem Wink Gehör,
Und formire deine Triebe.

Wachse

* Georg Wilhelm, Freyherr von Söhlenthal, welcher mit
dem Autore zu Halle im Pädagogio sehr verbunden gewesen.

Wachſe nun, du Götter-Sohn,
Zu des Anherrn groſſer Freude,
Zier des Vaters Helden-Thron,
Sey der Mutter Augen-Weide!
Deiner Tugend freue ſich
Lois auf dem Stern-Altane,
Carl, Charlotte, Hedewig,
Und Sophie Chriſtiane.

Werd ein ſolches leeres Nichts,
Das der Schöpfer könne füllen:
Denn es führt der Rath des Lichts
Den unwandelbaren Willen,
Daß, was groß und herrlich iſt,
Seiner Füſſe Schemel ziere;
Was ſich aber ſelbſt vergißt,
Ihm an Herz und Augen rühre.

## LXXXXII.

## Herr Aſtmanns Geburtstags-Wunſch, als der Autor das dreißigſte Jahr erlebet, ſamt der Parodie.

| | |
|---|---|
| Theurer Graf! die Bru-<br>der-Liebe | Theure Brüder! eure<br>Liebe |
| Reget in uns zarte Trie-<br>be. | Zündet meine lauen Trie-<br>be, |
| Freude quillt aus unſrer<br>Bruſt | Und erwekt in meiner Bruſt |
| In der Herrenhuter Luſt, | Eine ungewohnte Luſt. |
| In die Luſt, die viele Brü-<br>der, | Die Gemeinſchaft Märk-<br>ſcher Brüder, |
| Und viel Schweſtern unſre<br>Glieder, | Und der Schweſtern, wel-<br>che Glieder |
| An | Der |

An dem Tage sich gemacht,
Da dich GOtt ans Licht gebracht,
Dessen Denkmaal sie verneuert,
Und mit Lob in GOtt gefeyert.

Treue Liebe wünscht, ihr Leben
Für den Bruder hin zu geben,
Wünschet, daß ihm jeder Tag
Lauter Jahre werden mag.

Ihr ist viel daran gelegen,
Daß ein Bruder langen Segen,
Der durch viele Jahre bringt,
Auf das arme Zion bringt;

Weil ihr manches Heil verdorben,
Wenn ein Held zu früh verstorben.

Zion ist ganz angst und bange,
Daß die Bösen allzu lange,
Ihm zum Hohn, im Wege stehn
Und mit grauen Haaren gehn.

Zion

Der wahrhaften Zions-Macht,
Die dem HErrn ihr Herz gebracht,
Durch diß Blätgen zu erneuern,
Und ihr Creutz-Fest mit zu feyern.

Was ist nutz an meinem Leben?
Was hat mir der HErr gegeben,
Das nicht einen jeden Tag
Andren Brüdern werden mag?

Wem ist mehr daran gelegen,
Als dem JEsu, der den Segen,
Der die Ewigkeit durchdringt,
Selber auf Sein Zion bringt?

Wann ist Ihm ein Werk verdorben,
Wann ein Knecht zu früh gestorben?

Dem Propheten ward wol bange,
Daß er selber allzu lange
Solte unter Mesech stehn,
Und in Kedars Zelten gehn:

Aber

Zion wünschet seinen Schaaren
Knechte, mit viel hundert Jahren,
Daß es nicht bey dunkelm Schein,
Fast verlassen müsse seyn.
Zion braucht zu seinen Streiten,
Muntrer Streiter lange Zeiten.

Aber ach! die armen Schaaren,
Deren Narrn von hundert Jahren,
Brauchen wol vom Gnaden-Schein
Länger angeblikt zu seyn.
JEsus braucht zu Seinem Streiten
Kleine Kraft: zwölf Stunden Zeiten.

Zions Kinder! könnt ihr beten,
Und im Geist zusammen treten;
Ach! vergeßt einander nicht,
Jeder braucht des andern Licht.
Schliesset euch fein vest zusammen,
Nehrt einander eure Flammen,
Gießt in eure Lampen Oel,
Pflegt einander Leib und Seel,
Hegt zusammen euer Feuer:
Jedes Leben ist sehr theuer.

Wird für jemands Kraft gebeten,
Und dem HErrn ans Herz getreten:
So stirbt der gewißlich nicht,
Sondern stärkt sein Lebens-Licht.
Denn, wo zwey und drey zusammen
Tragen ihrer Wünsche Flammen:
Rührt das süsse Fürbitt-Oel
GOttes Geist, und Leib und Seel;
Hohlet neue Gluht zum Feuer,
Und macht unsre Tage theuer.

Seufzet für der Brüder Leben:
Beten kan auch Jahre geben.

Aber, ob der Brüder Leben
Fortgang oder Ziel zu geben,

Wünscht

Zeigt

Wünscht euch jeden Augen-
blik.
Nur um Zions willen Glük,
Freut euch, hüpfet, wenn
ihr höret,
Daß der Brüder Jahr' ver-
mehret,
Daß.GOtt denen, die ihr
liebt,
Wieder eins zum besten
giebt.
Feyert für einander Feste:
Bruder-Liebe thut das
Beste.

Herrenhut singt Freu-
den-Lieder,
Und ermuntert andre Glie-
der,
Mit im Lobe eins zu
seyn:
Ja, wir stimmen auch mit
ein.
Uns ist auch daran gele-
gen:
Unser ist auch euer Se-
gen,

Zeigt des Geistes Wunder-
Blik
Uns zu einem grossen Glük;
Wen er treibt, der wird
erhöret.
Aber, wer die Jahre meh-
ret
Länger, als es GOtt be-
liebt,
Und ihm GOtt die Bitte
giebt,
Lerne an Hiskias Feste,
Ob die eigne Wahl die
beste?

Herrnhut! höre doch die
Lieder
Deiner auserwehlten Glie-
der,
Die Berlinscher * Richtung
seyn,
Stimm in ihr Getöne ein!
Uns ist an Berlin gele-
gen:
Unser ist auch euer Se-
gen,

Der R      Der

* Es ist keine Mutter-Kirche in der Welt, als die Eine,
Jerusalem, das droben ist, die ist unser aller Mutter.
Aber sechzig ist der Königinnen, und achtzig der Kebs-
Weiber, und der Jungfrauen ist keine Zahl, die werden
nach ihren Orten genennet, wo sie gesamlet sind, zu Co-
rinth, Ephesus, Rom, Berlin, Halle, Jena, Herrnhut, rc. sind in ihren Ordnungen und Formen oft unterschieden, welches die Evangelischen Bekentnisse für gleichgültig achten, stehen aber auf Einem: Grunde, und sollen
nach Einer Regel wandeln.

Der von euerm Grafen fließt,
Deſſen Liebe ihr genießt.

Sein Geburts-Tag muß uns allen,
Wegen Zions, wohl gefallen.

Theurer Graf, und lieber Bruder!
Nim mit neuer Kraft dein Ruder,
Welches du mit leichter Laſt,
Und mit Luſt, in Händen haſt.
Dieses Jahr bringt neue Kräfte
Neuen Durchbruch und Geſchäfte.
Rudre unter Sturm und Wind,
Die in deinem Schiflein ſind,
Als ein früh berufner Streiter,
Mit den Jahren immer weiter.

Ach! wir ſehen zu von ferne,
Und vernehmen gar zu gerne,
Daß, wer unterm Creutze ſteht,
Bey dir, mit dir munter geht.
Dein

Der von euren Brüdern fließt,
Und von Aſtmann, der uns grüßt;
Sein Geneſen * wird uns allen,
Wegen Zions, wohl gefallen.

Aſtmann, du geliebter Bruder!
Nim mit neuer Kraft dein Ruder,
Welches du, als Chriſti Laſt,
Willig angefaſſet haſt.
Auf! erfriſche deine Kräfte,
Treibe deines HErrn Geſchäfte:
Nord-Wind und der Mittags-Wind,
(Die der Schiffer Pferde ſind,
Schwängern Gärten, härten Streiter,)
Fördern deine Triebe weiter.

Ach! wir ſehen es von ferne,
Und vernehmens herzlich gerne,
Daß, wo Speners ** Grund-Stein ſteht,
Chriſti Creutz-Panier noch weht.
Die-

* Denn er war tod-krank; GOtt aber hat ſich über ihn erbarmet, weil es gut war, im Fleiſch zu bleiben.

** Und Schadens.

Dein Geburts-Tag stärkt das Hoffen,
Daß die Thür noch weiter offen
Durch dein Ringen werden soll,
Denn dein Maaß ist noch nicht voll.
Wirke nur getrost im Lichte
Noch in Zion edle Früchte.

Christi Schmach sey deine Sonne,
Jedes Tages neue Wonne,
Jedes Jahres neuer Lohn,
Und dein steter Sieges-Ton.
Erndte Freude aus dem Weinen,
Daß die Garben voll erscheinen,
Freue dich in deinem GOtt
Unter Babels Hohn und Spott.
Zürnen auch der Mutter Kinder,
Bleibst du doch ein Ueberwinder.

Dieses stärket unser Hoffen,
Daß noch manche Thüre offen,
Daß es besser werden soll,
Und die Tische noch nicht voll.
Ach! es zeig am Abend-Lichte
Euer Sand die schönsten Früchte!

Christi Schmach sey eure Sonne,
Christi Schmerzen eure Wonne,
Christi Wille euer Lohn,
Christi Gnade euer Ton,
Menschen-Lob sey euer Weinen,
Denn das bringt beym Reichs-Erscheinen,
Uns vor unserm HErrn und GOtt
Ganz gewiß in Schand und Spott.
Richten uns der Mutter Kinder,
(So thät Rom * dem Ueberwinder.)

Engel, R 2 Prie-

---

* Als die Censores noch der größten Helden und Imperatoren Handlungen beurtheilen und richten durften, da stand es gut um Rom.

Engel! der das Räuch-  |  Priester! der kein Ende
werk nimmet,  |  nimmet,
Off. 8, 3. sq.
Das aus unserm Beten  |  Dessen Opfer ewig glim-
glimmet,  |  met,
Dessen Hand zu GOtt es  |  Deß Gehorsam Segen
bringt,  |  bringt,
Wenn der Rauch hinauf-  |  Deß Gebet den Vater
werts bringt:  |  zwingt,
Nim, und trage die Be-  |  Herz, der ewgen Liebs-Be-
wegung,  |  wegung;
Diese heiße Seufzer-Re-  |  Komm auch über uns in
gung,  |  Regung,
Mit vermehrter Altars-  |  Zeitige durchs Wortes
Gluht,  |  Gluht,
Von Berlin nach Herren-  |  In Berlin und Herren-
hut,  |  hut,
So kömt unsre Zahl der  |  Lehrer, Könige und Be-
Väter  |  ter,
Auch mit ihrem Wunsch  |  Diese früher, andre spä-
nicht später.  |  ter.

## LXXXXIII.

## Auf des Mannes GOttes, Paul Anto-<br>nii zu Halle, Auflösung.

Vater! * ey wohin,
Mit so sanftem Sinn?

In

* Paulus Antonius, Theol. D. P. P. O. und Inspector des
Saal-Kreises, war ein geborner Ober-Lausitzer von
Hirschfelde bey Zittau, ein ganz ungemeiner Geist, der
in der Kraft besessen, was so viele mystische Lehrer beschrieben haben. Seine von GOtt beschiedene Gabe war,
nachdrüklich und kurz zu reden. Er war ein sehr unpar-
theyischer Mann. Er lobte das Gute an denen, so er
sonst nicht loben konte.

In die sichren Friedens-Hütten,
Zum Genuß der sieben Bitten,
Und des Theils des Stamms,
Und des ganzen Lamms.

Heute geht mit mir
Etwas Grosses für:
Denn ein Theil von meiner Seele
Zeucht dahin aus dieser Höhle;
Aber wo dann hin?
Wo ich auch schon bin.

Wer beschreibt den Fleiß,
Unbeflekter Greis!
Deinen Fleiß für Christi Schule,
Wider die vons Satans Stuhle?
Wer dich recht gehört,
Wurde tief gelehrt.

Hätt'st du nichts gethan,
Als der Glaubens-Bahn
Unsers noch nicht todten Franken
So natürlich abzudanken,
Und so eigentlich;
So besäng ich dich.

Fahre hin, o Licht,
Dessen gleichen nicht!
Licht, das nie umsonst geschienen,
Fahre hin, dem Stuhl zu dienen,
Wo der Fakkeln Pracht
In die Sonne lacht.

Mosis Angesicht,
(Und er wußt es nicht,)
Glänzete bis zum Verblenden,
Spener klagt sich, beym Vollenden,

Seiner Thaten, an:
Daß er nichts gethan. *

    Paul Antonius,
Dieser Ueberfluß
Der verheißnen Lebens-Wasser,
(Nach dem Zeugniß unsrer Hasser)
Hat von sich bekant:
Er verbau das Land.

    Krigt er Widerspruch,
Daß ja der Geruch
Von in GOtt geschehnen Werken,
Allenthalben zu vermerken;
Gab er bald zurük:
Daß er Netze flikk'.

    Du beschreibest dich
Unverbesserlich,
Tausend Böses zu verriegeln,
Tausend Gutes zu versiegeln,
Das war deine Stärk,
Und dein Tage-Werk.

    Ausgestrekte Hand!
Die das Liebes-Band
Mein und meiner Mitgenossen,
Die im HErrn zusammenflossen,
Vor die Liebe trug,
Und zusammenschlug.

    Ich bewundre dich,
Wie so meisterlich
Du die Tieffen kontest deuten,
Und zum rechten Sinne leiten;

              Und

---

* Dieses ist weitläuftiger nachzulesen in des Herrn Baron
Cansteins Vorrede zu dem letzten Theil der Theologischen
Bedenken.

Und dein Finger-Zeig
Ueberzeugte gleich.

Als ich dir zuletzt
Sehnlich zugesetzt,
Wie doch unsre Creutz-Gemeine
Andren so bedenklich scheine,
(Die nur JEsum kennt,
Die nur JEsum nennt;)

Suchen sie die Spur,
(Winkest du mir nur,)
Gideons und seines Knaben;
Midian im Schlaf begraben,
Träumt vom Gersten-Brod,
Das den Zelten droht.

Als erinnert ward,
In der Gegenwart
Eines gar getreuen Zeugen:
Soll man reden oder schweigen?
Sprachst du, selger Mann!
Man soll, was man kan.

Sage deinen Sinn:
Ist es auch Gewinn,
Was in deinem Vaterlande *
Christus wirkt durch Ehr und Schande?
Ich bin, sprachst du, Knecht,
Braucht ihr Freyheits-Recht!

O so siegle zu
In der stillen Ruh,
Das Geschäfte unsrer Glieder,
Und erkenne sie für Brüder;
Plötzlich hielt'st du Stand:
Da ist meine Hand.

R 4

Wer

* Die Ober-Lausitz.

Wer sich matt geredt,
Den verlangt ins Bett,
Und mich in die Felsen-Ritzen,
Da die müden Tauben sitzen.
Ja, ich eil der Ruh
Bey der Arbeit zu.

Laß mir deinen Geist,
Der so köstlich heißt,
Daß ich ohne Worte spreche,
Daß ich ohne Sturm zerbreche,
Daß ich Sorgen-frey,
Und doch sorgsam sey.

Du warst ja gewohnt,
Den, der droben thront,
Auch für Könige zu faſſen: *
Kaum, daß du den Platz verlaſſen,
Oeffnet seine Bahn
König Christian.

Sag ichs, oder nicht,
Aufgefahrnes Licht!
Daß wir deiner Seufzer Rauchen,
Auch für diese Seele brauchen;
Ich verschone dich,
JEſus höret mich.

Drum gerade zu
Auf die stolze Ruh,
Schlaf, nach unterbrochner Stille,
Das ist GOttes guter Wille,
Lieb, ( es ist erlaubt,)
Was an JEſum glaubt.

König Christian,
GOttes Unterthan,

Der

* Sonderlich für Augustum den Andern, König in Pohlen,
mit dem er gereiſet.

Der auch seine Last geladen,
Lebe nun von GOttes Gnaden!
Seine Majestät
Wird ans Creutz erhöht.

## LXXXXIIII.

# Auf seiner Gemahlin 30sten Geburts-Tag.

Liebe Frau! ich bitte dich um des ewgen Felsens willen,
　　Draus wir beiderseits gehauen, wo auch unser
　　　　Steinritz ist:
Laßt uns in Verbundenheit in die Gnaden-Flügel hüllen,
Unser Haupt, das uns regieret, unser Mann ist JEsus Christ.

Dreißig Jahre hat Er dich auf den Händen hingetragen,
Und nicht einmal, wie wir Menschen öfters thun, hart
　　　　aufgestaucht;
Manche Ungemächlichkeit zeigte sich in unsren Tagen,
Aber, wie sie sich gezeiget, eben so ist sie verraucht.
Meine Schwester, liebe Frau! JEsus hat es uns
　　　　für übel,
Wenn wir nicht mit ganzer Seele und mit aller unsrer
　　　　Kraft,
Uns in Seine Liebe ziehn: unsre Regel sey die Bibel,
Unser Dolmetsch sey der Wille, unsre Kraft Seins Lebens Saft.

Hüter des Vollendungs-Saals, wo so viele Braut-Gemächer,
Drinnen sich die Seelen schmükken, nim Dich meiner
　　　　Schwester an:
Ich will Mardachai seyn, sey du Werber und Versprecher,
Und der grosse Sohn des Königs sey der Esther Ehe-Mann!

## LXXXXV.

### Auf eben denselben. Uebersetzung eines Schreibens der Neun und Zwanzigsten Frau Gräfin zu Ebersdorf.

Ich bin ungemein erfreut, daß es unser HErr gefüget,
    Daß ich gegenwärtig bin, da dich dieser Tag ver-
        gnüget.
Allertheurste Herzens-Schwester! dreißig Jahre sind
        zurük;
Und es strahlt noch diesen Abend Christi erster Gnaden-
        Blik.
Willig ruft dein froher Mund: Solt ich meinem GOtt
        nicht singen?
Denn ich sehe, wie Ers meynt, Er ist treu in allen
        Dingen:
Meiner Seelen Wohlergehen hat Er seliglich bedacht.
Will dem Leibe Noth zustehen, nimt Ers gleichfalls
        gut in Acht.
Wenn ich nichts mehr machen kan, aus gewissen Un-
        vermögen,
Kommt mein GOtt und hebt mir an Sein Vermögen
        beyzulegen:
Dieses hast du jüngst erfahren. O wohlan! erwekke dich,
Lobe diesen mächtgen König, diesen Guten, inniglich.
Ruhe! denn es wäre ja nicht erlaubet mehr zu sorgen,
Und der Zwek der Prüfungen ist dir selber unverborgen:
Die in unsre treue Liebe sinkende Gelassenheit
Ist die Absicht unsers Königs und des Raths der
        Ewigkeit.
Schwester! wirf dann hinter dich, zum Beschluß der
        dreißig Jahre,
Alles, was dahinten ist, und zum Ziel der Freyheit
        fahre,

                  Und

Und der König, dem wir dienen, rufe dir nach Seiner
    Treu
Und nach meinem Wunsch entgegen: Sieh! ich mache
    alles neu.
Dieses neue Lebens-Jahr stelle dich mit neuen Kräften
Deinem ganzen Hause dar zu den stärksten Lichts-Ge-
    schäften,
Daß du unsers HErrn Gewerbe treibest in und ausser dir,
Und dem grossen Chor der Schwestern, als ein Stern-
    Licht, leuchtest für.
Welch ein unvergleichlich Lob wird durch alle Reigen
    bringen,
Wenn sie ihres Meisters Ruhm über deinem Preis
    besingen!
Und wie groß wird deine Freude bey der Ueberlegung
    seyn,
Einer also hochbegnadigt-Apostolischen Gemein!
Wachs in tausend tausendmal, denn du bist ja unsre
    Schwester,
Siege deinen Feinden ob, wie die dran gewagte Esther:
Weil die Schwester-Liebe brennet, o! so brich hervor
    in Kraft,
Weil dir Thor und Thüren offen, zeuge, was das
    Beugen schafft.
Ich gesteh es öffentlich, daß ich in der Creutz-Gemeine
Gerne als die Niedrigste vor des Leibes Haupt erscheine,
Daß mir Leut und Land beherrschen lange nicht so nö-
    thig thut,
Als der Gnaden-Zucht gehorchen in dem Kirchlein
    Herrenhut.
Darum will ich Muth und Sinn, Volk des HErrn!
    mit dir verbinden,
Meine Wollust ewiglich in der Liebes-Art zu finden,
Die sich selbst voran verleugnet, ihre Schätze, ihr Gerücht,
Ihr Gemächlichseyn und alles: aber nur die Brüder
    nicht.
            Schwe=

Schwester, wann uns vor dem Thron, nach voll-
        brachten Thränen-Saaten,
Alle Welt gestehen muß, daß uns unsre Saat gerathen;
O! wie will ich dich umhalsen, und die Schwestern
        und den HErrn.
Itzo laßt uns Schmach und Lasten tragen; und von
        Herzen gern.

## LXXXXVI.

# Auf die erste Wache ums Bette Salo-
# mo, die Glaubens-Helden.

Ihr Brüder! hört ein grosses Wort:
    Der König Salomo, der ruhet,
Nachdem Er durch den Höllen-Port
Gerissen, und sich ausgeschuhet.
Dem durch Sein Blut erkauften Geist
Des Menschen, welcher an Ihn glaubet,
Der Christi Lieb in Wollust heißt,
Dem ist sein Ruhe-Bett erlaubet.
Daß aber Satanas,
Nach seinem alten Haß,
Den GOtt aus tiefer Weisheit schonet,
Die Ruhe nicht verstör,
So wacht ein Helden-Heer
Ums Zelt, darinn die Liebe wohnet.

    Ob ihrer an die sechzig schon
Das Lager Salomo beschirmen;
So heißt der Feind doch Legion,
Und sucht den Liebes-Thron zu stürmen.
Drum hat der Fürst der Heeres-Kraft,
Drey grosse Helden aufgeboten,
Die diese heilge Ritterschaft
Entgegen stell'n der Kraft der Todten:

                    Der

Der Glaub und seine Wolk,
Die Liebe und ihr Volk;
Die Hoffnung unter ihren Schaaren,
Die schliessen eine Kett'
Ums Königs Ehe=Bett,
Und wer da kan, mag durch sie fahren.

Der Glaube steht auf seiner Hut,
Daß Unglaub und der Aberglaube
Den Seelen nicht des Lammes Blut,
Das Kleinod aller Schätze raube,
Wenn jener gläubet, was er sicht,
Und dieser alles Falsch und Wahre,
Wohin ihn seine Neigung zieht;
So hält sich der ans Unsichtbare,
Und spricht, sobald er kan:
Ich zieh mit diesem Mann.
Will sich das Fleisch daneben betten;
So macht der tapfre Schluß,
Daß es zurükke muß,
Den Dünkel leget er an Ketten.

Was wilt du bey der ewgen Gluht?
Spricht die hinaus geworfne Sünde;
Sie frißt ja alles, was nicht gut,
Der falsche Trost hat eitle Gründe;
Ich sorge um die Sünde nicht;
Der Heiland hat dafür gelitten:
Und wenn mir annoch was gebricht,
So mögen andre für mich bitten.
Bald tritt die Kraft herzu,
So die wahrhafte Ruh
Aus JEsu blutgen Wunden ziehet.
Allein die Sünde drükt,
Bis sich die Seele bükt,
Und sich mit Angst ums Heil bemühet.

Die

Die Seele ist in Adam todt,
Und kan sich nicht im Geist bewegen;
Der Rede Nachdruk weiß zur Noth,
Im Blute etwas aufzuregen;
Allein das Herz ist hart wie Stein,
Und Fleisch und Blut wagt keine Stürme;
Sein Andachts-Feuer giebet Schein,
Doch zündets nicht, und zeuget Würme.
So bleibt der Tod im Topf,
Bis daß der Todten-Kopf,
Von Gnaden-Winden angeblasen,
Nach Christi Bild erwacht,
Und alle Thiere schlacht't,
Die um den todten Adam rasen.

Dann stellt der Glaube eine Kraft,
Die heißt Gerechtigkeit des Lebens.
Was die Natur nicht weggeschafft,
Bekämpft die Ehrbarkeit vergebens.
Kaum aber, daß das Kind des Lichts
Im Geist die Augen aufgeschlagen,
Da faßt es alles, und zerbrichts,
Womit sich Fleisch und Blut getragen.
Das leidet keinen Feind,
Der offenbar erscheint.
Will ja ein Feind den Platz nicht missen,
Und nach und nach empor,
So gibt er Gutes vor:
Sonst würd er von der Kraft zerrissen.

Der erste falsche Freund heißt Stolz,
Der weiß dem Geiste süß zu pfeiffen,
Und spricht: du bist ein grünes Holz,
Du kanst dich auf dein Gutes steiffen.
Gleich rükt die Geistes-Armuth ein,
Und wird der Heiligkeit zum Schilde:
Die schlägt dem Stolz den Schädel ein,

Und

Und auch dem nachgemachten Bilde;
Das hat der Armuth Kleid,
Und ist nur Weichlichkeit,
Und gibt aus Eigenlieb-Erbarmen
Sich für so elend an,
Daß sie sich schonen kan;
Die Armuth kämpft aufs Freundes Armen.

Der steht die sechste Glaubens-Kraft
In einem Augenblik zur Seite,
Die bringt der ganzen Heldenschaft
Ihr Brod und Rüstung, Sieg und Beute.
Die Kraft wird das Gebet genennt,
Ein stetes Sehnen nach dem Bette
Deß, der die Seelen alle kennt,
Und ein Zusammenschluß der Kette.
Wenn das der Feind erzwingt,
Daß ers Gebet verdringt;
So ist die Kette eingerissen:
Und wenn er das nicht kan,
Stellt ers Geplerre an;
Doch die Gebets-Kraft tritts mit Füssen.

Nun geht der muntre Löwe her,
Der Tag und Nacht die Wacht bestellet;
Die Trägheit macht ihm alles schwer;
Allein wie bald ist sie gefället.
Er läßt auch keine Unruh ein,
Die einige fürs Wachen halten,
Die noch nicht recht erfahren seyn;
Er läßt das sanfte Sausen walten.
Wird ihm Gefahr bekant,
So beut er seine Hand
Der Kraft, die Allmacht selbst zu fassen.
Wenn diese, laß mich, spricht;
So läßt die Heldin nicht:
Denn kan man halten, wer wird lassen?

Hier

Hier kostet es zuweilen was,
Die Faulheit läßt die Hände gehen.
Der Eigensinn kommt über das,
Und sucht der Gnade beyzustehen.
Die Ringe=Kraft sieht Christum an,
Und wenn ihr Der zum Kampf geblasen;
So treibt sie auf der Sieges=Bahn,
Der Schrek ist Preiß vor ihre Nasen.
Da muß der Feind zurük
In einem Augenblik,
Das Trachten zeigt sein Unvermögen:
Die falsche Gegen=Kraft
Uebt ihre Ritterschaft,
Wo keine Feinde nicht zugegen.

Ans Ringen schließt sich die Geduld,
Die auf des Königs Hülfe wartet,
Nach Seiner freyen Lieb und Huld,
Und unterdeß im Streit erhartet.
Sie sieget über den Verdruß,
Dems alsobald verdreußt zu leben,
Wenn er ein wenig harren muß;
Sie haßt das fälschliche Ergeben,
Wenn einem nichts dran liegt,
Ob man auch wirklich siegt.
Denn, wird gleich keine Zeit beqiemet,
Wann man gewinnen soll;
So ist der Kampf doch toll,
Der sich nicht endlich Sieges rühmet.

Je mehr der Geist zur Ruhe zieht,
Und sich in sanftem Feuer stählet,
Das wenig Funken von sich sprüht,
Damit es ihm nicht selber fehlet;
Je näher ist die Glaubens=Hand
Dem freudigen Ergreiffen kommen,
Das nach dem Leben ausgespannt,

Es augenblitlich hingenommen.
Zwar faßt sich Fleisch und Blut
Zuweilen einen Muth
Und greifft; allein es greifft nach Schatten:
Und wenn es nicht gleich hat;
So wird es balde matt;
Denn es hat keine Kraft zum Gatten.

Die eigentlich genante Kraft
Entstehet neben dem Ergreiffen,
Und kan die ganze Heldenschaft
Sich auf dieselbe sicher steiffen:
Denn Bliß und Schlag ist hier vereint,
Und was sich vom verborgnen Banne
Auch noch so stark zu machen meynt,
Das haut sie rüstig in die Pfanne.
Die ganze eigne Kraft
Wird von ihr weggeschafft.
Denn kaum daß sich der Streit erhitzet,
So liegt sie ohne Macht,
Und wird nur ausgelacht:
Die Kraft ist um und um geschützet.

Den Dünkel thut die Kraft in Bann,
Und will von keinem Schwachseyn wissen.
Der Durchbruch ist ihr Flügel-Mann,
Mit dem sie immer durchgerissen.
Die Klüfte werden eingestürzt,
Die Felsen werden unterfahren,
Der Höhen Gipfel abgekürzt,
Der Feind getrennt mit seinen Schaaren,
Die eigene Natur
Verliert hier Bahn und Spur,
Das Uebertäuben hemmt die Feinde,
Doch sie erholen sich,
Und handeln listiglich,
Vernunft und Fleisch sind leichtlich Freunde.

Nun offenbaret sich der Sieg
Des Glaubens muntrer Waffen-Träger,
Er wartet freudig auf den Krieg,
Und dreht sich um der Helden Läger.
Er reucht den Streit, der noch so fern,
Da jauchzet er, wo andre zittern,
Die Fersen-Stiche hat er gern,
Denn da setzts wieder Kopf-Zersplittern;
Wenn die Natur erliegt,
Vernunft in Lüften siegt,
Und blindlings lauter Schatten bindet;
So stekt er sein Panier
Ins feindliche Revier,
Und kommt, und sieht, und überwindet.

O Seele! thu die Augen auf,
Und siehe deine Ueberwinder,
Hier bleibt der Feind gewiß im Lauf,
Hier ist die Burg für Zions Kinder.
Wer wolte nun nicht fleißig seyn,
Sein Bette hurtig aufzuschlagen?
Wer ließ den König nicht hinein,
Und die des Königs Schilde tragen?
O Seelen-Bräutigam!
O erst erwürgtes Lamm!
Nun aber, ausgeruhter Leue!
Nim unsre Seelen ein,
Laß Kräfte um uns seyn.
Wir schwören Dir die Ehe-Treue!


LXXXXVII.

## LXXXXVII.

# Auf die Salbung König Christian des Sechsten und Königin Sophia Magdalena.

Wach auf, * du Helden-Geist! von dem in jenen
Hügeln
Zur Zeit des Bruma Olds verschloßnen Ritter-Staub!
Ihr Feuer-Flammen leiht den überlaßnen Raub,
An diesem grossen Fest den Pallast zu verriegeln.
Die Hütten, die der Geist belebte, sind verzehrt,
Die Flammen sind zurük ins Element gekehrt.

Frey'r! wo dich jener Fels noch unverweslich hält,
Beut alle Riesen auf, die sich in Harnisch strekten;
Und ist Dan Mekilat' mit unter den Erwekten,
So leit ihn auf dem Roß in diese obre Welt.
Vielleicht verträt er gern den Plaz beym Salbungs-
Mahl,
Den der Geharnischte ** hält im Westmünster-Saal.

Nein! ruht ihr Könige! der Glanz von unsren Kerzen
Gibt einer Million von Lebenden den Schein:
Des Frohde Macht beschleußt ein stolzer Bauta-Stein,
Den sanften Christian ein Wunder-Bau der Herzen;

S 2

Sein

---

* Die ersten drey Strophen beziehen sich auf die alte Däni-
sche Historie, da in verschiedenen Altern die Helden und
Könige verbrant, andere unter den Bauta-Steinen oder
Gruften in den Harnischen, ja mit ihrem ganzen Ritter-
Schmuk und Heer-Geräthe, aufbehalten, und zum
Theil für unverweslich geachtet werden.

** Nach der Englischen Krönung trit ein geharnischter Reiter, welcher des Königs Champion genennet wird, in
den Saal von Westmünster, und thut einen öffentli-
chen Deß für des Königs Ehre und Würde.

Sein Gnaden-voller Blik wird allen zum Magnet:
Er steht so tief herab, als er erhaben steht.

Hier unterstehet sich ein wohl bekanter Knecht
Mit Niedrigkeit der Kunst vor deinen Thron zu ziehen.
Herr! senke deinen Blik, den Strahl laß linde glühen.
Er tichtet, er bedenkt, er scheuet sich mit Recht:
Und hätt er Trieb und Kiel dem Dichter abgeborgt,
Der Carln besungen* hat; so blieb er noch besorgt.

Der Thron, die Herrlichkeit des Tages, und der Sache,
Die ungemeine Pracht, darinn der König sitzt,
Und was der Königin von ihrer Scheitel blitzt,
Das alles hemmet mich, sobald ich Worte mache;
Ein Finger-Zeig auf das, was aller Augen sehn,
Der solte einer Hand, wie meiner, übel stehn.

Großmächtiger Monarch! Dein Wink erlaube nur,
So will ich ungesäumt zu meinem Zwekke kommen:
Herodes Götter-Schein hat dich nicht eingenommen,
Und unsrer Königin gefällt der Esther Spur.
Ich weiß für meinen Trieb (und dächt er tausendmal)
Kein würdiger Object, als deine eigne Wahl.

Es hätte dich dein Knecht, ists möglich? fast gefraget,
Noch liebenswürdiger, als Ehren-volles Haupt!
(Allein wie wäre ihm das Fragen nicht erlaubt?
Da du die Antwort schon von Herzen weggesaget!)
Wem soll das Gegen-Bild von dieses Tages Schein?
GOtt und dem Volke will dein Scepter dienstbar seyn.

GOtt? das ist bald gesagt; allein wo ist Beweis?
Darüber haben noch verschiedne Fürsten Zweifel,
Sie glauben nicht einmal so vest als wie der Teufel,
Was man von jener Welt ohnfehlbar Wahres weiß.

Mein

* Der Geheime Rath vom Conseil Ywar Rosenkranz, der
  ein lesenswürdiges Gedichte auf den hochseligen Prinz
  Carl verfertiget.

Mein König! du erkennst, daß GOtt die Wahrheit ist:
Weil du in deiner Brust von GOtt gerühret bist.

Dem Volke? sind das nicht die unglükselgen Haufen
Der Menschen, die man doch nicht alle kennen lernt,
Die von dem hohen Glanz des Hofes weit entfernt,
Nur, wie das zahme Wild, in ihrem Zwinger lauffen?
Fragt unsern Christian, wie der das Volk erkennt,
Die Schaar ists, die ihn Hirt, und die er Heerde nennt.

So geht dein muntrer Fuß zur heilgen Salbung hin.
Hier bekt das Sichtbare die Majestätsche Haube,
Und der verborgne Mensch liegt vor dem HErrn im
                              Staube;
So thut der Königin mit dir gepaarter Sinn.
Was sag ich denen mehr, die voll von Wahrheit seyn?
Der Bischof leg' es aus, ich will nur Weyhrauch streun.

Der HErr, der nicht gewolt, wiewol Er alles hatte,
Daß, was erfreuen kan, Ihm selbst zu Gute käm,
Eh Er Sein armes Volk der Traurigkeit entnähm,
Und ist bis diesen Tag der Seinen treuster Gatte;
Der mache diesen Thron, um welchen Wonne lacht,
Zum steten Wiederschein von seiner Länder Pracht.

Das Auge, das sich nie den Seinigen entwandt,
Nicht, wenn sie Seinem Strahl vor Schwachheit aus-
                              gewichen,
Nicht, wenn sie hingestrekt, Verweseten geglichen,
Noch, wenn das blinde Volk Ihn selber nicht gekant;
Das sehe kräftiglich auf diß Erhabne Zwey,
Und mache, daß ihr Blik so wie der Seine sey!

Das Ohr Immanuels, das sich im Lauf der Zeiten
Auch dem geringsten Theil der Menschen offen hielt;
Wiewol er nichts geglaubt, als was das Herz gefühlt,
Das Ohr, das so geneigt zu denen Niedrigkeiten;
Das höre dein Gebet, um deiner Reiche Flor:
Du aber, Königs-Paar, hab auch ein offnes Ohr.

S 3

Der

Der Mund, der so geredt, wie sonst kein Mensch
vermag,
(Ein Zeugniß, welches Ihm auch Seine Feinde gaben,)
Der aber sonderlich, was elend hieß, zu laben
So oft es nöthig war sich zu eröffnen pflag;
Der rufe, so geschichts; der wolle, so wirds wahr:
So rührt des Königs Mund die Kohle vom Altar.

Sein Herz war unverrükt voll friedlicher Gedanken,
Und Sein Vergnügen hat auf unserm Wohl beruht;
Ein Herze, das sich auch zu denen nahe thut,
Die bald zu Ihme zu, bald wieder seitwerts wanken:
Durch dieses Herzens Ritz seh König Christian
Die Freunde für beglükt, den Feind für elend an.

Der von der Stunde an des Gehns nicht müde ward,
Da Ihn des Vaters Schluß zur kleinen Schaar ver-
bunden;
Der die Beschwerlichkeit von Erd und Meer empfunden,
Und der in dieser Pflicht biß an das Ziel verharrt;
Der lehr des Königs Fuß itzt Land und Sund durch-
gehen,
Itzt, wenns die Noth erheischt, zum Segen stille stehen.

Die ausgerekte Hand, die sich nie arm gegeben,
Weil Geben seliger als Nehmen bey ihr war;
Die vor dem Fall ergrif, verbannte die Gefahr,
Und zielete so gar bey Sterbenden aufs Leben;
Die segne unsern Herrn, und unsre Frau zugleich,
Und stärke ihre Hand; so fühlts das ganze Reich!

Gesalbter! der Du Dich so gern zur Menschheit büktest,
Und unterliefst des Rechts auf uns gezukten Blitz,
Als Du vor dieser Zeit den unerstiegnen Sitz
Der stolzen Ewigkeit beherrschtest und beglüktest;
Gib diesem Götter-Paar, daß ihm der Lasten Bley,
Nicht schwerer als das Gold von seiner Krone sey.

LXXXXVIII.

## LXXXXVIII.
## Lied für eine Königliche Erb-Prinzeßin.

Christen sind ein göttlich Volk,
   Aus dem Geist des HErrn gezeuget,
Ihm gebeuget,
Und von Seiner Flammen Macht
Angefacht:
Vor des Bräutgams Augen schweben,
Das ist ihrer Seelen Leben,
Und Sein Blut ist ihre Pracht.

   Ach! du Seelen-Bräutigam!
Hast Du mich der Welt entzogen,
Ausgesogen
Von der alten Creatur,
Und die Cur,
Welche Deine Seelen heilet,
Auch mir Armen mitgetheilet;
Schenke mir die Geists-Natur!

   Königs-Kronen sind zu bleich,
Vor der GOtt-verlobten Würde;
Eine Hürde
Wird zum himmlischen Pallast;
Und die Last
Drunter sich die Helden klagen,
Wird den Kindern leicht zu tragen,
Die die Creutzes-Kraft gefaßt.

   Ehe JEsus unser wird,
Ehe wir uns selbst vergessen,
Und gesessen
Zu den Füssen unsers HErrn;
Sind wir fern
Von der ewgen Bundes-Gnade,

 Von

Von dem schmalen Lebens=Pfade,
Von dem hellen Morgenstern.

Pilgrimschaft zur Ewigkeit
Bleibet immerdar beschwerlich,
Ja gefährlich;
Bis man ringt und dringt zu Dir,
Enge Thür,
Ein'ge Ursach der Vergebung,
Gluht der Göttlichen Belebung,
JEsu, unser Liebs=Panier!

Zeuch uns hin, erhöhter Freund!
Zeuch uns an Dein Herz der Liebe,
Deine Triebe
Führen mich, du Sieges=Held!
Durch die Welt;
Daß ich Deine Seele bleibe,
Und solange an Dich gläube,
Bis ich lieb' im innern Zelt.

Da ist meine Hand und Herz:
Du hast Deine Seel gewaget,
Unverzaget,
Und das alles blos allein,
Daß ich Dein,
Und Du meine heissen köntest;
Wenn Du nicht vor Liebe branntest;
Hätte das nicht können seyn.

Nun ihr Kronen fahret hin,
Fahre hin, erlaubte Freude!
Meine Weide
Sey des HErren letztes Mahl
Vor der Quaal,
Meine Ehre Seine Schande,
Meine Freyheit Seine Bande,
Mein Geschmuk die Ros' im Thal.

LXXXXVIIII.

## LXXXXVIIII.

# Henochs Leben.

Vor Seinen Augen schweben
　　Ist wahre Seligkeit;
Ein unverrüktes Leben
In Eingesunkenheit:
Nichts können und nichts wissen,
Nichts wollen und nichts thun,
Als JEsu folgen müssen;
Das heißt im Friede ruhn.

　　Man steht von seinem Schlafe
In Christi Freundschaft auf;
Man fürchtet keine Strafe
In ganzen Lebens-Lauf;
Man ißt und trinkt in Liebe,
Man hungerte wol auch;
Man hält im Gnaden-Triebe
Beständig einen Brauch.

　　Wenn man den Tag vollendet,
So legt man sich zur Ruh,
Von Christo unverwendet
Thut man die Sinnen zu;
Und weiß auch denen Träumen,
Wenns ja geträumt soll seyn,
Nichts anders einzuräumen,
Als Christi Wiederschein.

　　Man geht in einer Fassung
Dahin bey Tag und Nacht,
Und ist auf die Verlassung
Der ganzen Welt bedacht:
Man hört, und sieht, und fühlet,
Hört, sieht und fühlt doch nicht;



Und

Und wenn uns Schmerz durchwühlet,
Weiß man nicht, was geschicht.

Gewiß, wer erst die Sünde
In Christi Blut ertränkt,
Und hurtig und geschwinde
Auf JEsum zugelenkt;
Der kan sehr heilig handeln,
Und kan bald anders nicht.
HErr JEsu, lehr uns wandeln
In Deiner Augen Licht!

<h2 style="text-align:center">C.</h2>

# Auf seiner Frau Mutter, der Frau General = Feldmarschallin von Naz= mer, Geburts = Fest.

Da ich diese Tage über Nachricht überkommen muß,
    Daß in dieser Monats = Zeit Euer Gnaden aufgelebet,
Und ich ausgeschlossen bleibe vom persönlichen Genuß:
Ist es billig, daß mein Herz sich zum Thron der Kraft
        erhebet.
JEsus, der getreue Heiland, mache Euer Gnaden Zeit
Wie die Tage der Geliebten, die Er stündlich benedeyt.
Ich bezeuge vor dem HErrn: Meine Seel ist voll
        Verlangen
Ihre Gegend zu besuchen.   Möcht ich nur ein einig mal
Euer Gnaden Augen sehen: möcht ich ihre Knie umfangen:
Möchte die Erstaunungs = werthe, die sichtbare Gnadenwahl
Ueber mich, mein ganzes Haus und mein Volk, noch
        auf der Erden
Von der theuresten Mamma Freuden-voll gesehen werden!
        Hier

Hier iſt Herz und Feder Eins! möcht ich ihrem Her=
        zen näher,
Ihrer Liebe, ihrer Treue überzeugt zu Dienſte ſtehn!
Möcht ich ihr zur Freude ſeyn! HErr, du weißts, du
        klarer Seher.
Möcht ich lauter ſolche Wege, die ihr Geiſt erkennet,
        gehn!
Nim dir meinen ganzen Willen, nim dir meine Kräfte
        hin,
Und bereite um und an mir alles recht nach Deinem
        Sinn!
Und die auserwehlte Frau, welche mich zur Welt geboren,
Deren Mutter ich gebrochen, und Dir aufgeopfert bin,
Bleibe Dir zu Deinem Preis und Beluſtigung erkoren,
Nim ſie, auserwehlter Heiland, Deinem Herzen zum
        Gewinn.

## CI.

# Die zweyte Wache ums Bette Salo= mo, die Liebes = Helden.

So ruhe dann, du zartes Herz,
   In JEſu tief verſunkner Liebe:
Es iſt ein widerlicher Schmerz
Zu leben ohne Liebes=Triebe.
Er weiß ja, daß Er mich vermag,
Kan eine treue Seele ſagen,
Ob Er ſich gleich bey ihr beklag,
Und wolte erſt nach Grunde fragen.
Mein Heiland, hindre nur,
Daß wir nicht auf die Spur
Der leeren Phantaſey gerathen,
Wo man von Liebe ſpricht
Bey einem falſchen Licht,
Und unverdungnen Helden=Thaten.

Was

Was tauget aber unversucht?
Drum finden ekkelhafte Seelen
Kein wahres Wesen an der Frucht,
Darnach sich andre Seelen quälen.
Wer Christum eins geschmekket hat,
Der kan Ihn keinen Tag vermissen.
Ey, denkt der Arge, hier ist Rath,
Und hält uns auf dem Ruhe-Kissen
So manchen süssen Saft
Zum Munde (sonder Kraft;)
Da meynen wir uns satt zu lekken:
Ach! aber was gedeyht
Der faulen Lüsternheit?
Nach Arbeit läßt sichs besser schmekken.

Darum entbrennt die Seele bald
In reinen Liebes-Eifer-Flammen;
Ihr ganzes Inneres, das wallt
Dem Bräutgam zu, das treibt zusammen.
Wenns nun dem Feinde nicht gelingt,
Uns unempfindlich zu erhalten;
Der Freund zu feurig an uns dringt,
Und in zu lieblichen Gestalten:
So pflegt er dann aus List,
Wenn man erwekket ist,
Ein Feur im Kopfe zu entzünden,
Das nicht bestehen kan,
Weil ein geheimer Bann
Der Eigenheit, darinn zu finden.

Im Eifer geht die Treue auf,
Die Treue gegen unsre Liebe:
Sie eilet fort im Glaubens-Lauf,
Sie hütet aller ihrer Triebe.
Wenns nun der Feind nicht hindern kan;
So führt er solche treue Herzen
Auf eine rauhe Neben-Bahn.

Und

Und machet ihnen falsche Schmerzen.
Da geht ihr muntrer Sinn
Zu Neben-Sachen hin,
Und mühet sich daselbst vergeblich,
Die andren macht er los;
Bald scheint die Pflicht zu groß
Der Untreu, bald zu unerheblich.

Wer rechte Treu beweisen will,
Der muß auf Christi Stimme merken.
Die Liebe macht die Seele still,
Den Laut der Salbung zu verstärken.
Allein der Feind bemühet sich,
Daß er den Seelen-Trieb verführe,
Damit der Regung zarter Strich
Das innere Gefühl nicht rühre:
Sie wird ins Weite bracht,
Und hat auf nichts mehr Acht.
Geht das nicht, kan er Bilder mahlen,
Dahin die Seele schielt,
Und wenn sie Gnade fühlt,
Vergafft sie sich in schönen Strahlen.

Ein kurzer Unterricht des Lichts
Bey einer Seele, die sich fühlet,
Macht klar, daß eine Seele nichts,
Und daß die Gnade mit ihr spielet,
Wenn sie ihr ein gut Zeugnis giebt!
Kan nun der Feind das nicht erzwingen,
Daß man sich in sich selbst verliebt,
Und spiegelt sich in Neben-Dingen;
So sieht er wie ers macht,
Daß man sich selbst veracht',
Nicht ausser Christo (wie es billig)
Nein, sondern bey der Kraft,
Die JEsus in uns schafft,
Das Fleisch ist schwach, der Geist nicht willig.

Damit

Damit die linde Gütigkeit,
Ein Haupt=Held in den Liebes=Sachen,
Der Seele nicht Gelegenheit
Zu treuem Wollen möge machen;
(Denn unser grosser Seelen=Freund
Dient uns mit solcher Herz=Bewegung,
Daß Ihn nicht lieben grausam scheint;)
So härtet er der Seelen Regung,
Daß sie nicht sieht noch fühlt,
Nicht warm wird, noch verkühlt,
Und etwas steinernes zu nennen,
Versieht er sich hiebey,
Verändert er die Treu
Des Ringens in ein läppsches Flennen.

Die Liebe gibt Gelegenheit,
Weil wir so Noth als Gnade fühlen,
Zur innigsten Barmherzigkeit,
Für alle unsre Mit=Gespielen.
Kan nun der Feind der Brüder Noth,
Nicht gar aus unsren Augen rükken,
Es jammert uns der Seelen Tod,
Und suchen Dürftge zu erquikken;
So kehrt ers wieder um,
Daß unser Christenthum
Sich in die Heuchel=Liebe setzet,
Und zärtelt jedermann,
Daß eins verderben kan,
Eh man die Höflichkeit verletzet.

Die eigne und der Brüder Quaal
Hat uns so tief hinein geführet,
Daß wir in diesem Jammerthal,
Auch selbst der Feinde Pfad gespüret,
Und über ihrem böse thun,
In sanftem Sinn verharren können.
Da reitzet uns die Sünde nun,

Zuerst

Zuerſt in Rache zu entbrennen,
Wenn man uns was gethan;
Und wenn ſie das nicht kan,
So wandelt ſie den Grund der Ruhe,
Daß man aus Furcht vergibt,
Damit wer uns geübt,
Uns nicht noch etwas Aergers thue.

Das Braut-Herz kehrt in ſich zurük,
Und ſieht ſich vor bey ſeiner Liebe,
Daß ja nicht durch des Feindes Tük,
Was Fremdes an ihr hangen bliebe.
Es heißt: Das Herz bewahret ſich,
Vor allen Fleiſch- und Augen-Lüſten,
Die uns die Feinde liſtiglich
Zur Schau und Koſt entgegen rüſten.
Allein nun iſt es Zeit
Auf die Unleidlichkeit
Zu merken, die ſich ſo verkleidet,
Bis ſie nach ihrer Art,
Wenn man ſich nicht bewahrt,
Uns Böſ und Guts zugleich verleidet.

Die Reinigkeit, das ſelge Loos
Der allerinnigſten Genoſſen,
Ins Bräutgams reinem Liebes-Schooß,
Entweicht der Sünde unverdroſſen.
Hat nun der Feind der Heiligkeit
Nicht gnug gefährliche Geſtalten
In ſeiner Werkſtatt zubereit't,
Zum Aergernis ihr vorzuhalten;
So braucht er dieſe Liſt,
Daß ſich der Menſch vermißt,
Nichts mit den Blikken anzurühren
Was noch ſo nöthig thut,
Darüber wir den Muth
Zu aller unſrer Pflicht verlieren.

Die

Die Treue will, daß, was man hat,
Mit Vorsatz hingegeben werde,
Und daß man Christi Herzens-Stadt
Erwehl vor Himmel und vor Erde.
Geráth es nun der Súnde nicht,
Daß sie uns an uns selber hefte,
An unser eignes Tugend-Licht,
An unsre Ruh, an unsre Kráfte;
So öffnet sie das Thor
Vor Aug, und Herz, und Ohr,
Daß alle, auch die guten Sachen,
Uns aus dem Sinne gehn,
Und wir nicht mehr verstehn,
Wovon man sich soll lebig machen.

Die Liebe will das Herze ganz,
Da muß man nicht nur alles missen.
Dann spricht sichs erst vom Sieges-Kranz,
Wann wir das rauhe Creutze küssen,
Und allen Schmerz, und alle Noth
In unsre offne Arme fassen,
Und allem, was zu Christi Tod
Noch mitgehört, uns überlassen.
Wenn nun das Herz durch List
Nicht zu bereden ist,
Von Ausbedingen was zu sagen;
Macht er die Wege breit,
Daß sich die Seelen weit
Heraus aus ihrem Ziele wagen.

Die Seele soll recht innig seyn,
Und an den Liebes-Brüsten trinken;
Sie soll zugleich der Lust und Pein,
In eine sanfte Still entsinken,
Wenn nun der Feind nicht machen kan,
Daß wir uns an den schnöden Laffen,
Die er dem schönsten Seelen-Mann

Entgegen stellen kan, vergaffen;
So braucht er seine Macht,
Wo möglich eine Nacht
Vor unser Augen-Licht zu ziehen,
Daß wir den Freund nicht sehn,
Wie gut Er ist, wie schön,
Und uns mit düstren Schatten mühen.

Wenn ihm nun alles mißgelingt,
Uns von der Gnade abzuwehren,
(Daß er uns nicht vom Haben bringt,
Zum unersättlichen Begehren,
Worinnen sich ein Mensch bemüht,
Bis daß ihm alle Lust vergangen,
Und aus ermüdetem Gemüth,
Nunmehr läßt Händ und Füsse hangen,)
So siegt der Helden Kraft
In Christi Ritterschaft;
So sinkt schon in der Leibes-Höhle
Das Herz in tiefe Ruh,
Und thut die Sinnen zu,
Vor reiner Wollust seiner Seele.

## CII.

## Auf vier theure Mitglieder unsrer Gemeine, so in der Christ-Woche auf den Hutberg kommen.

Lämmer Christi, weinet nicht; oder weinet ihr vor
Freuden,
Daß von eurer Heerde schon neunzig mit dem Lamme
weiden?
Uebel angewandte Zähren, die man der Verwesung zollt!
Wem sind über Hoffnungs-Saaten Thränen auf sein
Feld gerollt?

T

Aber,

Aber, was beweget mich unsre Brüder anzuschreyen:
Daß sie ihr gesegnet Korn ohne nasse Augen streuen?
Halten sie nicht dieses Leben für die rechte Thränen-
Saat,
Und hingegen das Verscheiden für den ersten Freuden-
Grad?
Wahrlich! wer nur Herrnhut kennt, diese hingewagte
Hütte,
Und gibt Achtung auf das Volk, und auf alle seine
Tritte,
Der wird, (hat er offne Augen,) ohne grosse Mühe sehn,
Daß uns mit der Heimberufung eine Gnade kan
geschehn.
Gehe hin, du Volk des HErrn, und verschleuß dich
vor dem Jammer,
(Daß man Sünde sehen muß,) in die lustge Hut-
bergs-Kammer.
Warte, bis der Wiederbringer von dem stolzen Bogen
ruft:
Judith! Jürge! Paul! Rosine! kommt ihr Tauben
aus der Kluft!
Aber, wo gerath ich hin, unbeflekte Friedens-Geister!
Laßt die morschen Hütten ruhn, übergebt sie ihrem
Meister,
Unser Freund ist unser Schmelzer, wer vertraute Dem
nicht gern?
Lernt: Das ausserm Leibe Wallen, und daheim seyn
bey dem HErrn.

## Judith Kunertin. *

Ich habe meinen Freund gesehn,
Er war noch schöner als ich dachte:

Wie

---

* Eine Jungfrau von funfzig Jahren, welche in einer be-
ständigen Treue gegen ihren Heiland gelebet hat, von
dem ersten Augenblik ihrer Bekehrung an, die im Au-
gust

Wie ist mir doch so wohl geschehn,
Daß ich mich an die Liebe machte?
Sie stößet niemanden zurük,
Vielmehr erbarmt sie sich der Armen:
Und wenn ich Ihn ans Herze drükk’;
So fühl ich freundliches Umarmen.
Ihr Lieben bleibet doch
An Seinem sanften Joch,
Und traget Seine leichten Bürden:
Wenn man mit Ihm die Last
Auf seine Schultern faßt,
So ruht man auch in Seinen Hürden.

## Georg Seyfert. *

Ich zehlte zwölfmal sieben Jahr
In dieser unbeständgen Hütte.
Der Freund, des meine Seele war,
Erhörte meiner Brüder Bitte,
Und nahm mich in die Ruhe ein,
Dahin nur Seelen kommen können,
Die durch Sein Blut versöhnet seyn,
Und munter nach dem Kleinod rennen,
Der HErr erbarmte sich
Vor kurzem über mich:
Kaum aber, daß ichs Elend fühlte,
So war auch Gnade nah,
Und die Erlösung da,
Wornach mein Herz so sehnlich zielte.

T 2

Paul

gust 1728. vorgegangen. Sie lebte aber in einer un=
verrükten Befriedigung mit dem Heilande, und war ihr
immer wohl in der Gelassenheit; fragte man sie in ih=
rer letzten Krankheit, wie ihr sey, so war ihre Antwort:
Die Liebe dekket mich.

* Ein Mann von etlich und achtzig Jahren, der erst in sei=
nem hohen Alter die Schmach Christi höher achten ler=
nen, dann die Schätze Egypti.

## Paul Schindler. *

Itzo seh ich, was ich solte,
Itzo hab ich, was ich wolte,
Da ich kaum noch Othem holte,
Und vor Liebe brennete.

## Rosina Pieschin. **

Bruder! bist du kommen?
Gehst du mir entgegen,
Mich dem HErrn zu Fuß zu legen?
Weißst du nicht die Arme lieblich auszuspannen?
Ja, du winkest mir von dannen.
Nun es sey, ich bin frey!
Mann und Kinder weiland,
Laßt mich itzt zum Heiland.

Nun du Saat der Ewigkeit geh in die gewünsch-
te Fäule,
Christi Blut bedünget dich, sorge nicht für lange
Weile.
Bey dem HErrn sind sechzehn Stunden gleich so kurz
als tausend Jahr,
Eh es Welt und Zion glauben, ist die Saat zur Ernd-
te klar.
Aber ihr in Herrenhut eingeschloßne Braut-Gemüther,
Die ihr euch noch schmükken laßt, gehet heim zu euerm
Hüter.

Sagt

----

* Ein sieben und sechzigjähriger Mann, der seinen Heiland
innig geliebet, und mit einer seligen Empfindung Seiner Liebe verschieden ist.

** Eine Frau von vier und zwanzig Jahren, die eine Zierde
der Gemeine gewesen, deren Bruder in den Banden das
Evangelium mit seinem Tode versiegelt hat. Sie vermeynte in ihrer letzten Krankheit, ihr Bruder wartete auf
sie, und freuete sich, ihn zu empfahen.

Sagt Ihm: Theurester Hegai, wolln wir doch ganz
leidsam seyn; Esth. 2, v. 9.
Mach uns feurig oder feuchte, nur mit Blut des
Lammes rein!
Malach. 2, 2. c. 3, 2. Offenb. 7, 14.

## CIII.

# Neu=Jahrs=Gedanken an den Kron=Prinzen von Dännemark.

Kron=prinz! Deine holden Augen sehen diß geringe
Blat,
Welches dein getreuer Diener, Königs=Sohn! geschrie-
ben hat.
Hier ist nicht ein einig Wort, das den Raum mit Un-
recht füllet;
Denn es wird daher gebracht, wie es aus dem Herzen
quillet.
Weil ein neues Jahr vorhanden, wird auch meine
Diener=Treu
Hoheit! gegen deiner Tugend, und zu deinem Segen
neu.
JEsus, der so gnädige Heiland aller armen Sünder,
Mache Kron=Prinz Friedrichen zum Exempel heilger
Kinder.
Solte das nicht herrlich klingen, durch das königliche
Haus?
Heiland! führe diese Bitte zum gewissen Segen aus.
So ein Majestätisch Reis, dran sich einst die Völker
lehnen,
Ehret man mit tausend Lust oder Millionen Thränen.
Nun so müsse dann die Liebe, theurster Friedrich! dein
Panier,
Und zugleich dein Führer werden. Meine Seele
wünscht es dir.

T 3       CIIII.

## CIIII.

# Dergleichen an die Prinzeßin Charlotte Amalie.

Hier ist ein Empfehlungs-Wort zu dem ewig-treuen
GOtte,
Für die mehr Begnadigte, als gnädigste Charlotte;
Denn, so hoch der Ehren-Gipfel, da die Theurste
Fürstin wohnt;
Solch ein Abgrund ist die Gnade, womit ihr die Liebe
lohnt.
Königs-Tochter, dieses ist meiner Wünsche Ziel und
Ende:
Unser Heiland nehme doch Eure Hoheit auf die Hände:
Seine Majestät berühre Ihre Salbungs-volle Stirn,
Und bekröne mit Erbarmen die Erlauchte Fürsten-Dirn,
Dieser Jahres-Wechsel soll keine Aenderung in Dingen,
Die der grossen Erb-Prinzeß selig wären, mit sich
bringen;
Aber was ihr Herz betrübte, und doch ohne Nutzen war,
Nehme unser HErr von dannen, mache Dero Augen klar.
Königs-Tochter, lassen Sie JEsum Christum, Ihren
König,
Ihrer Wünsche Ziel-Stand seyn, dünkt Sie Seine
Ehe wenig:
Holder Bräutigam! verleide dieser Deiner Magd die
Welt;
Aber schenke ihrer Seele das, was ewig wiederhält.

## CV.

# Auf der Frey-Frau von Meußbach 82stes Geburts-Fest.

Den zeitigen und jenen sparen,
Ist GOttes Weise, wer ist klug?

Das

Das Weib bey vier und achtzig Jahren,
Die JEsum auf den Armen trug;
Der Alte, der zur Ruhe eilte,
Als er das Heil der Welt umfing;
Wer einem doch Bericht ertheilte!
Mir ists ein unbegreiflich Ding.

Gewiß, wer seinen Heiland liebet,
Und liebt zugleich Sein Eigenthum;
Der wird erfreuet und betrübet,
Durch Christi Schande oder Ruhm.
Ich bitte meinen Seelen-Werber:
Er wende nur die Schmach von mir,
Darüber ich kein Leiden herber,
Und keinen grössern Schmerzen spür.

Ich meyne, JEsum Christum nennen,
Und Seinem Herzen ferne seyn;
Sich selber nicht im Grunde kennen,
Und also nicht um Gnade schreyn:
Weil aber Fleisch und Blut commode,
Und sichs nicht gerne sauer macht,
Ein Christenthum auf seine Mode
Ersehen, das die Welt erdacht.

Zwey Dinge sind, die unsre Seele
Der Seligkeit entgegen führn:
Das erste ist die Wunden-Höhle
Wenn wir uns dahinein verliern;
Das andre, Christi Joch, das linde.
Das erste bringet uns zur Ruh:
Das andre lenket uns geschwinde
Und sicher auf die Schranken zu.

Hat jemand kein verklärtes Auge,
Dem Heiland in Sein Herz zu sehn;
Der wisse, daß er gar nichts tauge,
Und, daß es um sein Heil geschehn.



Hat

Hat aber jemand Gnade funden,
Und will nicht in die Streiter=Bahn,
Darinn die Zeugen überwunden;
Der gibt die Gnade wieder an.

HErr! der du unsre arme Seele
Auf Deinem Mutter=Herzen trägst,
Und an der Werkstatt ihrer Höhle
Stets neue Treu vor Augen legst;
Erhalte uns nach Deinem Willen,
Bis jedes sich, Du Seelen=Mann,
In Deinen blutgen Wunden stillen,
Und Deines Joches rühmen kan.

## CVI.

## Auf Clemens Thiemen Superintenden=ten in Colditz, da er entschla=fen war.

Mein Clemens! kan das seyn;
   Das theu'r erworbne Gut,
Das Fünklein Abend=Schein,
Dein liebes Herrenhut,*

Das

* Der sel. Mann hatte ein groß Verlangen nach Herrnhut.
Er reisete, wie man zu reden pflegt, alle Jahr zu uns;
und wir hatten ebenfalls herzlich gewünscht, ihn bey uns
zu sehen; weil uns sehr viel dran gelegen war, bey denen
bedenklichen in= und äussern Umständen, darinnen sich
unsere Gemeine befande, alte erfahrne Männer an Ort
und Stelle zu Rath zu ziehen. Der HErr aber, der die
Ehre allein haben wolte, hat es uns so gut nicht werden
lassen. Er drükt sich einmal über diese Reise also aus:
" Er habe mein Erinnerungs=Schreiben mit herzlichem
" Kuß empfangen, um so vielmehr, als die ganze Ge=
" meine der Heiligen unsers Orts nach ihm aussähe. Und
" y

Das mit dir von GOtt entglommen,
Hat dich nicht zu sehn bekommen?

Und also hat der HErr
Nur mich so hoch erfreut,
Zu sehn euch Wanderer
Zur grossen Ewigkeit:
Denn die Donner unsers Franken
Hörte ich in ihren Schranken.

Als ich nach Halle kam,
Itzt zwey und zwanzig Jahr,
Und meinem Bräutigam
Schon anvertrauet war;
Hab ich Elers tiefes Wesen
Mir zum Muster auserlesen.

Da sah ich gleicher Weis
Den Paul Antonius,
Weil seiner Brüder Fleiß
Viel Menschen fangen muß,

T 5

Eich

" o wie sehnlich verlangte er vielmehr sie zu sehen, da=
" mit er uns auch etwas geistlicher Gaben mittheilen kön=
" ne, uns zu stärken; d. i. daß er samt uns getröstet wür=
" de durch unsern und seinen Glauben, auch das Gedächt=
" nis eines vollendeten Mit-Streiters (des sel. Melchior
" Nitschmanns) (vielleicht nach dem Exempel unserer
" allerersten und besten Vorfahren im Christenthum bey
" den Gräbern der heiligen Märtyrer) Christ-feyerlich
" und sehr erfreulich mitbegehen möge, wenn nicht die
" Göttliche Gewalt ihn mit Stein-Beschwerung so an=
" gegriffen, daß er einen so weiten Weg zu reisen nicht
" wagen dürfe. So aber der HErr wolle, und er lebe,
" solle es mit nächstem geschehen. Indessen, ob er wol
" dem Fleische nach nicht da sey; so wäre er aber im Gei=
" ste bey uns, freuete sich und sähe unsere Ordnung und
" unsern vesten Glauben an Christum." Welches er mit
vielen andren Ausdrükken begleitet, welche man aus Be=
scheidenheit nicht anführen kan.

Sich zu ihrem Netze flikken
Ohne langes Winken schikken.

Und, o wie freut ich mich!
Als ich dich auch erblikt,
Dich, theurer Thieme, dich,
Den Lieb und Ernst geschmükt;
Colditz, Leipzig, Dresden sahen
Unser inniges Umfahen.

Mein Trieb verschonet gern
So manchen in der Welt
Verborgnen Knecht des HErrn,
Der unsern Bund noch hält,
Und ders mit bezeugen könte,
Was uns da die Liebe gönnte.

In Colditz hast du mir
Den Kleinods-Lauf erzehlt
Der sonderbaren Vier,
Die sich der HErr erwehlt:
Meine Seele mußte sagen:
Das ist Amminadibs Wagen.

Den Leipziger Besuch
(Nach unsers Meisters Lehr
Und dem Concordi-Buch) *
Vergeß ich nimmermehr;
Den Vergleich der Seligkeiten          Matth. 5.
Und der Ueberwindungs-Zeiten.     Offenb. 2, s.

In Dresden ward ein Plan
Gemeinschaftlich besehn,
Wie man die Lebens-Bahn
Mit Freuden solle geh'n,

Daß

---

* Art. Smalc. P. III. Art. IV. de Evangelio, in fine. All-
wo die itzo verrufnen Privat-Convente so herrlich anbe-
fohlen werden.

Daß man auch unſträflich wandle,
Und noch andre mit behandle.

Wir haben ſeit der Zeit
Einander lieb gehabt,
Und uns in Freud und Leid
Auf manche Art gelabt:
Bald iſt unſer Frank entwichen,
Paul und Elers ſind erblichen.

Ich habe jenem Knecht
In Demuth nachgeruft:
Den andern auch mit Recht
Geehret in der Gruft;
Paulo hab ich ſtille Triebe
Nachgeſchikt aus Drang der Liebe.

Nun kommt die Reih an dich,
Verklärter Zeuge du;
Du eilteſt ritterlich
Dem ſchönen Siege zu.
Leib! dich heiß ich ſtille liegen,
Seele! dich, zur Arche fliegen.

Weil aber, ſelge Vier!
Ihr mich ſo hoch geliebt,
Und zu des Bräutgams Zier
Beredet und geübt:
Will ich euch zum letzten Segen
Meinen Sinn vor Augen legen.

Ich liebt euch über mich:
Ihr war’t der Liebe werth,
Ihr kämpftet ritterlich,
Ihr habt des HErrn begehrt;
Euch wars Ernſt um Chriſti Heerde,
Daß ſie rein und heilig werde.

Mir.

Mir, so gering ich bin,
Ists auch darum zu thun,
Daß JEsu Christi Sinn
Mög' in den Seelen ruh'n,
Und, ob alles Fleisch betröge,
GOtt für wahrhaft gelten möge.

Ich wende keine Müh'
Auf falsch berühmte Kunst:
Die Blut-Theologie          1 Pet. 1, 13: 23.
Hat meine ganze Gunst,
Die vom Creutze hergekommen,
Und am Creutz wird eingenommen.

GOtt ist kein harter Mann,
Der nimt, was Er nicht giebt,
Und welcher hassen kan,
Was Er zuvor geliebt:
Ihm gehören alle Seelen
In und auffer ihren Höhlen.

Doch leget GOttes Wort
Handgreiflich an den Tag,
Daß GOtt der Sünde Tort
Unmöglich leiden mag,
Und daß, für die Sünden-Bisse,
GOttes Sohn sich opfern müsse.
                    Jes. 53. Joh. 3.

Der Fall ist offenbar
Es stehet in der Schrift,
Und ist uns selber klar,
Auf die er täglich trift:
Denn was haben wir für Gaben
Die nicht auch die Thiere haben?

Die Menschen sehen das:
Den einen greifft es an;
                              Der

Der andre weiß nicht, was
Und wo er helfen kan;
Und der dritte Theil der Thoren
Geht mit gutem Muth verloren.

Ein unansehnlich Volk
Von ganz geringer Zahl
Genant die Zeugen-Wolk,
Zerstreut durchs Jammerthal,
Führt von einem höhern Bilde
Etwas sichtbarlichs im Schilde.

Es bildet sich nichts ein,
Verachtet das Gefühl,
Begehret arm zu seyn,
Und müht sich dennoch viel;
Und da möcht ein Kluger denken:
Wer wird solche Leute kränken?

Allein sobald ein Haus
Dergleichen sehen läßt,
So rufet alles aus:
Hierinnen ist die Pest,
Und der Mensch von GOttes Gnaden
Wird mit Schmach und Druk beladen.

Fragt einen Meister nur,
Der alles rathen kan,
Der selbsten der Natur
Die Quellen aufgethan:
Warum ist den Tygern Frieden,
Und den Schafen Krieg beschieden?

Ich sage ohne Scheu:
Man weiß die Ursach nicht;
Hört aber nur, wie frey
Der Hirt der Schafe spricht:
Daß die Völker auf der Erden
Ihn und sie nicht leiden werden.

Gelobt sey euer Fleiß,
Ihr Creutz-Theologi,
Die ihr, mit Angst und Schweiß
Und unabläß'ger Müh',
Durch die unwegsamen Höhlen
Brecht bis zu der Menschen Seelen.

Vor funfzig Jahren wars
Noch keine Ketzerey
Daß des Erlösungs-Jahrs
Kein Sclave würdig sey,
Der sein Elend nicht beklaget
Und sich Christo zugesaget.

Weil aber euer Mund,
Bey einer grossen Schaar,
Mit GOttes Gnaden-Bund
Wohl angekommen war,
Blieb nichts übrig denen Schwätzern,
Als die Wahrheit zu verketzern.

Ihr, die ihr unverwandt
Der Lehre Reinigkeit
Und dem Verleugnungs-Stand
Bedient gewesen seyd,
Geht und erndtet eure Saaten,
Die zur Ewigkeit gerathen.

Ich bleibe noch zurük,
Ich, euer Mitgenoß,
Den Christi Gnaden-Blik
Wie euch ins Joch verschloß;
Ich will unter denen Fetten
Meines Rufers Tugend retten.

Mein Name gehe hin,
Und meine Ehre mit:
Mein zeitlicher Gewinn.
GOtt thu nur meine Bitt':

Ueber

Ueber dem Geschäft zu sterben, -
Seelen für das Lamm zu werben.

Mein Zeugnis in der Welt
Bleibt bey der GOttes-Kraft,
Beym Blut, beym Lösegeld
Von der Gefangenschaft,
Und wie man schon auf der Erden
Reichlich solle dankbar werden!

Dabey behaupt ich diß,
Und wage alles dran,
Die Kirche ist gewiß
Verstreut im Elends-Plan.
Und die Glieder, die sich finden,
Sollen sich genau verbinden.

Die Welt soll Zeuge seyn,
Daß sich diß Häuflein liebt,
Und jedem das, was sein,
Voraus dem Kaiser giebt,
Aber auch bey Druk und Spotte
Das, was GOttes ist, nur GOtte.

Und hiemit segn' ich dir,
Mein Bruder, deine Ruh.
Die Liebe gebe mir,
Daß ich die Wahrheit thu:
Alle, die wir erben sollen,
Lehr die Liebe: Sterben wollen!


## CVII.

# Auf seiner Tochter Namens-Tag. *

Meine liebe Tochter!
Unser angejochter

                                    Und

* Am 6ten Junii.

Und gebundner Hals
Trägt des Lammes Ketten,
Um sich zu erretten
Von der Last des Falls.
Weil uns Licht
Und Kraft gebricht:
So ersetzt des Feindes Lenken,
Was wir nicht bedenken.

Darum sind wir Sünder,
Darum sind wir blinder
Als ein Maulwurf ist:
Wenn wir uns selbst führen,
Und nicht ganz verlieren;
Wenn nicht JEsus Christ,
Und wen Er
(Nicht ungefehr)
Uns zum Leiter zugeführet,
Unsern Gang regieret.

Bleib dem HErrn gefangen,
Stürme mit Verlangen
In die Gnade ein:
Laß nicht ab zu beten,
Und zum HErrn zu treten,
Lerne stille seyn.
Aber sey
Auch froh und frey,
Und bewahre dich vor Dingen,
Die in Schwermuth bringen.

Mir und meiner Frauen
Gib mit Lust zu schauen
Was der HErr gethan,
Der dich von dem Grabe
Fünfmal wieder gabe,
Dem gehörst du an:

Lebe Ihm
Und sing und rühm,
Daß du eine von den Esthern,
Wie die Mährschen Schwestern.

## CVIII.

## Auf seinen Sohn, Johann Ernst, und den theuren Knaben-Aeltesten, Matthäus Linner, in Herrnhut.

Der Heiland ist ja noch bey Seinem Volk daheim:
  Wir haben in der Zeit von deinen Wallfahrts-
                                          Tagen
Vier Hütten eingelegt (vier Wohnungen von Läim.)
Johann Ernsts kleiner Schutt ist noch nicht wegge-
                                          tragen. *
Diß hatte mir ein Freund zur Nachricht mitgetheilt,
Als ich vor kurzer Zeit auf Herrnhut zugeeilt.

  Ich trat in diesen Ort, der Christi Liebes-Ziel
Und ein Behältniß ist von vielen Gnaden-Zundern.
Ich hemme meinen Trieb, denn was beschreibt ein
                                          Kiel,
Von unerkanter Kraft, von unsichtbaren Wundern?
Gnug! daß die Kinderschaft den Vater kennt und
                                          küßt,
Der noch so wenigen recht offenbaret ist.

  Mein Sohn wird zu dem Rest der Brüderschaft ge-
                                          bracht.
So mancherley Geschäft verhindert anzuzeigen,
Wie sanft er ausgeschnaubt, wie lieblich er gelacht,
Als seines Vaters GOtt ihm rief hinauf zu steigen;
            U                           Wie

_____________________
* Das war ungefehr die Erzehlung, welche uns auf der Rük-
  Reise zu Budißin entgegen kam.

Wie sein Geschwister selbst, das kaum zu lallen pflegt,
Zu seinem letzten Dienst die Zunge * munter regt.

    Johann Ernst geht dahin, und niemand singt ihm
                           aus,
Darüber wolten sich verschiedene bewegen:
Allein es wartete ein Schiksal auf mein Haus,
Ein meiner Kinder Baar schon sonst gegönnter Segen.
(Ein Märtrer, den der HErr aus Band und Fesseln
                        rükt,
Mein theurer *Nitschmann* ward mit *Friedrichen* ** be-
                        schikt.)

    Gedacht ichs, lieber Sohn, als mein erfreuter Sinn
Dich in das grünende Behältnis eingeschoben:
Es käm in kurzer Zeit ein junger Held dahin,
Dir sey darauf dein Lied, mir Thränen aufgehoben,
Gedacht ich das von Dir, du Gnaden-voller Geist,
Der seiner Hütten Band so eilende zerreißt?

    Wär ich der Neuerung ein wenig zugethan,
Und bliebe nicht so gern bey alten guten Sitten;
                              So

---

* Als der selge Johann Ernst Miene machte zu sterben, weine-
te die ältere Tochter; Ihr Bruder aber von vier und ein
halb Jahr fragte sie: Was weinest du? Sie antwortete;
Daß mein Bruder stirbt. Da sagte er: Er stirbet ja nicht,
ob man schon so spricht, sein Elend stirbt nur. Und als
das Kind den Tag vor seinem Ende viel ausstand, ging die
kleinste Tochter von anderthalb Jahren um die Wiege herum, und sang ganz anmuthig und vernehmlich: Stilles
Lämmlein, frommes Schäflein, anders kans nicht
seyn auf Erden, morgen wird es besser werden.

** Die Gedächtnis-Predigt des seligen Melchior Nitschmann,
welcher im Kerker zu Schildberg an eben der Krankheit,
daran dieser verschieden ist, eingeschlafen war, (eine Krankheit, welche ihm die vor fünf Jahren erlittene Marter zuwege gebracht) und das Begängnis Graf Christian Fried-
richs, wurde zugleich gehalten.

So gåb ich diesesmal gewiß die Frage an:
Warum der Linner schon aus seinem Ort geschritten?
Doch HErr, es kehrte sich Dein Eingeweide um,
Joh. 11.
Wenn ich so untreu wår, und fragte dich:  Warum?

Mein Alles, haft Du mich, so nim auch diesen Theil
Von meinem ( HErr Du weißßts!) Dir zugestorbnen
Herzen,
Die Creatur wars nicht, um die ich eine Weil
Mit Deiner Seele rang, (nicht ohne allen Schmerzen,)
Ihr Kinder, Linner stirbt! Erkennt ihr eure Noth,
Der GOtt Eliå lebt.  * Was red ich? Wer ist todt?

## CVIIII.

## Im Namen der Gemeine.

O Du Hüter Ephraim,
	Des geringsten Theils der Heerde
Deiner Erde,
Unser Auge sieht mit Schmerz,
Niederwerts;
Aber unsre Seelen blikken,
Mitten in dem Niederbükken,
In Dein hoch-erhabnes Herz.

Tödten ist dem HErrn erlaubt:
Denn Er tödtet nur (vom Bösen
Zu erlösen)
Nichts als unheilsame Noth,
U 2 Nichts

* Das war unsre Loosung an dem Tage seines seligen Able-
bens, welches der 30ste Junii war, zu welchem er etliche Tage zuvor sich in das vorjåhrige Loosungs-Büchlein mit fol-
genden Worten eingeschrieben: Mein ganze Herze, mein
ganzer Sinn ist auf JEsum gerichtet. Und ist merkwürdig,
daß der Ort Hiob 7, 2. gleich daneben gedrukt stehet.

Nichts als Tod,
Und der Lüste ihr Gehekke,
Und der Sünden Eiter-Stökke,
Und der Glieder Sterb-Gebot.

Ehmahls solts gestorben seyn,
Und dasselbige zur Strafe,
Für die Schafe,
Die sich von der Lebens-Bahn
Abgethan;
Doch die unverdiente Tödtung
(Wir bekennens mit Erröthung)
Ward dem Hirten angethan.

Seit der Zeit ist unser Ziel,
Das die Menschen Sterben nennen,
Dies nicht kennen,
Nur ein seliger Beschluß
Vom Verdruß,
Nur der letzte Schritt des Ganges,
Den man durch das Thal des Dranges
Hinter Christo gehen muß.

Schau auf Deine Herrenhut,
Haupt der Schwachen und der Kleinen,
Die dich meynen;
Itzt zehn Jahr sprach Deine Treu,
Plötzlich: SEY!
Gnade, drinnen wir uns spiegeln,
Wunder, welche wir versiegeln,
Werden alle Morgen neu.

Ueber hundert hast Du schon,
Weiser Heiland! aufgehaben,
Und wir traben
Noch, solang es Dir gefällt,
Durch die Welt.
Die Vollendungs-Wolke taufet,

Seit der elfte Jahr-Gang laufet,
Erſtlich einen jungen Held.

Heute, HErr, gefiel es Dir,
Matthäs Linnern, Deinem Kinde,
Gnaden-Winde,
(In der GOttheit Meer zu gehn)
Zuzuwehn.
Solten wir uns unternehmen,
Deine Liebe zu beſchämen,
Und zu ſprechen: Laß ihn ſtehn:

Fahre hin ins Herz mit uns,
Inniglich geliebter Bruder!
Bleibt dein Ruder
Gleich in Einſamkeit zurük,
Weil das Glük,
Deine Stelle zu bedienen,
Unſer keinem noch geſchienen,
Wir erwarten Chriſti Blik.

Der geſegne dir den Schlaf,
Du gehſt früh genug zur Ruhe,
Deine Schuhe
Sind nicht durch den langen Weg,
Rauhen Steg,
Noch vom Alter abgeriſſen.
JEſus wird die Urſach wiſſen,
Daß Er dich zu Bette leg'.

Danke unſerm lieben HErrn,
Den die heilgen Seelen droben
Immer loben,
(Denn mit Dank erlanget man,
Was man kan:)
Danke Ihm, daß unſre Jugend
Deinem Glauben, Deiner Tugend
Nachzufolgen lieb gewann.

U 3

Nun.

Nun, du zartes Knaben-Volk,
Laß dich doch zu Christi Sitten
Früh erbitten,
Denke, daß es JEsus Christ
Würdig ist.
Wer, wie unser Linner, stehet,
Wird, wie er, ins Licht erhöhet,
Und zum Hochzeit-Fest gerüst.


## CX.

## Die Hoffnung der geringen Leute über Hiob 5, 16. Offenb. 12, 10. zur Gedächt- nis-Predigt seiner Frau Schwieger- Mutter, Frauen Erdmuth Benignen Reußin, gebornen Gräfin zu Solms.

Der Hiob ist ein grosser Mann
    Von tugendhaften Sitten,
So, daß ihn niemand zeihen kan,
Worinn er überschritten.
Das machet den Verkläger kek
Ihm etwas anzudichten,
Und siehe, er erhält den Zwek,
Den grossen Mann zu sichten.

Die Welt-bekante Sünderin,
Maria Magdalene,
Wirft sich zu JEsu Füssen hin,
Und thut Ihm allzuschöne.
Ein Lehrer läßt bey diesem Schein
Vernunfts-Bedenken walten;
Der Heiland reißt ihm alles ein,
Die Magd muß recht behalten.

                                        Hört

Hört man nicht von weiten
Christi Creutzes Feinde
Und der Eitelkeiten Freunde,
Hört man sie nicht sagen:
Das ist unser Stekken,
(Wenn wir Händ und Füsse strekken,)
Daß ein Kind
Gnade sind;
Wenns nichts Gutes treibet,
Und viel Gutes gläubet?

Nein, die Feigen-Bäume,
Die der HErr verfluchet,
Weil Er Frucht umsonst gesuchet,
Sind nicht Gnaden-Ziele:
Sondern die Marien,
Die die alten Wege fliehen,
Oder die
Sich der Müh
Ihrer tapfern Triebe,
Schämt vor lauter Liebe.

Die, der man dieses Ehren-Fest
Im Reussen-Lande angesaget,
Und alles Volk sich halten läßt,
Wie Israel die Mirjam klaget,
Die vormals kluge Richterin
Des Erbtheils ihres zarten Sohnes,
Und tapfere Verstreiterin
Der Rechte ihres Witwen-Thrones;
Die rühmte sich gewiß,
(Wie viele zeugen diß?)
Von nichts als einem guten Wollen:
Und da des HErren Hand
Sie an das Lager band,
So überzehlte sie das Sollen.

U 4

Ihr

Ihr Streiter hört! es ist ein Wort des Fürsten:
Die Zeit ist kurz, wir haben einen Plan,
Darnach die Kriegs- und Siegs-Gemeinen dürsten,
Der unserm Haupt den Hunger stillen kan:
Des Vaters Willen ist zu thun,
Wer nicht mit Freuden wirkt, kan ohne Angst nicht ruhn,
Wer zweifelt, daß der Diener im Gerichte
Der selgen Frau was vorzuhalten findt,
Und wärens nur uneingebrachte Früchte,
Die ihr im Feld erliegen blieben sind?
Sie konte vom Verklagen
Des Argen wenig sagen:
Denn sie lag still in sich.
Wir mögen uns nur alle selber fragen:
Was sagt dein Herz? Die Trägheit rüget mich.

Was saget dann die selige Beklagte?
War ich nicht ehemals ein scheinend Licht,
Weiß niemand mehr, was ich im Glauben wagte?
Land! zeuge! bracht ich dir die Wahrheit nicht?
Führt ich die Einfalt nicht ins Haus,
Und sah nicht Ebersdorf vorlängst wie Laubach aus?
Das sagt sie nicht (sie ist erfahren,)
Wir wissens besser, was sie sagt,
Sie und mit ihr mehr Streiter-Schaaren:
Ich bin des HErrn geringe Magd,
Ich habe mich für meinen König
Bemühet: Aber ach wie wenig?
Er ist vergnügt, ich schäme mich.

HErr hilf uns durch beym Reichs-Erscheinen,
Wie dieser Deiner Magd der kleinen,
Denn, ach! wer dient Dir würdiglich!
Zeuch dann hin, du theur erstritten
Und durchs Recht erlöstes Herz,
Und vergiß den Namen: Schmerz:
Denn der ist das Theil der Hütten.

Unser

Unſer Vorſatz wird erneuet:
Keines wird als anverwandt,
Nach wie vor, von uns erkant,
Keins :,: :,: :,: Keins das Chriſti Schande ſcheuet.
Wer den HErrn nicht liebt noch ſucht:
Dem iſt beym Amen, dem GOttes Namen, einmal
geflucht.

## CXI.

# Auf ſeiner Gemahlin 32ſten Geburts-Tag.

Wenn man glauben ſolte,
    Daß die klugen Dichter,
Unſers Kampfes Splitter-Richter,
Chriſti Creutz-Erkentnis
Ueberſehen könten,
Und ſich billig weiſe nennten;
Müßte man
Wol den Plan
Ihrer Kunſt und Gaben
Nicht geſehen haben.

    Ehmals ſprach ein Heide
Von den Glaubens-Sachen:
Werdet ihr dann meiner lachen,
Wenn mit dieſem Leben
Euer Geiſt verſchwunden,
Wie ihr Weiſen ausgefunden?
Hat mein Satz
Aber Platz,
Wie wird euer Wagen
Meinen Spott ertragen?

    Chriſten möchten weinen,
Sterbliche zu kennen,

U 5

Die

Die sich Christen=Menschen nennen,
Die vor Christi Wahrheit,
Und dem Wort der Zeugen
Sich mit Ehrerbietung neigen;
Fragt man nun,
Was zu thun?
Wissen sie die Lehren
Alle zu verkehren.

Mit Privat=Personen,
Die im äussern Leben
Sich die Freyheit wolten geben;
So zusammen hängen,
Allen Laut verlassen,
Und dergleichen Schlüsse fassen:
Nein heißt Ja!
Hier und da
Würden alle Knaben
Ihr Gespötte haben.

Würden unter Menschen,
Die zusammen wandeln,
Und in einer Sprache handeln,
Hundert tausend einig,
Wenn sie reden solten
Daß sies anders deuten wolten;
Möchten sie
Sich der Müh
Ihren Sinn zu sagen,
Nur zugleich entschlagen.

Aber, daß die Seelen
Eine Schrift verdrehen
Eines, dem sie zugestehen,
Daß Er sie vom Fluche
Mit sich selbst erkaufet,
Wahrheit, drauf man alles taufet:

Das

Das kömt mir
Rasend für.
Vor dergleichen Christen
Lob ich noch Deisten.

Weg mit diesen Bildern,
So die Seelen quälen,
Die sich unsern HErrn erwehlen!
Auf die grosse Frage:
Wo, ist zum Exempel,
Auf der Welt ein Geistes-Tempel?
Zeig' ich dich
Männiglich,
Bild der wahren Ehe,
Theure Dorothee.

Innigst-liebe Liebe!
Dein durchdringend Auge
Sieht, wie viel ein Herze tauge.
DU hast unser Bündnis
Zehn Jahr angeblikket,
Und ermahnet und erquikket;
Billig ruht
Unser Muth,
Nach den Prüfungs-Stunden
Nun in Deinen Wunden.

Drum so komm und leuchte
Mit dem Gnaden-Strahle
Unserm Lob- und Liebes-Mahle;
Kinder mögen fordern
Was sie nöthig haben;
Du gibst lauter gute Gaben.
Schwester auf!
Hilf mir drauf,
Ich weiß für uns beide,
Nichts als Ihn zur Freude.

Für

Für die Creutz-Gemeine,
Dran wir vester kleben,
Als an unserm eignen Leben,
Bitten wir den Fortgang,
Unverlöschter Zunder
Deiner Lichterlohen Wunder!
Zünde an,
Laß die Bahn
Dieser zwo Gemeinen
Ihre Gluht vereinen!

## CXII.

## Auf seiner Tochter Theodore, von zwey Jahren, Heimberufung.

Herz der göttlichen Natur,
   Herz der offenbarten Liebe,
Herz der Triebe,
Meine Seele opfert Dir
Diese hier,
Und im brennenden Verlangen
Deine Salbung zu empfangen,
Oeffnet sich des Geistes Thür.

   Dieses war des Glaubens Wort,
Welches meiner Tochter Seele
Aus der Höhle,
Und aus alle ihrem Drang,
Aufwerts schwang;
Dieser Stimme stilles Tönen,
Und der Theodore Krönen,
Waren ein Zusammenhang.

   Theurer Heiland! sage mir,
Wie gerath ich arme Made
Zu der Gnade,
Daß Du meiner Kinder Last

Selber faßst?
Denn sie kan so bald nicht drükken,
So befreyst Du meinen Rükken,
Den Du sonst beladen hast.

Theodora Caritas
War zwar eins der ungemeinen
Edlen Kleinen;
Ihrer Hütte engen Raum
Merkt man kaum,
Und ihr Kinder-Sinn und Wille
Reget sich in solcher Stille,
Daß man denkt, es sey ein Traum.

Eben drum, du theures Herz!
Spricht der Hirt der kleinen Schafe:
Dorel schlafe:
Weil es ewig Schade wär,
Wenn die Ehr
Einer unbeflekten Seele,
Ueber der Gefahr der Höhle,
Sich ein einigs mal verlör.

Falle hurtig, viertes Looß,
So mir lieblich ausgefallen;
Unter allen
Findest du das schönste Theil.
Fahr in Eil,
Und bleib im zerspaltnen Herzen
Des verklärten Manns der Schmerzen,
Stekken als ein reiner Pfeil!

Hörst du deines Vaters Rath;
Oder singst du deine Lieder
Etwa wieder?
Daß dir ja der Worte Sinn
Nicht entrinn!
Laß dich deinen König küssen;

Will

Will Er aber sonst was wissen,
Statt der Antwort, sinke hin.

Meine Sorg ist aus für dich.
Drum, du Fürst der Seelen-Pflege,
Theurer Hege!
Es erstrekt sich ja die Macht
Meiner Wacht
Nur auf die in Hütten wohnen;
Du bist Hüter bey den Thronen;
Nim die Dorel gut in Acht!

## CXIII.

## Neu-Jahrs-Gedanken über des Heilands Namen.

Brüder, laßt uns Ihn erheben,
Den ihr ohne Namen kennt;
Aber Er muß selber geben,
Wie man Ihn am besten nennt.

Name über alle Namen!
Unsre Knie beugen sich.
Gib uns, wesentliches Amen,
Dir zu knien würdiglich.

GOtt! Du unbeschriebnes Wesen,
Bliebst verschwiegen fort und fort,
Niemand hätte was gelesen
Von Dir ohne GOttes Wort.

Erstgeburt der Creaturen!
Fang in uns zu leben an.
Schaff, o Anfang der Naturen,
Uns zum Werk in GOtt gethan.

Mensch, Du einger Mensch in Gnaden,
Mache uns zu Dir ein Herz:

Arzt

Arzt erstatte allen Schaden;
Salbe! zeitige den Schmerz.

Bild des unsichtbaren GOttes,
Mach uns Deinem Bilde gleich;
Stirn voll frevelhaften Spottes,
Mach uns hart, wir sind zu weich.

Vater derer Ewigkeiten,
Baue uns ein bleibend Haus;
Schöpfer aller guten Zeiten,
Kaufe uns die Stunden aus.

Kind, in Deine Wiegen-Bande
Wikle unsre Großheit ein,
Und laß sie zur ew'gen Schande
Vor Dir aufgehenket seyn.

Same, fall ins Herzens Höhlen,
Wenn sie recht erwärmet seyn,
Zur Empfängnis vieler Seelen,
Fruchtbar und empfindlich ein.

Laß Dich inniglich umfangen,
Theure Liebe tausendmal;
Dein erbarmendes Verlangen
Zieht die Seelen ohne Zahl.

Schönster, Deiner Augen Blitzen
Schmelz die Unempfindlichkeit;
Seelen-Schatz, laß Dich besitzen,
Unsre Armuth gehet weit.

Guter Freund gönn' unserm Klagen
Immerdar ein leises Ohr,
Und bring alle unsre Plagen
Deinem GOtt beweglich vor.

Führst Du gleich das Steuer-Ruder
Der gestirnten Monarchie,

Bist

Bist Du dennoch unser Bruder,
Fleisch und Blut verkennt sich nie.

Wärst Du nicht, du lieber Buhle,
Was Du bist, Du würdst es erst.
Liebe riß Dich noch vom Stuhle,
Weil Du unter uns gehörst.

Hat sich nicht Dein Herz betrübet,
Als es schien, Du kämst ums Lamm,
Denn Du warst darein verliebet
Treuer als kein Bräutigam.

Nun Du dann mit blutgen Kämpfen
Unsre Seel erstritten hast,
Soll den Lobes-Schall nichts dämpfen,
Keine inn- noch äussre Last.

Aufgestiegnes Reis von Jesse,
Wer versetzet uns in Dich?
Trauben, aus der Kelter-Presse,
Ueberfüllt uns mildiglich.

Süsser Weinstok, laß die Säfte
Deiner Wurzel übergehn,
Und in uns als Reben Kräfte
Von der künftgen Welt entstehn.

Myrrhen-Büschel, bleibe hangen
In der aufgethanen Brust,
Und mach unserm Haupt und Wangen
Deine Bitterkeit zur Lust.

Baum des Lebens, laß uns schmekken
Deiner Aepfel Süßigkeit,
Und uns den Geschmak erwekken
Aus der Hingesunkenheit.

Bild der Unverweslichkeiten,
Unumspannter Ceder-Stamm,

Sey

Sey uns Kirchen-Zimmerleuten
Gut für allen Wurm und Schwamm.

Liege unsren Geists-Pallästen
Da zum Diamanten-Grund;
Sey der Ekstein ihrer Vesten,
Ohne den noch nichts bestund.

Wärst Du nur auch selbst der Tempel,
Da man anzubeten käm,
Und des GOttesdiensts Exempel,
Der dem Vater angenehm.

Wenn wir uns zum Opfer stellen,
So sey Du der Brand-Altar;
Sey die Lampe auf den Schwellen,
Und mach alles licht und klar.

In die unersenkten Gründe
Eingeworfnes Anker-Seil,
Du erklafterst alle Schlünde;
Werde Deinem Schif zum Heil.

Sonne, leuchte Deinem düstern
Und verschlafnen armen Volk;
Werd ihm unter den Philistern,
Nachts zum Feur und Tags zur Wolk.

Hundertfach gekrönter Streiter,
Unsre Siege zieren Dich,
Dich, den Blut-besprützten Reiter,
Ritterlich, ja königlich.

Wagenburg für unsre Rüstung,
Drinnen unsre Seele hangt,
Du bist eine Wehr- und Brüstung,
Die mit tausend Schilden prangt.

Schutz, umzingle unsre Mauren,
Stein-Ritz mache uns ein Nest;

X

Leben,

Leben, laß uns ewig dauren;
Stärke, mach uns Panzer=vest.

Siegs=Schwerdt, haue alle Kräfte
Finstrer Geisterschaft entzwey,
Und brich durch zum Lichts=Geschäfte,
Bis des Kriegs ein Ende sey.

Zeuch einher zum Dienst der Wahrheit,
Als ein ausgelernter Held,
Dessen Weisheit, Kraft und Klarheit
Stehen bleibt, wenn alles fällt.

Rath uns, die wir irre gehen,
Niemals übereilter Rath,
Und damit wir wohl bestehen,
Unterstütz es mit der That.

Wir mißgönnen auf der Reise
Israel sein Manna nicht,
Wenn nur uns die Geister=Speise,
Brodt vom Himmel! nicht gebricht.

Schneller Hirsch, zu unsrer Wonne
Steig hernieder aus der Höh;
Adler, schwing uns hin zur Sonne
Ueber die Crystalline See.

Aber, weil Du auch so niedrig,
Als Du hoch erhaben bist,
Ging es Dir vor dem so widrig
Als es uns gegangen ist.

Denn der Feinde Mörder=Hände
Haben sich an Dich gemacht,
Arme Hindin, und am Ende
Dich gleich einem Lamm geschlacht't.

Ernste Gluht der Tauben=Augen,
Dring in unsre Augen ein,

Daß

Daß sie nichts zu sehen taugen,
Als was Dir gerecht mag seyn.

Kämpfender und nach der Ruhe
Nun um so viel muntrer Leu,
Lege dich daher und thue
Wunder, und beweise Treu.

Zieh an uns, sind wir doch Knaben,
Und hilf unserm Unverstand;
Wenn wir Unflat an uns haben,
Wasch uns mit geschäftger Hand.

Kommst Du dann, uns abzuschweiffen,
Und das Wasser thut nicht gut;
Werde uns zur Wäscher-Seiffen,
Ja, ists noth, zur Goldschmids-Gluht,

Freund und Schmelzer, Du thust treulich,
Und probirst das Gold zur Kron;
Denn sobald wir rein und heilig
Wirst Du gerne unser Lohn.

Menschen-Freund, Du bist so brünstig,
Laß uns wieder herzlich seyn;
Sohn der Liebe, bleib uns günstig,
Und nim uns ins Haus hinein.

Haupt, regiere Deine Hütte;
Hüter, mache, daß wir ruhn;
Meister, lehr uns grosse Schritte
Los auf die Vollendung thun.

Lehrer, laß es uns erreichen,
Daß Dein Zeugnis Wahrheit ist,
Und dem treuen Zeugen gleichen,
Der für andre sich vergißt.

Werde unsrer Thür zum Riegel,
Gegen allen fremden Schwarm,



Und

Und ein unauflöslich Siegel
Auf der Brust und auf dem Arm.

Richte unser Herz in Zeiten,
Eh Du unser Richter wirst,
Und sey in den Ewigkeiten
Unser wohlgewogner Fürst.

Hast Du können der Versühner
Deiner argen Feinde seyn;
Bleibst du wol ein treuer Diener
Deiner eigenen Gemein.

Sey du HErr, wir Unterthanen;
Du der Priester, wir das Chor;
Du der Herzog, wir die Fahnen;
Du Prophet, und wir Dein Ohr.

Gnaden-Stuhl, gib einen Regen;
Kraft-Gesalbter, theile aus;
An das Creutz gehefft'ter Segen
Ueberschatte unser Haus.

Salomo, Dein Scepter-Stekken
Wink uns gnädiglich herbey;
Josua, der Feinde Schrekken,
Mach uns von der Sünde frey.

Hochgeborner Weibes-Samen,
Heilger Fürst Melchisedech,
Trage alle unsre Namen
Auf dem Hohenpriester-Blech.

Du von Millionen Wagen
In die Luft Begleiteter,
Und zu Deinem Stuhl getragen,
Und zur Kraft Erhöheter!

Hier blieb mir die Zunge kleben,
Weil sie noch nicht himmlisch war;
JEsus, GOtt mit uns, soll leben,
Welch ein Name! Er ists gar.

## CXIIII.

## Auf den seligen Aeltesten Martin Linner.

Und wo nehm ich Worte her,
    Worte, die den Grund der Seelen
Nicht- verheelen,
Worte, welche jedermann
Faßen kan?
Geist der Gnaden! Deine Regung,
Deine dringende Bewegung,
Nähm ich itzt mit Freuden an.

    O du auserwehltes Glied
Des verklärten Creutzes-Stammes
Unsers Lammes;
Deßen Geist der Aeltsten-Schaar
Nahe war,
Und den Vier berühmten Zeugen,
Welche Tag und Nacht nicht schweigen,
Sondern rufen: Er ists gar.

    Unsre Seele segnet dich.
Zwar das Beßre solte Segen
Auf uns legen,
Und Du segnest uns auch gern
In dem HErrn;
Aber deine tiefe Demuth
Uebersieht es unsrer Wehmuth,
Daß sie sich vom Ziel entfern.

Schweigen wird das Beste seyn;
Denn gewiß, die Worte fehlen
Zu erzehlen,
Was du uns gewesen bist;
JEsus Christ
Weiß dich nur allein zu schätzen,
Und dein Bildnis einzuätzen,
Weil es Seine Arbeit ist.

Recht zu klagen hab ich nicht:
Denn es eilten Linners Schritte
Aus der Hütte,
Eh er unser Aeltster hieß,
Und ich pries
Unsers Bischofs kräftge Gnade,
Die ihn mitten in dem Pfade
Drey Jahr Halte machen ließ.

Nun, wo ist die Blumen-Streu,
Die Gebeine zu bedienen,
Die nun grünen?
Meine soll in dem bestehn:
Ich will flehn,
JEsus soll, nach deinem Triebe,
Meine allzu herbe * Liebe
In die linde Lieb erhöhn.

## CXV.

# Auf eben denselben, in der Gemeine Namen.

Der Geist der Aeltesten kam plötzlich über dich,
 Du Ehr-erbietiglich geliebter Herzens-Bruder!
           Er

* Denn der selige Aelteste war mit des Autoris Härte nicht zufrieden.

Er leitete dich recht, und treu und mäßiglich;
Drum sahen wir genau auf dich an unserm Ruder.
HErr, HErr und Ober-Haupt und Wächter unsrer Hut!
Nim mit Gewinn und Dank Dein wohl-gebrauchtes Gut.

Und Du, Du unser Fürst und Zeuge in der Wolke!
Bestätigt' Linner nicht, was Dir so wohl bewußt
Und was Dein Mund bis itzt bezeugt von Deinem Volke,
Womit Du je und je dem Kläger Einhalt thust?
Ja, unsre Seele weiß, daß Linner frey bekennt:
Daß Herrnhut Dich mit Lust, HErr, seinen HEr-
ren nennt.

Mann! spricht er nach der Art von unsrer Rede Ziel,
Dein Tod, Dein Tod am Creutz, Dein blutiges Er-
werben,
Das war der tiefe Text im Sinn und im Gefühl,  .
Aufs Leben unsrer Schaar, aufs Leiden und aufs
Sterben,
Den der zur Dankbarkeit erregte Herzens-Grund
Mein und der Meinigen bisher allein verstund.

Haupt, (setzet er hinzu) und Lehrer der Gemeinen!
Ich bitte Dich für die, so Du mir anvertraut,
Laß ihr das blutge Licht recht warm, recht nahe
scheinen,
Bis sie dabey das Haus des Glaubens ausgebaut;
Das Haus, von dem es heißt, daß es Dein Wohn-
Gebäu
Und auch der Pfeiler-Grund von Deiner Wahrheit sey.

Weil dieser Zeugen Wunsch der Lohn des Lammes ist,
Seitdem es Seine Stirn für uns hat schänden lassen:
So weiß Dein Streiter-Zelt, HErr! daß Du willig bist,
Es mit dem Siegs-Pallast in eine Schnur zu fassen.
Drum, selger Aeltsten-Geist! fall vor den Fürsten hin,
Und dank dem Lamm und Ihm in dein- und unserm
Sinn.

X 4

Wir

Wir habens wohl erkant und merkens immer beſſer,
Daß nichts ſo ſelig iſt, als unterm Creutze ſtehn.
Das Creutz-Reich werde uns bey Schmach, und Ehre
gröſſer!
O Mitknecht, wolteſt du uns dieſe Gnad erflehn!
Doch, Heiland! bete Du. Drum Creutz-Reich! gutes
Muths;
Wir glaubens, Linner ſiehts. Der Vater Chriſti thuts.

## CXVI.

# Bey des M. Bardili Begräbnis.

Die Gnade iſt gewiß noch allzu unbekant,
   Die Gnade, eine Kraft, von Millionen Zungen
Bald mit Beweglichkeit, bald nur mit Unverſtand,
Daheim und öffentlich, bezeuget und beſungen.
Was wird noch aus der Welt? Wie groß iſt ihre Noth!
Wie iſt das Leben ſelbſt den Todten noch ſo todt!

Kan der vom Gnaden-Stuhl zurük geſchrekte Geiſt,
Kan er den Sinn des HErrn nicht gänzlich verenthalten;
So, daß ein Menſch erfährt, was Gnade GOttes heißt:
So bildet er das Wort in ſeltſame Geſtalten;
Bald gehts dem Glauben ab, bald eignen Werken zu,
Bald macht er, daß man glaubt, damit man wenig thu.

Was iſt doch eigentlich am Mißverſtande Schuld?
Und iſts kein Mißverſtand, wer härtet das Beginnen
(Das wie ein Wetzſtein iſt der Göttlichen Geduld,)
Des Volks von frecher Stirn, von diamantnen Sinnen,
Von unbeſchnittnem Ohr und halb verweſtem Geiſt,
Und deſſen Sprüchwort doch auch: Unſer Vater heißt?
(Jer. 3, 3. 4.)

Nicht GOtt! Denn welcher Menſch Jhn dieſer Sa-
che zeiht,
Der macht den Schöpfer ſelbſt ſehr deutlich zum Betrieger,
Und

Und damit wird zugleich das Haus der Menschlichkeit
(Denn das Gesetz ist aus) ein Sammel-Platz der Tyger.
Wer anders, als ein Geist der Lügen, hats erdacht,
Daß GOtt uns anders lehrt, und gleichwol anders
                              macht?

Wie denkt ein weichlich Herz von Wolluft aufge-
                              schwemmt,
Auf Mord und Blut-Gedicht? Mit Zittern und mit
                              Beben.
Wo ist ein stolzer Mund, der ohne Rüge schlemmt?
Welch tief-Sinn ist gemeynt der Faulheit Recht zu
                              geben?
Ein Lenden-lahmer Mensch ist aller Sorge feind;
So, daß auch der Natur manch Böses böse scheint.

Und dieses ist so wahr, daß, wenn sichs etwa fügt,
Daß Geitz und Ruh und Stolz und Weichlichkeit sich
                              gatten,
Und eins ums andere bald ob-bald unten liegt;
So wird derselbe Mensch ein falscher Tugend-Schatten.
Darum ists offenbar, daß nach des Schöpfers Rath,
Der Mensch zum Gutes-thun den freyen Willen hat.

So lehrt, so macht Er uns nach Seinem guten Sinn.
Wie daß die Menschen doch im Grunde gar nichts taugen,
Und warum gibt der HErr sie ihnen selber hin,
Und läßt sie so viel Gift aus ihrem Willen saugen?
Das macht, das Grund-Gesetz zum Segen und zum
                              Bann
Ist diß: Man Liebt nicht recht, wenn man nicht Haf-
                              sen kan.

Das unbedungne Muß gehört für Stein und Holz,
Für Cörper, die nur blos getriebene Maschinen.
Denn auch so gar ein Thier entdekt Verdruß und Stolz,
Und Faulheit, Zorn und Brunst, und Neid durch seine
                              Mienen.

Bey einem Thiere geht die Sclaven-Zucht noch gut;
Weils endlich nur darf thun, wenns gleich nicht gerne
thut.

Allein, du edler Mensch, der Creatur ihr Herr,
Des Schöpfers Augenmerk, das Luſt-Spiel guter
Geiſter,
Du ſehnliches Object der finſtren Wanderer,
1 Petr. 5, 8.
Dir offenbart ſich GOtt als Freund, nicht nur als
Meiſter:
GOtt braucht dein Machen nicht, Er will geliebet ſeyn,
GOtt haſſen bringt die Höll ins Paradies hinein.

Drum iſt der Mißverſtand und klägliche Verſtoß
Der Menſchen, die ſich ſonſt der Gnade rühmen müſſen:
Sie ſtellen das Geſchäft der Seligkeit zu blos,
Sie ſetzens ins Gebot, in Formen-Ding, in Wiſſen,
In Künſteln, in Begrif, in deutlichen Verſtand;
Nur Eins, das Einige, bleibt ihnen unbekant.

Drum ſpricht der groſſe Mann, auf welchen Juda
hofft,
Und den auch Mahomet den Friede-Fürſten nennet,
Wir aber unſern HErrn; drum ſaget Er ſo oft,
Der Zeuge, der den Quell der tiefen GOttheit kennet,
Der aus des Vaters Schooß zum letzten Zeugnis kam,
Er ſagt: Der Menſch iſt Braut, und GOtt iſt Bräu-
tigam.

Ihr Menſchen (fährt Er fort) der erſte Menſche fiel,
Und hat ſich GOttes Feind zur Knechtſchaft überlaſſen;
Und dünkt euchs fremden Fall zu büſſen allzuviel,
So prüft euch, pflegt ihr GOtt nicht für euch ſelbſt zu
haſſen?
Doch den Zuſammenhang laßt nur auf ſich beruhn.
Ihr könnet, wenn ihr wollt, was weſentlichers thun.

Ich

Ich habe! (Wundert euch des grossen Handels nicht,
Ihr lernt die Liebe erst, ich bin die Liebe selber)
Ich habe diesen Fall und diesen Fluch geschlicht't,
Ich werd ein Mensch wie ihr, ein Opfer wie die
Kälber.

Die menschliche Vernunft spricht Nein, das Herz
spricht Ja,
Macht nur, daß euer Will zum Herzens-Grunde näh.

O eine selige, o Heils-Confusion!
Wenn in dem steinernen Gemüth das Wort der Gna-
ben,
Mit einem schmetternden doch angenehmen Ton,
Den Witz betäuben kan, den Muth zur Liebe laden.
Die Predigt, die das thut, heißt Evangelium;
Die Welt ist taub dazu, und manche Lehrer stumm.

HErr JEsu, etliche, die Herzog Eberhard,
Ein Amtmann Deines Reichs (denn Du bist HErr auf
Erden)
In dieser hohen Schul zu grossem Zwek bewahrt,
(Sie sollen Dir zum Ohr und Mund bereitet werden,)
Sind, (welch ein Wunder-Glük!) sie sind dahin ge-
richt't,
Daß Herz, Verstand und Will zur Gnade Amen spricht.

Der gute Bardili, den itzt die Ewigkeit
(Wie seiner Hütte Raum ein Erd-Klos) überdekket,
Ward unter andren auch für GOttes Lamm geweyht,
Und wie gewöhnlich erst zur Seligkeit erschrekket,
Getröstet und ermahnt, gelokket und gestäupt,
Und Christo endlich doch wahrhaftig eingeleibt.

Die Zucht war seinem Sinn, der leichtlich ausge-
schweifft,
So. selig als uns oft zur Reinigung das Fieber,
Und wann sich mancherley in Innern aufgehäuft,
So zitterte hernach die ganze Hütte drüber:
Einst

Einſt fuhr die Liebe zu, die ſich auch Weisheit nennt!
Und ſiehe, Bardili ward reine ausgebrennt.

O ſeliger Verluſt der Jahre dieſer Zeit!
O heiliger Beruf aus dieſer Sünder-Höhle!
Hier brauchts der Klage nicht, hier gilt es Frölichkeit,
Und Dank und Lob-Geſang von der erkauften Seele,
Ihr Zoa alle vier, ihr ſeyd doch ohne Ruh,
Offenb. 4, 8.
Ruft auch für Bardili dem Würge-Lamm, Glük zu!

Er ſagte, als das Haupt zur Ruhe niederſank,
* GOtt, der mich durchgebracht, ſey inniglich ge-
prieſen;
Um einen Augenblik, ſo war er nicht mehr krank,
Und in den Gnaden-Ort der Geiſter eingewieſen.
Ihr Brüder! merkts und wacht, die Liebe ſpielet nicht,
Wen ſie gereinigt hat, der wandle auch im Licht.

Wie wohl, wie gut iſt uns, wenn wir der Hütten
Haus,
So wie ein Handwerksmann die Werkſtatt, ernſtlich
brauchen,
Und wiſſen, wann der Tag der Arbeit endlich aus,
Und unſer letzter Schweiß in JEſu Herz darf rauchen;
Hohel. 3, 6.
So geht der Wirkſtuhl ein, der nicht mehr nöthig iſt,
Das Werk wird beygelegt, der Arbeits-Mann geküßt.

HErr, der Du unſern Freund, der itzt in Frieden ruht,
Mit uns durchs Gnaden-Wort zu einem Ziel geheiſchet,
Und unſerm Dir nunmehr ganz zugeſchwornen Muth
HErr! Deine Creutzes-Kraft erſt geſtern eingefleiſchet,
Er ſinge Dir dafür, ſo gut er ſingen kan.
Wir gehn aufs neue hin ins ſanfte Joch-Geſpann.
(Matth. 11, 29.)

CXVII.

---

* GOtt ſey Dank. 1 Cor. 15, 57.

## CXVII.

# Auf Herrn Heinrich, des Neun und Zwanzigsten 34sten Geburts-Tag.

Mein Bruder! könt ich wol an diesem Tage
                    schweigen,
So sehr mein Dichten sonst bisher geruhet hat?
Hie hat kein Stille-seyn, hie hat kein Schweigen Statt;
Vor meinem Könige will ich mich sachte neigen.
Denn Worte machen auch die Sache da nicht aus;
Hier rede meine That, so wird ein Dank-Lied draus.

Allein erblikke ich der Menschen Trauer-Hauffen,
Die von der Finsternis so hart geblendet sind,
Daß keins an Christi Kraft was Wesentliches findt;
Die an den Fels des Heils gewohnt sind anzulauffen:
So wird in meiner Brust ein Jammer-Ton gespürt.
Was! denk ich, hat der HErr die Leute nie gerührt?

Zwey-dreymal und noch mehr, allein, der Hinderniße,
Ist eine solche Zahl, die nicht zu faßen ist.
Mein Heiland, wärst Du nicht so ritterlich gerüst!
Kein Wunder, daß die Welt Dich völlig niederriße.
Vor diesem dachte man noch auf Entschuldigung;
Itzt rufst Du, niemand kommt, und damit ists genung.

Gewiß, die Zeit ist da, die unbegreiflich ist,
Man hat sich ein Gespenst von Christenthum gestaltet,
Das der Gerechtigkeit und Heilgung Platz verwaltet,
Und wer darauf nicht bleibt, was er im Zeugnis ließt,
Im Zeugnis, das uns auch vor Satanas verthädigt,
Der wird an Haupt und Herz aufs tödlichste beschädigt.

Wir haben uns, GOtt lob! zwölf Jahr daher gekant,
Wir wissen, was der HErr für Züge an uns bringet,

Und wie Er nach und nach zu Seinen Füssen zwinget,
Was Ihm nicht eben ist, und hat die Oberhand.
Dein Herrenhutisches bewährtes Pilger-Leben
Kan uns von deinem Sinn erst rechte Nachricht geben.

Ein Volk, das an der Stirn und Brust gezeichnet
geht,
Das seines Tauf-Bunds Kraft nicht gern verrauchen
lässet,
Dem andrer Seelen Noth manch Seufzen ausgepresset,
Ein Volk, das nach dem Wink der Liebe geht und steht,
Sonst abgeschieden lebt, bezeuget offenbar,
Wie dein Zugegenseyn ihm recht erbaulich war.

So eile dann dahin, wo dich dein HErr gesetzt,
Geh, von dem Volk des HErrn viel hundertmal gesegnet,
Getrost, wenn dir hinfort zuweilen was begegnet,
Das unter Christi Schutz die Leidenden ergötzt,
Wenn du dich vor der Welt und Eitelkeit verriegelst,
Und die Geduld am Reich mit deiner Treu versiegelst.

Natur und Gnade hat uns vielfach angeschnürt;
Und wär ein Menschen-Kind noch nach dem Fleisch zu
kennen,
So müßt ich dich gewiß allein dazu ernennen:
Denn eines hat bey uns das andre eingeführt.
Ich kan mich unsers Bands von aussen nicht erinnern,
Es fällt mir alsobald sehr vieles ein vom Innern.

Der HErr, der uns gesetzt, daß wir uns nahe seyn,
Der spreche über uns aus den Gemeinschafts-Segen:
Und will sich eine Kraft der Nacht dazwischen legen,
So wolle uns davon Sein Gnaden-Strahl befreyn.
Ich will, solang ich bin, dich und dein Amts-Geschäfte
Mit brüderlicher Treu bedienen. HErr, gib Kräfte.


## CXVIII.

## CXVIII.

# Auf Herrn Krügelsteins, Medici in Herrnhut, Verehlichung mit der Anna Goldin aus Mähren.

Errettet werden wollen,
    Ist, was wir sollen:
Von Christi Salbungs-vollen
Versöhnungs-Kleid
Ist reichlich hergequollen
Die Möglichkeit.
Wenns Auge halb verschwollen
Läßt Thränen rollen,
Und wir nur Seufzer zollen,
Ist gute Zeit.

    Der erste Ruf erwekket;
Der Anblik schrekket:
Man sieht sich selbst verstekket
Ins Grabes Gruft.
Sobald man Gnade schmekket;
So krigt man Luft.
Wenns Licht sich weiter strekket,
Das uns gewekket,
So wird die Kluft bedekket,
Die Todten-Kluft.

    Das Auge, dem die Sünden
Ins Herzens Gründen,
Als aus vergift'ten Schlünden,
Entgegen glühn;
Sieht nahe am Erblinden
Den Dampf verziehn:
Denn Christi Liebes-Zünden
Macht ihn verschwinden;

Drum

Drum kan sein Blik nichts finden,
Als Ihn, als Ihn.

O Bräutigam der Herzen!
Dies nicht verscherzen;
Zünd an die Glaubens-Kerzen!
Mach hell entbrant
Was Sünd und Hölle schwärzen.
Natur-Verstand
Sucht Deinen Tod und Schmerzen
Ganz auszumerzen.
Ich will die Wunden herzen
In Seit und Hand.

O seliges Gemüthe,
Das Seine Güte,
Als es sich ängstlich mühte,
Zur Ruhe bracht,
Und in dem Creutz-Gebiete
Zum Bürger macht!
Dein feuriges Geblüte,
Das schmerzlich glühte,
Und Liebes-Funken sprühte,
Hats angefacht.

Das Schäflein, das der Hirte,
Als es noch irrte,
Gar liebreich an sich kirrte,
Ward sonst geregt;
Ihm ward auf grüner Myrte
Lust eingelegt;
Das Welt-Getöse klirrte,
Der Feind verwirrte;
Doch hats der gute Hirte.
Seht, wie Ers trägt!

Was soll man mehr verweilen
Das Wort zu theilen?

Laßt

Laßt uns zur Deutung eilen:
Hier ist ein Paar,
Das von des Feindes Pfeilen
Verwundet war.
Die Liebe ließ es heilen
Von seinen Beulen,
Vom Stolz, vom eitlen Geilen,
Bey unsrer Schaar.

Hebt auf, ihr theuren Glieder,
Die Augen-Lieder;
Nein, schlagt sie züchtig nieder!
Der HErr ist nah.
Es baten Ihn die Brüder:
Komm Jehova,
Du und Dein Licht-Gefieder,
Vom Streite wieder,
Hör unsre Hochzeit-Lieder;
Der HERR ist da.

Gewiß, der Augen Winken,
Gedämpftes Blinken,
Und ehrerbietigs Sinken
Zeigt euern Sinn.
Ihr laßt euch Freude dünken
Den Creutz-Gewinn.
Statt mit der Welt zu hinken,
Wird sie euch stinken.
Ihr wollt vom Heils-Kelch trinken;
Da nehmt ihn hin!

Die Liebe wird euch leiten,
Den Weg bereiten,
Und mit den Augen deuten
Auf mancherley.
Ob etwa Zeit zu streiten,
Ob Rast-Tag sey.

Wir sehen schon von weiten
Die Grab und Zeiten
Von euren Seligkeiten,
Geliebte Zwey!

Ihr seyd nicht einsam blieben:
Drum lernt euch üben,
Mit stärkern Gnaden-Trieben,
Als Eins allein.
Ihr seyd am Stamm beklieben
Der Creutz-Gemein:
Drum lernt gemeinsam lieben,
Euch mit betrüben,
Und alle Lasten schieben,
Die unser seyn.

Du kennest die Gemeine,
HErr! sie ist Deine,
So unbekant, so kleine
Man sie ermißt;
So ist sie doch die Eine,
Die sich vergißt,
Damit sie völlig reine
Vor Dir erscheine.
O Liebe! Ach umzäune
Was ihre ist.

Gehülfen! seyd zufrieden,
Ihr geht in Gliedern;
Die Last, die euch beschieden,
Hat ihr Gewicht.
Das Joch ist einem ieden
Drauf eingericht't.
Geht, laßt das Fleisch hienieden
Zu Tod ermüden;
So wird sein Gift versieden,
So sterbt ihr nicht!

CXVIIII.

## CXVIIII.

# Auf der Gräfin 33sten Geburts-Tag.

Für uns verwundtes Lamm!
  Mit keines Menschen Zungen,
Nach Würdigkeit besungen;
Weil sich der Adern Schlamm
Noch in die Kolen mischet,     Jes. 6, 6. 7.
Und in den Gliedern zischet,
Die wie ein todter Zahn,
Doch · noch nicht abgethan.

  Wie wärs, man schwiege gar,
Und ließ' vors Geistes Wittern,
Die Glieder heilig zittern,     Jes. 6, 5.
Bis auf das kleinste Haar, Luc. 24, 37. 41.
Die Augen möchten thränen,   Hos. 12, 4. 5.
Das Innerste sich sehnen,    Joh. 20, 14. 15.
Die Sinnen gingen zu,
        Gesch. 22, 11. Offenb. 1, 17.
Und dächten: Lamm nur Du!   Joh. 20, 16.

  Wo bliebe dann der Mund?    Ps. 51, 17.
Wer kan die Liebe kennen,
Und sie nicht Liebe nennen?   Joh. 20, 28.
Du treuer Fürst vom Bund!
Wie solten Deine Zeugen     Joh. 1, 8.
Vom Bundes-Blute schweigen? Ps. 116, 13.
Gezeugt, so schlecht es klingt!
Gesangen, daß man singt!

  HErr! hier ist eine Magd
Von einem solchen Stande,
Der in dem Vaterlande
     Jac. 2, 5. 6. 7. Ps. 49, 21.
Gar selten viel besagt,    Matth. 11, 8.

Und dem der Geist in Schriften
Kein Ehren-Maal will stiften, Luc. 16, 19. 25.
Der Geist, der Zweifelsfrey,
Weiß, was im Menschen sey.

Ja! Vater, du hast recht, Matth. 11, 25.
Ruft dort die weise Liebe,
Daß Deiner Weisheit Triebe
Die Hoheit viel zu schlecht.
Und Paul: Seht an ihr Lieben,
Wo sind die Edlen blieben? 1 Cor. 1, 26.
Ein andrer Zeuge spricht:
Erhebt die Reichen nicht. Jac. 2, 2. 3.

Zwar redet auch die Schrift
Von etlichen der Fetten, Ps. 68, 23.
Die ihre Seele retten:
Theils Grosse, die es trift,
Sind Ammen und sind Pfleger, Jes. 49, 23.
Und GOttes letzte Jäger, Jer. 16, 16.
Theils bringen ihre Macht
Mit in die Salems-Pracht. Off. 21, 24.

Allein wo siehet man
Die Grossen, die sich lieber,
(Weils doch so bald vorüber,)
Mit jenem Schmerzens-Mann
In Seine Leiden wagen, Ebr. 11.
Als Ehren-Zeichen tragen,
Und lieber arm und klein,
Als reich und mächtig seyn?

Wo ist der König hin,
Der vor der Bundes-Lade,
Mit aufgebrachtem Pfade,
Und eingekehrtem Sinn,
Das Chor der Mägde führte,
Und seine Harfe rührte,

Und

Und der bey aller Schmach,
Von nichts als Ehre sprach?  2 Sam. 6.

Seht doch das Königs-Weib
Bedekt mit Perlen-Stükken
Sich auf den Boden bükken!
Der Purpur ziert den Leib,
Der Sinn ist allewege
Geniedrigt vor dem Hege;  Esth. 2, 15.
Und die den Ochus bindt,  c. 5, 3.
Bleibt Mardachai Kind.  c. 2, 20.

Ihr Brüder Misael,  Dan. 3.
Rükt unserm Geiste näher!
Und du gebengter Seher,
Am Wasser Hidekel!  c. 10, 4. 8. 9.
Beym Glükke zeigt ihr Demuth,  c. 1, 12.
Und Friede bey der Wehmuth,  c. 3, 17.
An Armuth seyd ihr reich;  v. 18.
Diß ist der Zeugen Zeug.  Offenb. 3.

HErr JEsu lehre doch
Die Erdmuth Dorothee,
An der ich Gnade sehe,
Geschiklichkeit ins Joch,
Und Lust zum heilgen Streite,
Und Muth an meiner Seite,
So groß und auch so klein,
Als die Hadassa, seyn.

Ja Vater! weil Du Dir
In Gnaden läßst gefallen,
Daß wir im Creutz-Reich wallen,
Und unsrer Schilde Zier,
(Das Antheil von der Erde)
Mit Schmach gekrönet werde;
So zeige aller Welt,
Daß JEsus Treue hält.

Y 3

Laß

Laß uns geringe seyn,
Und wenn es Dir gefället,
Noch mehr zurük gestellet,
Wir willigen darein.
Nur laß uns auch erfahren
In unsren Pilgrims-Jahren,
Daß eine kleine Kraft,
Gewiße Arbeit schafft.

## CXX.

## Auf der Anna Nitschmannin, Aeltestin zu Herrnhut, 18ten Geburts-Tag.

Auge meines Heilands, wende Dich zum Guten,
  Das Du durch Dein schmerzlichs Bluten,
Wieder eingesalzen; denn es war verdorben,
Dumm und gänzlich ausgestorben:
Und die Seel
In der Höhl,
Mußte gar durchs Lieben,
Eine Feindschaft üben.

  Nahes Liebes-Wesen, siehst Du Deine Seelen,
In den neu-belebten Höhlen
Annoch eingeschlossen, aber von der Liebe
(O das macht gedrungne Triebe)
Lange schon,
In der Kron
Deines Reichs voll Frieden,
Seliglich beschieden?

  Nahe her, du Auge des erwürgten Lammes.
Wir, ein Lohn des Creutzes-Stammes,
Liegen Dir zu Füssen, äusserlich bekrieget,
Aber inniglich vergnüget,
Daß wir nur
Eine Spur

Für das Herz gefunden,
Lamm in Deine Wunden.

Auserwehlter Bräutgam derer, die die Thronen
Deiner Herrlichkeit bewohnen,
Aber auch der Seelen, in dem Schutz Hegai,
Und der Zucht des Mardachai;
Nim den Pfeil,
Und zertheil,
Dieser Deiner Dirne,
Zunge, Herz und Stirne.

## CXXI.

## Weyhnachts = Gedanken.

Für uns gebornes Kind!
  O Sohn! für unser Leben
In einen Tod gegeben,
Der Tod und Hölle bind't.
O möchten wir uns schmiegen,
Kind! bis zu Deinen Wiegen!
O wären wir so klein,
Als Du im Krippelein.

  Hieher Vernunft und Witz!
Da liegt ein Mann in Bindlein
Der abgerißnen Windlein,
Der auf dem stolzen Sitz
Der rechten Hand der Kräfte
Und siegenden Geschäfte,
Den Namen und die That
GOtt aller Götter hat.

  Er heisset Wunderbar:
Und alle Seine Namen
Versiegelt Er mit Amen,
  (Dem ewigen Fürwahr)

Der Eingang war zur Krippe;
Der Ausgang durch die Klippe.
Ein ungebahnter Weg,
Ein wunderbarer Steg.

Ihr Männer hergenaht!
Hier sind die Weisheits-Throne:
Ihr findet bey dem Sohne
Den allertreusten Rath;
Und euer Pilger-Wandel
Und euer Streiter-Handel
Wird, durch dis klare Licht,
Vollkommen eingericht't.

Ihr Frauen! eure Last,
In diesen Arbeits-Tagen,
Mit Tapferkeit zu tragen,
Und ohne träge Rast
Das Werk in euren Händen
Zu kehren und zu wenden,
Damit es Segen schafft;
Greifft zu! hier liegt die Kraft.

Du muntre Jünglings-Schaar.
(Nicht ihr noch Lendenlahme
Und leider allzu zahme
Verächter der Gefahr,)
Laßt euch den grossen Helden,
Den GOtt mit uns, vermelden.
Seht, daß ihr fertig steht,
Wenn Er zu Felde geht.

Ihr Jungfern wisset wohl:
Der Vater kan erwehlen,
Ob sich das Kind vermählen,
Obs einsam bleiben soll?
Ach! würden eure Sinnen
Des ewgen Vaters innen,

Und

Und gäben Herz und Sinn
In Seine Sorge hin.

Der mit der argen Welt
Und mit der Sünde krieget,
Und Belial besieget,
Und ewig Treue hält;
Der sey auch unsrer Kinder,
Der armen kleinen Sünder,
Die nach der Gnade dürst't,
Ihr wohlgewogner Fürst.

Ja Amen! das sey wahr:
Du Fürst der stillen Chöre!
Du Held der GOttes-Heere!
Kraft, Rath und Wunderbar.
Wir schwörn zu Deiner Krippen,
Mit Herzen und mit Lippen,
Wir folgen Deiner Spur
Zur göttlichen Natur.

## CXXII.

## Auf seiner Tochter 7ten Geburts=Tag, am Tage der unschuldigen Kinder.

Du von der Gnad erregte,
Mit Macht bewegte
Und in den Grund gelegte
Je mehr und mehr;
Du bey der kleinen Mägde
Beglüktem Heer
Aus Gnaden mit gehegte,
Bisher gepflegte
Und Christo eingeprägte
Benigna · hör!

Der abgesagten Hündlein
Zum Würge-Stündlein
Mit Blut-verstellte Mündlein
Schreyn Himmel an,
Ein jedes hat sein Pfündlein
Wohl ausgethan.
Ihr, ihr ins Lebens-Bündlein
Mehr als in Windlein
Hinein gehüllte Kindlein,
Macht JEsu Bahn!

Indem nun wir vom Bunde
Aus Herzens-Grunde
Mit Lob-erfülltem Munde
Diß Heer erhöhn,
Und gleichsam ihre Wunde
Noch vor uns sehn,
Ruft zu derselben Stunde
Der HErr der Pfunde
Dir auf dem Erden-Runde
Hervor zu gehn.

Gleich ist Er mit Verlangen
Dir nachgegangen,
Und hat mit Siege-Prangen,
Zu deinem Glük,
Dein zartes Herz gefangen
Den Augenblik,
Da dich die Welt empfangen;
Und alle Schlangen,
Die sich an dich gehangen,
Trieb Er zurük.

Der Feind sucht jungen Herzen
Durchs eitle Scherzen
Und ein verführisch Herzen
Ein Gift zu sä'n,

Die

Die hellen Gnaden-Kerzen
Gar auszuwehn,
Die Unschuld zu verschwärzen,
Ja auszumerzen:
Dir mußten lauter Schmerzen
Durchs Herze gehn.

Gelobet seyn die Züge
Seit deiner Wiege,
Die das Gericht zum Siege
Hinaus gebracht,
Und deine Brust gefüge
Und sanft gemacht,
Und daß dein Geist sich schmiege,
Vor Christo biege,
Und Seine Salbung krige,
Das Fleisch geschlacht't.

Soll ich in diesen Tagen,
Anstatt zu klagen,
Dem HErrn ein Wörtlein sagen
Dir zum Behuf,
Und dessen Mund befragen,
Kind! der dich schuf,
Und über manche Plagen
Hinweg getragen:
Zu Amminadibs Wagen *
Geh dein Beruf.

# CXXIII.

## Neu = Jahrs = Gedanken.

Für uns gesalbtes Haupt,
Für uns gezeugter Same,

Für

---

* So heisset Hohel. 6, 11. der Wagen eines freywilligen
Volks, das iß eine Gemeine JEsu.

Für uns genanter Name,
Für jeden, der es glaubt:
Du stehst vor Deinen Thronen,
Wo Majestäten wohnen;
Du siehst diß kleine Heer.
Ach! wenns das Grosse wär!

Wir leben ja darum,
Daß wir dem JEsu leben,
Der sich für uns gegeben,
Wir suchen um und um
Im Grossen wie im Kleinen,
Es treu mit Ihm zu meynen:
Wir suchens: Aber ach!
Das ist noch nicht die Sach.

Dich lieben, lieber GOtt!
Das ist zur Pflicht geworden
Bey dem gefallnen Orden,
HErr, Dir und uns zum Spott.
Dich lieben, Dich umfassen,
Sich Deinen Händen lassen,
War erst der Creatur
Pur lautere Natur.

Wir haben abermal,
Du Alter ausser Jahren,
Ein Jahr daher erfahren
Den Trieb der Gnadenwahl,
(Wir greiffens mit den Händen,)
Sie läßt ihr Werk nicht schänden:
Und wers nicht sehen kan,
Der ist ein blinder Mann.

Ja, Amen! Du hast recht,
Dein Ja ist Ja geblieben,
Und Herrnhut ist beklieben,
Dein eigenes Geschlecht.

Dein

Dein Nein wird Nein bedeuten,
Durch alle Ewigkeiten;
Sprichst Du zu etwas Nein,
Das fall uns nimmer ein.

Wer ist nun noch bey GOtt?
Ihr Brüder, wer kans sagen?
Doch ists auch Noth zu fragen:
Solt ein gerechter Loth
In Sodoms Sünden-Mauren
Bey seinem GOtte dauren,
Und wir bey Salems Schein
Der Liebe untreu seyn?

O nein! in unsrer Schul
Lernt man zu Christi Füssen
Von Gnad auf Treue schliessen,
Vom Kampf auf Christi Stuhl,
Wir lernen uns verkennen,
Wir lernen JEsum nennen,
Und jedes Wort das haft't,
Und wird zu Geist und Kraft.

Erscheine, grosser Freund!
In Deiner Creutz-Gemeine,
In Herrlichkeit erscheine:
Errette manchen Feind
Zu diesen Gnaden-Stunden
Im Steinritz Deiner Wunden,
Bis er mit uns zugleich
Liebt die Geduld am Reich.

Uns aber segne Du
Mit einem neuen Segen
Auf unsren Gnaden-Wegen:
Gib der Gemeine Ruh,
Den Aeltsten Liebes-Blikke,
Den Wirkenden Geschikke,

Den

Den Wanderern ein Dach,
Den Müden Dein Gemach.

Gib Männern Muth zum Streit,
Den Weibern Sabbaths-Stille,
Den Witwen Deine Hülle,
Den Jungfraun Heiligkeit,
Den Junggesellen Beugung,
Den Schülern neue Zeugung,
Sey unsrer Lämmer Hirt,
Und unsrer Gäste Wirth.

## CXXIIII.

## Gedächtnis D. Cammerers in Tübingen, und Martin Linners, die in einem Monat entschlafen.

Chor. Väter ey wohin,
Mit so sanftem Sinn! ꝛc. *

Ihr selgen Friedens-Geister!
Wir sehn euch sehnlich nach,
Wir wissen, daß der Meister
Die Hütten nicht zerbrach,
Bis ihre holden Gäste
Sie gnugsam ausgebraucht
Und auf dem Herzens-Teste
Die Schlakken ausgeraucht.

Freund und Schmelzer, Du thust treulich,
Und probirst das Gold zur Kron! ꝛc.  S. 323.

Wir sahn dich, würdigs Paar!
Die Hütte war zerbrechlich,

Das

* Nb. weiset auf den Tractat zurük, wo die Chorale zu
suchen.  S. 260.

Das äußre Leben schwächlich;
Das Innre licht und klar.
Der ewge Lebens-Zunder
Legt seine grossen Wunder
Drey Jahr an Linnern dar;
An Cammerern neun Jahr.

O Arzt! ist man verwundt, sind ausgezehrt die
Kräfte,
So kan die Liebs-Tinctur, Dein theur-vergoß-
nes Blut,
Uns heilen, und des Geists Erneurungs-Lebens-
Säfte,
Die laben und erfreu'n, die stärken Herz und
Muth.

Es ward Euch auf der Reise
Die Streiter-Speise
Nach Patriarchen-Weise,
Oft aufgetischt;
Das leinerne Gehäuse
Mit aufgefrischt.
Doch ginget ihr so leise,
Als auf dem Eise:
Itzt öffnet sich die Schleuse,
Der Geist entwischt.

Nun küssen euch der Weisheit süsse Blikke,
Nun ruht die Seel in Christi Liebes-Schooß,
Nun ist das Herz vom Tod, vom Sünden-Strikke,
Und von dem Geist der Eitelkeiten los.

Wie klärlich wird die Hand des HErrn
Bey diesem Lauf gespüret!
Wer siehet nicht, daß sie Sein Stern
So ein- als ausgeführet?
Ihr Brüder, man muß sich dem Licht
Nur blindlings überlassen,

Und

Und, was uns Christi Geist verspricht,
Mit kühnem Glauben fassen.

Warum wird doch das Volk des HErrn nicht
                              weiser?
Und trauet Ihm von nun an alles zu, ꝛc.
                              S. 158. 159.

Eh Simeon zum Vater geht,
Hofft er auf Gnaden-Stunden:
Nicht freudiger ruft Archimed:
Ich habs, ich habs gefunden!
Als der Meßiam hier umfaßt,
Nun, spricht er, will ich wandern:
Wie gern entwird er seiner Last
Und überläßt sie Andern.

Hilf uns durch,
Wo wir Dein benöthigt sind,
Wenn wir um die Seelen werben,
Wenn der Geist die Feinde bindt,
Wenn wir an den Gliedern sterben;
Bis wir auch nach treuem Samen-streun,
Müde seyn.

Hüter des Vollendungs-Saals!
Sieht nicht Deiner Augen Blitzen
Beyde sitzen:
Martin hat den Aeltsten-Lohn
Gleichsam schon.
Was für tiefe Salbungs-Lehren
Läßt Elia von sich hören.
Ihnen wird der Stuhl zum Thron.

Sie wandeln auf Erden, und leben im Himmel,
Sie bleiben ohnmächtig und schützen die Welt,
Sie schmekken den Frieden bey allem Getümmel,
Sie krigen die Aermsten, was ihnen gefällt,
                              Sie

Sie stehen im Leiden,
Sie bleiben in Freuden;
Sie scheinen ertödtet den äusseren Sinnen,
Und tragen das Leben des Glaubens von hinnen.

Heute ist ein Jahr vorbey,
Daß das Volk des HErrn zu beten
Hingetreten:
Und indem sichs aufwerts schwingt
Und erklingt
Von den selgen Streiter-Schaaren,
Die voran hinauf gefahren,
Und mit diesen Worten singt:

Dieser Glaub-und Lieb-und Hoffnungs-Wesen
Müsse man an unserm Wandel lesen,
Und dieser Ende
Leucht uns hin bis in des Bräutgams Hände:

Siehe, da ruft jemand aus:
Itzo zeucht des Aeltsten Seele
Aus der Höhle!
Alles im Versamlungs-Saal
Merkt den Strahl,
Der ihn in die Höh gezogen;
Manchem ist der Sinn entflogen.
Kurz: der HErr hält Abendmahl.

Hebet euch, ihr groben Sinnen,
Hebe dich Vernunft von hinnen,
Unbeflekte Seelen-Amme,
Dein Volk kennet Deine Flamme!

Nun der theure Aeltsten-Geist
Ist uns bis auf diese Stunden
Nicht verschwunden:
Sein Gebet wird noch verspürt,
Und regiert.

<table>
<tr><td align="center">3</td><td align="right">Leon=</td></tr>
</table>

Leonhard im Mohren=Lande,
Augustin in seinem Stande
Werden von dem Geist geführt.

   Aelteste von ehrlicher Verwaltung,
   Kämpfende von williger Erhaltung,
   Getreue Lehrer
   Und der Völker selige Bekehrer.

Ihr Säuglinge der Liebe,
Erkennt auch Cammerern.
Er war voll Gnaden=Triebe
Des Euch so lieben HErrn.
Er liebte eure Hütte,
Er liebte mit Verstand,
(Wie eins in unsrer Mitte;)
Er ist uns noch verwandt.

   JEsu Christe einger Mensch in Gnaden,
   Der Du selber Dich mit uns beladen,
   Verbinde Deine
   Streitende und siegende Gemeine.

König der Herzen!
Höre unser Flehen:
Martins Kerzen
Sollen nie vergehen!
Elia!
Dein Geist bleib uns auch nah!

   Nun regt den theuren Aeltsten nicht!
   Wekt nicht Elia Seel,
   Sie lächeln über dem Gesicht
   Von Christi Seiten=Höhl.


# CXXV.

## CXXV.

# Auf Democritum * den Christianer. **

So ist Democritus dann aus dem Streiter-Thal
    Ins Feld der Ewigkeit den Samen schauen gangen,
Den er so lange her zu säen angefangen?
Er warb wol eigentlich nicht zu des Lammes Mahl;
Dagegen wolt er sich ans Kirchen-Wesen machen,
Was Spener nicht erweint, das wolte Er erlachen.

    Democritus, mein Freund! Mein Auge thränt zum
                         HErrn,
Daß dein so muntrer Geist, beym Triebe der Gedanken,
Des rechten Pfads verfehlt der weisen Gnaden-Schran-
                         ken,
Des Buchs der Zeugenschaft vom hellen Morgenstern.
Ein kluger Lehrer wird nicht eher ein Prophet
Bis ihm des Lammes Blut durch Leib und Seele geht.

    Gewiß wer Pauli Fluch mit offnem Kopfe liest,
Er habe gleich ein Herz, ein zäher Herz als Leder,
Der hängt unfehlbar ein, der hemmt die schnellen Räder
Der flüchtigen Vernunft, wenns an dem Berge ist.
Es gibt Materien auf der gelehrten Erden,
Dabey nicht nöthig ist Anathema zu werden.

    Ich kenne Dippels Weg, wovon er sich verirrt,
Den Zug beym ersteren Genuß des Abendmahles,
Die Gnade rührte Ihn vermittelst eines Strahles,

Z 2

Der

---

* Den Character dieses grossen Mannes, (ἐλαχίςυ δὲ ἐν
τῇ βασιλεία τῶν ἐρανῶν) hat niemand accurater getroffen als der selige Spener, dessen Rath der Autor im
Umgang mit Ihm pünctlich befolget hat.

** Ein Christ ist ein Gesalbter, d. i. ein wirklicher Mitgenoß
JEsu Christi; Ein Christianer aber einer, der der Lehre
Christi Beyfall gibt.

Der bey den Ordnungen des Lamms verheissen wird.
O wär ich, sagte er, darinnen fortgegangen,
So hätte ich erlangt, was ich noch soll erlangen.

O wenn Democritus zu Christi Füssen lag
Gebükt, gerührt, geschlacht, und in sich selbst verarmet,
Gekehrt zum Sünder = Freund, der sich so gern erbarmet,*
Da blikte Ihm vielmal ein Schein vom Gnaden = Tag:
Wenn er (wie ich gesehn) mit Witz und Wissen stritt;
So weinte man gewiß von ganzem Herzen mit.

Gelehrte! kommt heran zum Sammel = Platz des
           Lichts,
Bemühet Euch zuerst, zu wissen, was Ihr wollet,
Dann lernet auch, wie Ihr zum Zwek gelangen sollet.
Ihr wißt: ich geb es zu; was habt Ihr aber?
           Nichts.
O wie wird Hand und Fuß und Kopf umsonst geübt,
Der Schrift geglaubt, die Kraft bewahrt, das Lamm
          geliebt.


# CXXVI.

## Gedanken bey dem Hymno Theresiæ:

*Virgo clamat, quantum amat,*

## Ueber eine junge Person, die ganz krank nach der Auflösung ist.

Die Jungfrau, die itzt redte,
 Ist eine Klette,
An dem, der sie beredte;
So sehr sie kan,
Sie lieben in die Wette,
Sie und ihr Mann:

            Sie

* Hievon ist das Lied: O JEsu siehe drein rc. nachzulesen.

Sie denkt: wer Flügel hätte,
Ich flög ins Bette:
Die Bau-Arbeiter-Kette,
Steht Ihr nicht an.

Sie sagt im Streiter-Wagen,
Man möchte fragen:
Was, solche Seelen jagen
Dem Glükke nach?
Was will das Glükke sagen
Nach ihrer Sprach?
Wenns Hüttlein eingeschlagen
Und abgetragen,
So endigt sich ihr Klagen
Und ihre Schmach.

Nun Seele! sey gelinde,
Dein Wunsch ist Sünde;
Bedenk das Haus-Gesinde,
Die Creutz-Gemein,
Verlaß nicht so geschwinde
Dein Fleisch und Bein.
Schweigt still ihr rauhen Winde
Vernünftger Gründe,
Wo ich den Bräutgam finde,
Da will ich seyn.

Ist dieses dein Begehren,
So still die Zähren,
Das wird dir niemand wehren,
Du hast den HErrn.
Der Held ist von den Heeren,
Gewiß nicht fern,
Der Priester von den Chören,
Das Korn von Aehren,
Der Saft von seinen Beeren,
Vom Keim der Kern.

          Komm

Komm Freund, in Deinen Garten,
So will ich warten,
Und bey der Müh erharten
Ohn alle Ruh.
Ich eil mit Pflug und Barten,
Dem Felde zu.
Wie viel, die vor mir karrten,
Im Boden scharrten,
Von Streiter-Schweiß erstarrten,
Geniessens Nu.

## CXXVII.

# Versamlungs-Ode.

Herz der Triebe, hier ist eine Schaar,
    Derer Liebe, schon so manches Jahr,
Einem Lamm, das uns erwarb,
Das für uns am Holze starb,
Zugesprochen und geweyhet war.

    Wenn Du woltest, hülf' uns Deine Kraft.
HErr, Du soltest Deine Eigenschaft
An uns allen offenbarn,
Und uns übers Herze fahrn,
Heiligmacher! mit dem Salbungs-Saft.

    Theurer Hege, vor das Braut-Gemach!
Werde rege unter unserm Dach:
Unsre kleine Synagog,
Die Dein Zug so ofte zog,
Die begehret eine grosse Sach:

    Noch die Stunde reinige durchaus
Aus dem Grunde diß Dein Tempel-Haus:
Laß die Glieder der Gemein
Gläubig und auch heilig seyn,
Sie sind Kinder, mache Adler draus. Ezech. 1, 10.

Gute

Gute Liebe! Du haſt uns bekehrt,
Unſre Triebe werden noch geſtört,
Und wir wären gerne ſo
Alle Stunden Deiner froh,
Und des Amtes, das wir führen, werth.

Nun ſo mache Du, der alles macht,
Unſre Sache, nim uns gut in Acht.
Halte uns Dir unbeflekt
Und beſtändig aufgewekt;
Laß uns ſpielen, daß Dirs Herze lacht.


## CXXVIII.

# Auf Johann Dobers, des Töpfers, 30ſten Geburts = Tag.

Ich wills wagen, von der ſchönen Pracht
    Was zu ſagen, die aus JEſu lacht.
Aber wag ich mich zu ſehr?
Seine Wunder ſind ein Meer:
Doch laßt hören, was der Heiland macht.

Heiligs Weſen, öffne mir Dein Buch,
Ich kans leſen, weg mit Moſis Tuch!
Noch unausgeſprochnes Wort!
Stimmen her von Deiner Pfort,
Von der Arche, das iſt mein Geſuch.

Du biſt wahrlich eine gute Lieb!
Und beharrlich in dem Liebes=Trieb.
Niemand kan ſo traurig ſeyn,
Daß ihn Deiner Augen Schein
Nicht erfreute, wenn er vor Dir blieb.

JEsu Creutze, wo ich Ihn erst sah',
Komm! und reitze mein Hallelujah!
Denn wenn ich in Ohnmacht wär,
Und es schallte ohngefehr
Was vom Creutze, wär ich wieder da.

Auserwehlte, und für unsre Schuld
Ausgequälte göttliche Geduld!
König nach dem alten Recht!
Nach dem neuen aber Knecht,
Wiederbringer der verlornen Huld!

Solten Zeugen Deiner Wunder-Pracht
Können schweigen von dem Lebens-Saft,
Der in blutiger Gestalt
Durch die ganze Erde wallt?
Sind doch Felsen drüber aufgeklafft.

Heilger Tempel mit dem Rauch-Altar,
Die Exempel sind noch allzu rar
Von den Blitzen, die geschehn,
Von den Stimmen, die ergehn,
Von den Donnern in dem Gnaden-Jahr.

Wir, die Armen und so Schmählige
Durchs Erbarmen aber Selige,
Wohnen so in einer Stadt,
Wo man nur zu nehmen hat;
Denn der Gaben sind unzehlige.

Unter andren sieht man einige
Bey uns wandern, die das Deinige
Warten, wie es sich gebührt,
Die schon manches Herz gerührt:
Ihre Züge, HErr! beschleunige.

Guter

Guter Schöpfer, was Du machst, ist gut,
(Macht ein Töpfer gleich nach freyem Muth
Seinen Thon wies ihm beliebt,
Ohne daß er Antwort giebt,)
Dir mißräth auch nie nichts in der Gluht.

Gib uns allen, die so herzlich gern
Möchten wallen nach dem Sinn des HErrn,
Und nicht mögen selig seyn,
Als durch JEsu Blut allein,
Gib uns diesen hellen Morgenstern!

## CXXVIIII.

## Auf eine Debora unter dem Volk des HERRN.

Du Oel-Kind hör', ich preise meine Liebe
    Die Meine, Deine und der Brüderschaft,
Für ihre an dich angewandten Triebe,
Für ihren Blik der Gnade und der Kraft.
Die Gnade macht dich weinen,
Die Kräfte glühn und scheinen,
Nun kommt das Oel dazu,
Und will dein Amt mit JEsu Christi Seinem
Vereinigen, damit es Wunder thu.

Der Heer-Fürst ist dein Mann, du Tochter GOttes,
Wir haben billig Lieb und Furcht für dich;
Die Streiter tragen Seinen Theil des Spottes,
Die Braut zeigt ihren Blut- und Salbungs-Strich.
Der Freund, der ihr gewogen,
Hat ihr den Strich gezogen,
Indem Er sie umfaßt,
Indem sie an der Mutter Brust gesogen,
Indem ihr Herz und Seines eingepaßt.



Was

Was soll ich dir zu deinem Tage sagen?
Es wird mir schwer, die Worte fehlen mir.
Denn erstlich weiß ichs nicht so vorzutragen,
Als ichs in meinem Herzen drinne spür.
Zum andern, o du Dirne
Mit der gesalbten Stirne!
Wir sind beynahe eins.
Wir wachen beide über Zions Thürne,
Bald führest du mein Amt, bald führ ich deins.

Nach dieser Pflicht und anbefohlnen Gnade,
Geliebte Schwester, so ermahn ich dich,
Zu wandeln auf dem gleichgemachten Pfade,
Dem Haupt und der Gemeine würdiglich,
Und keine Kraft zu sparen,
Ob du gleich nach den Jahren
Kaum Jünglings-mäßig bist,
Da du geboren wardst * hab ich erfahren
Was Fleisch und Blut des Menschen-Sohnes ist.

Du köntest billig mehr von mir begehren,
Als du bis itzo noch an mir gesehn,
Weil meine Tage schon so lange währen,
Und mir so manche Gnade schon geschehn.
Doch der mein Herze kennet,
Und mich zum Knecht ernennet,
Der weiß, wie schwer es geht,
Und wie hingegen Er mit dir gerennet,
Und dich schon lange an Sein Creutz erhöht.

So gehe dann in dieser selgen Führung
Das künftge Jahr mit grossen Schritten fort,
Erfahre Seine wesentliche Rührung,
Und blikke manchmal nach dem Ruhe-Port:
Doch laß es bey den Blikken,
Und fleißigem Beschikken

Der

* Im November 1715.

Der oberen Gemein,
Du aber mußt dich nicht vom Ort verrükken,
Und froh, und arbeitsam, und innig seyn.

Wenn du einmal wirst ausgewirket haben,
So wirst du Zeit genug im Schoosse ruhn:
Das ist der Zwek von unsren Zeugen-Gaben,
Daß wir, weils Tag ist, etwas sollen thun.
Nun bete Du: Hegai,
Hier ist mein Mardachai
Und ich bin Deine Magd,
Wir wollens machen wie Dein Knecht vor Ai,
Mach Du es wie Dein Knecht zu Gilgal sagt.

## CXXX.

## Aufrichtige Erklärung, wies ihm ums Herz ist. *

Du unser auserwehltes Haupt,
    An welches unsre Seele glaubt!
Laß uns in Deiner Nägel Maal
Erblikken die Genaden-Wahl,
Und durch der aufgespaltnen Seite Bahn
Führ unsre Seelen aus und durch und an.

Diß ist das wunder-volle Ding:
Erst dünkts für Kinder zu gering;
Und dann zerglaubt ein Mann sich dran,
Und stirbt wol, eh ers glauben kan,
Es sind die Sephiroth am gläsern Meer,
Es ist das Schibboleth vom kleinen Heer.

Solange eine Menschheit ist,
Solange JEsus bleibt der Christ,

So

* Gedrukt zu Tübingen, am Thomas-Tage.

So bleibet diß das A und O
Vom ganzen Evangelio,
Und daß dasselbige die Weisheit ist,
Das wißt ihr alle, die ihr Wahrheit wißt.

Mein Heiland! wär ich armes Kind,
Das sich um Deine Füsse windt,
Das Dich, du Seelen-Ehemann,
Nicht eine Stunde missen kan,
Und das Dich über sich und alles liebt,
In Deiner Sprache etwas mehr geübt.

Doch laß die Lippen trokken seyn,
Des Geistes Hauch darf nur hinein,
Der vor dem Thron der Majestät
In Donnern und Posaunen geht,
Und eine Kohle vom Altar gebraucht,
So rühren sich die Lippen, daß es raucht.

So zeug ich dann, wer hört mir zu?
Wer hat im Herzen keine Ruh?
Wer weiß, wie tief die Sünde frißt,
Und daß er nichts als Sünde ist,
Und weiß sich keinen Rath, wo ein noch aus,
Der höre zu! denn da wird etwas draus.

Wer aber von der Mutter her
Vielleicht noch unbescholten wär,
Und wüßte kaum was Fleisch und Blut,
Was Geitz sey oder hoher Muth,
Und sich in allem selber helfen kan,
Der ist ein blinder und ein tauber Mann.

Ein heiliger und reiner Geist,
Und was man einen Heilgen heißt,
Sind vor dem HErrn der Creatur,
Und vor dem Meister der Natur
Von keinem andern Zeuge, als ein Blat
Das auch sein Wesen von dem Schöpfer hat.

Auch

Auch ist ein Rath der Ewigkeit
Viel älter als die graue Zeit,
Und wer den Rathschluß meistern will,
Muß Satan seyn, sonst schweigt er still:
Ein Töpfer macht aus einem allerley,
Und das ists, was er machet, daß es sey.'

Das Leben ist von oben her,
Der Tod ist auch nicht ohngefehr,
Darzu verdammet das Gericht,
Das Herze GOttes aber nicht.
Wer GOttes Wesen weiß, weiß Seinen Tod,
Wers Herze kennt, der ist aus aller Noth.

Wir sehen wol die Geister nicht,
Die erst die Sünde angericht't;
Doch sehe sich nur jedermann,
Der bey sich selbst ist, selber an.
Wenn keine Sünde in der Menschheit wär,
Wo hätten ich und er die Sünde her?

Wie weißlich ist der Rath bestellt,
Der Rath der Wächter aller Welt,
Das meiste ist nicht offenbar,
Und was man weiß, ist Sonnen-klar,
Die Thorheit fragt den HErrn: Was macheſt du?
Die Weisheit glaubt und denkt: Du Liebe Du!

Gelobet sey das Lebens-Buch
Vor dem verhüllt in Mosis Tuch,
Mit sieben Siegeln zugemacht,
Bis man das Lamm herzugebracht,
Das Lamm, den Welt-bekanten Sünder-Freund,
Der selbstgewachsnen Tugend ihren Feind.

Das Wort, das an das Creutz gemahlt,
Im Blut-Rubinen-Feuer strahlt,
Das heißt: Hier hängt Immanuel!
(Das Gegenbild des Hazazel,)

Darüber stutzt und fluchet die Natur,
Und GOtt betheuert es mit einem Schwur.

So wahr ich lebe! spricht der Mann,
Der nichts als Amen sagen kan,
Und der unfehlbar Wort und That
Im Augenblik beysammen hat,
Und was Er will, das läßt Er sich nicht reun;
Mein Sohn, mein Sohn soll Hoherpriester seyn!

Er kommt, der Sohn, Er sagts uns an,
Wies mit dem Priester-Amt gethan:
Der Vater hat den Erben lieb;
Und dazu kommt ein neuer Trieb,
Daß ich den ew'gen Rath und Recht erfüll,
Und für der Menschen Leben sterben will.

Die Worte sind unleugbar da;
Die That war denen Worten nah:
Die Probe, ob es Wahrheit ist,
Was man im Buch geschrieben liest,
Da spricht der grosse Gnaden-Bundes-Mann,
Daß sie ein jeder selber machen kan.

Man macht sie dann auf solche Art,
Daß sich im Herzen offenbart,
Ob JEsus Christus, GOttes Lamm,
Wahrhaftig starb am Creutzes-Stamm.
Die Art der Probe theilt sich überaus,
Die Probe aber lauft auf eins hinaus.

Wenn einer in dem Glanz des Lichts
Sich sieht, und sieht, er tauge nichts,
Und geht und greifft die Sache an,
Und thut nicht, was er sonst gethan, *
Und müht sich selber viel und mancherley,
Der lernet nie, was ein Erlöser sey.

Wenn

* Er bessert sich wirklich.

Wenn aber ein verlornes Kind
Vom Tod erwacht, sich krümmt und windt,
Und sieht das Böse böse an,
Und glaubet, daß es sonst nichts kan,
Verzagt an sich, es geht ihm aber nah;
Kaum sieht sichs um, so steht der Heiland da.

Wie geht dirs? O es geht nicht gut!
Ich liege hie in meinem Blut.
Da spricht der Seelen-Freund: Mein Sohn!
Nim hin die Absolution,
Und sieh mich an, und glaub, und stehe auf,
Und freue dich, und zieh dich an, und lauf.

Die Seele krigt den neuen Geist,
Sie glaubt und thut, was JEsus heißt,
Sie sieht das Lamm mit Augen an,
Die kein Erfahrnes leugnen kan;
Steht auf, bekommt ein unsichtbar Gewand,
Und ist auf einmal mit dem Lamm bekant.

Die Schaam, die Beugung und die Kraft,
Die machen gleichsam Schwesterschaft,
Und schliessen sich ins Herze ein,
Und wollen nicht getrennet seyn;
Da geht kein guter Wille mehr zurük,
Denn ihre Arbeit ist ein ewigs Glük.

Erst heißt der Freund die Seele ruhn,
Dann essen, und darnach was thun;
Da steiffet sie die Glaubens-Kraft
Zu einer treuen Ritterschaft;
Sie thut, und wenn sie dann ihr Werk gethan,
Denkt sie gemeiniglich nicht weiter dran.

Und würde sie ja irgendwo
Der eignen Gnaden-Arbeit froh,
So kommt die heilge Schaam herbey
Und zeiget ihr so mancherley,

Daß

Daß sie GOtt dankt, wenn sie sich selbst vergißt,
Und denkt an nichts, als daß ein Heiland ist.

Und allenthalben steht der Sinn
Der Gläubigen zur Gnade hin,
Und sinnet, wie er Nacht und Tag
Dem Bräutigam gefallen mag,
Der ihn von dem Verderben los gemacht,
Und sichtbarlich zu Kron und Thron gebracht.

HErr JEsu! wenn der Zeugen Heer
Nicht ·eine Donner ·Wolke wär,
So könte man es noch verstehn,
Daß viele sie nicht hörn und sehn.
Doch, was ists endlich Wunder? denn es sind
Die Menschen von Natur getäubt und blind.

Darum befiehlt uns JEsus nun
Der Blinden Augen aufzuthun;
Und wenn wir rufen, ist Er da,
Und ruft dem Tauben: Hephathah!
So wird das Evangelium gehört,
So wird das Auge auf das Lamm gekehrt.

Da bin ich auch, Dein Unterthan,
Und melde meine Gaben an,
Die Du mir Armen mitgetheilt;
Seitdem Dein Pfeil mein Herz ereilt.
Nun säh ich gern ein gutes Theil der Welt
Gerettet und zur Rechten hingestellt.

Wenn mich der Haus ·HErr Boten schikt;
So halt ich mich für höchst ·beglükt.
O! unser allgemeines Haupt
Gib, daß man meiner Botschaft glaubt;
Mein Rufen dring in Herz und Ohren ein,
Und wenn ich auf Dich weise: So erschein.

www.ingramcontent.com/pod-product-compliance
Lightning Source LLC
Chambersburg PA
CBHW021724110726
47902CB00005B/1332